三十岁在意大利旅行（于“真实之口”）

在乡下闭关写作时期

写作《菩提系列》时期

写作《现代佛典》时期

1997年，到大陆巡回演讲时

录制《打开心内门窗》时期

47岁，在陕北捐建希望小学（于黄河边上）

50岁，上海泰康街一景

在成都上里古镇

太湖边的油菜开花了

每一寸时光都有欢喜

林清玄 著

时代文艺出版社

图书在版编目（CIP）数据

每一寸时光都有欢喜 / 林清玄著．—长春：时代文艺出版社，2015.10

ISBN 978-7-5387-4847-5

Ⅰ．①每…　Ⅱ．①林…　Ⅲ．①散文集－中国－当代　Ⅳ．①I267

中国版本图书馆CIP数据核字（2015）第150998号

出 品 人　陈　琛
产品总监　郭力家
特约顾问　王　勇　马湘云
特约监制　党　雷　王艺霖
选题策划　郭力家　王　峰
责任编辑　王　峰
装帧设计　孙　利
排版制作　隋淑凤

本书由台北九歌出版社有限公司授权出版

每一寸时光都有欢喜

林清玄　著

出版发行 / 时代文艺出版社
地址 / 长春市泰来街1825号　时代文艺出版社　邮编 / 130011
总编办 / 0431-86012927　发行部 / 0431-86012957　北京开发部 / 010-63108163
网址 / www.shidaicn.com
印刷 / 北京市通州兴龙印刷厂
开本 / 710mm × 1000mm　1 / 16　字数 / 234千字　印张 / 18.5
版次 / 2015年10月第1版　印次 / 2015年10月第1次印刷　定价 / 38.00元

图书如有印装错误　请寄回印厂调换

禪三味

最单纯的表示

你总是叫我
"吃茶去！"
我说，已吃茶了
"那就去洗钵吧！"
我们每天都在祈求
祈求在极乐世界化生

你总是说
"你们都去极乐世界吧！
我只是希望做山下的那头水牛。"
我们清晨都在烧香
看香烟飘向天际

你总是说
"你们都随香升天吧！
我只愿做那只香炉
承担香灰和热情。"

初学禅时，我对赵州从谂禅师特别倾心。

那种倾心，不是言语能形容的，只有在吃茶、喝粥、洗钵等种种生活的小事上，会心一笑，满怀欢喜。

在赵州禅师的眼中，一切的生活都是神圣的，并没有一种“圣”的状态会超过喝茶吃饭。

因为这样，赵州使人的眼界大开，从前在森严的佛教行者眼中的“离佛离魔”字，即是佛说。

即使是蹲在路旁的小狗，和长在庭前的柏树子，也都充满了佛法的启示呀！

我喜欢赵州和他的老师南泉普愿的对话。

赵州：“如何是道？”

南泉：“平常心是道！”

赵州：“还可趣向否？”

南泉：“拟向即乖？”

意思是，只要保有平常心的生活，生活中的一切都是道的显现，但只要落入思维，就错了！

“要眠即眠，要坐就坐。”“热即取凉，寒即向火。”

“禅”之一字，就是“单纯的表示”，是在生活琐事里，不失去那个“单纯”，那个“初心”！

我早期写佛法文学，就是跨越了那个鸿沟，以单纯的心来面向世界，佛法是无边的，所以创作也是无边。

常有心开意解的时刻，也只是平常心看待，正如赵州老子说的“随缘任性，笑傲浮生。”

因为太喜欢赵州了，我曾多次到河北“赵州观音院”（现更名为“柏林禅寺”）去礼拜赵州塔，并在禅寺里喝茶。

我还带回来一盒用禅寺庭前的千年柏树制成的香，每次燃香一枝，总有满满的欢喜，想到赵州写的“十二时歌”中有两句：

“谁道出家憎爱断，思量不觉泪沾巾。”

有血有泪、有情有感的不只是文学，佛法里也是这样！

路就展向两头了

母亲
这次我离开您
路就展向两头了

天涯依依
孩儿不得不去
自从听了《金刚经》
我的心里长出一对金翅
一直在澎湃拍动
我要去找那个讲经的人
唯有他
能解除人生的困惑

母亲
我已找好照顾您的人
也留了资产和粮食
如果还有缘

我会回到您的身边

孩子
别哭！别哭！
眼泪是珍珠
一人得道
九族升天
你放心地去吧！

你放心地去吧
踏开尘世的路
解开古今的愁

别哭！别哭！
眼泪是珍珠
铅泪结
如珠颗颗圆
移时验
不曾一颗真

昔时，读六祖慧能的故事，最令我纠结的是，他毅然拜别母亲，从广东走路去湖南朝五祖的故事。

一个不识字的孤儿，砍柴奉养寡母，却在一夕之间听到人诵《金刚经》，当场开悟，只好放下母亲去向五祖学习，那需要多大的勇气，又隐含多沉重的血泪呀!

经典里对道诀别的一幕，并未多作描写，但我每一思及，就感到心痛无言，想起自己十五岁时，拜别母亲的情景。

在五十年代，交通不便，一说离别，就是三年五载，而且没有手机、没有电话，一个月收到一封家书，已是奢侈的事了。更何况是六祖的年代，一说离别，就是诀别，天涯漫漫，再也没有相见之期。

慧能深爱母亲，却不能不走，当他毅然转身，那不是华丽转身，而是悲怆转身，一步一步，走向那不可知的境界。

慧能回到广东，已经是二十年后的事了。

一条路，真的转向两头了。

禅行者，就是革命家，它革命的对象是自己的心，自己的习气。

作家又何尝不是？每一篇文章都是在告别从前的文章，每一本书都是在创造改革从前的书。

如是如是，一步一步走向不可知的境界。

法堂与佛殿

“谁有看见我的锄头？”
百丈禅师追问徒弟
他有三千徒弟
竟无人知道

“谁有看见我的锄头？”
今天早晨他要锄地的时候

才发现方丈室里他的锄头不见了

“师父！用斋了！”

中午首座弟子来请用斋

“我今天不吃！”

“师父！您日中一食，怎能不吃？”

“一日不作，一日不食，

能违背几十年创下的规矩！”

弟子只好找来百丈的锄头

“师父，下回不敢了，您先用斋吧！”

百丈禅师九十三岁的时候，弟子怕他做工太累，藏起了他的锄头，结果，禅师绝食抗议，弟子不得不交还锄头。

“一日不作，一日不食！”百丈禅师立下了规矩，他终身奉行，到死前的最后一天。

这真是一段美丽的公案。

百丈怀海对禅的伟大贡献，其一，是他提倡的“一日不作，一日不食”，把生活与修禅做了最紧密的联结，创造了“农禅”的传统，使得禅宗在历史上的多次法难中，得以传承宗派。

其二，是百丈特别重视“自由”，他认为解脱的究竟就是“自由”，佛的本质也正是“自由”。

“使得四大风水自由，一切色是佛色，一切声是佛声。”

“自古至今，佛只是人，人只是佛。佛只是去住自由，不同众生。”

“只如今于一一境法，都无爱染，亦莫依住知解，便是自由人。”

我们因此可以得到重要的体会：若是在欲望、生活、修行、心念有更多的自由，更少的束缚，就更近于佛了。

其三，是百丈创立了《业林清规》，定下了山居禅众的寺院与生活模式，遍及衣食住行，影响达千年之久，至今仍为后世山内依循。

他特别强调禅宗的寺院应该与律宗、净土宗不同，应该“不立佛殿，唯树法堂”，只设立打坐修行之所，而不建造供养佛菩萨等偶像的场所。

百丈的理想，是把佛教的外在信仰彻底转为内在的修持。

我在习禅和写作的时候，就受到百丈怀海禅师的启发，要持续不断地工作与创作，保有内心的自由，重视内在的修持而不执着外在的表象。

百丈禅师九十三岁了，还拿锄头耕种；我写作四十几年了，每天还在稿纸上耕种，并非土地中有什么玄旨，也不是稿纸上有什么弦音，只是在行动中更贴近自己的心。

凡有触动，皆有禅意，皆有欢喜。

最近，时代文艺出版社编了一册选集，书名为《每一寸时光都有欢喜》，请我写一篇新序，我想到几则感动我的禅宗故事，作为序言。

生活中无不是禅的道场，凡有触动，皆有禅意，有禅意的地方就有欢喜，一路创新，就有不可知的消息了。

林清玄

2015年春天

于台北双溪清淳斋

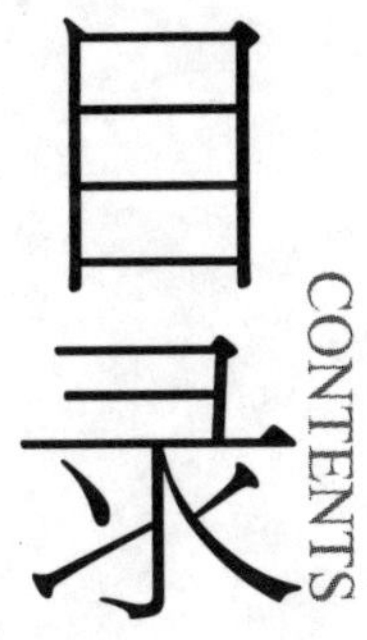

目录 CONTENTS

第三章　不封冻的井

第四章　期待父亲的笑

第五章　食家笔记

第六章　无风絮自飞

第一章 白雪少年

童年的自己

昔人去时是今日，
今日依前人不来；
今既不来昔不往，
白云流水空徘徊。
——黄龙祖心禅师

不久前返乡陪母亲整理儿时的照片，看到一张里面有我的照片，认了半天竟认不出自己是哪一个。那是因为我们家依大排行，兄弟就有十四个，年纪相差极微，长相也接近，以至于连自己都看不出小时候的“我”了。

拿去问母亲，她戴起老花眼镜端详了有一会儿，说：“我也看不出哪一个是你呢！”

然后她指着照片上理光头站在一起一般高的三个毛孩子说：“应该是这三个其中的一个。”母亲抬起头来看看我，再看看照片，感慨地说：“经过三十年，真的认不出来了呢！”

我拿着照片，从房间走到门口廊下有阳光的地方去看，想确定哪一个是真正的我，仍然没有结果，不觉便坐在摇椅上发呆了。正好哥哥姐姐回来，我问他们说：“来看看哪一个是小时候的我？”

哥哥指出是右边的那个，他的理由是我的额头是家族中最大的，那个头最大的应该是我。

姐姐的意见不同，她认为是左边的那个，理由是我是家中男孩皮肤最白的，所以那最白的是我。

奇怪的是，我觉得中间的那个小孩最像我，因为看起来忧郁而害羞，我小时候的个性正是那样。

我们正在讨论的时候，弟弟跑出来，说："哪一个是你都没有关系，因为都过去了，赶快进来吃饭吧！"

念小学五年级的侄儿听到热闹也跑来，大笑说："哈！哈！叔叔连哪一个是自己都分不清呢！真好笑。"

是呀！为什么经过了三十年的时间，连自己是哪一个也分不清呢？长夜里，坐在我幼时的书桌前，想到人的变化实在很大，例如住在乡下的时日，偶尔会遇到小学同学，如果不互报姓名，几乎无从分辨。站在生命的恒河岸边，我们的身心有如河水，是不停地向前流去的，是每一刻都在变化的，我们唯一可以确定的是，那不断变化的外表中，我还知道有一个我并未失去，其他的——例如我的身体——早就流逝了。

这就使我想起《华严经》的"菩萨开明品"中说的："分别观肉身，此中谁是我，若能如是解，彼达我有无。此身假安立，往处无方所，谛了是身者，于中无所著。于身善观察，一切皆明见，知法皆虚妄，不起心分别。"

我们的身体看起来是那样真实明确，实际上是无时不在变灭的，我们对于身体的执着，往往使我们失去明察，如果能看到身心的虚妄，就不会起分别心，也不会执着了。

在《华严经》的"十行品"里也说："菩萨观去来今一切众生所受之

身，寻即坏灭，便作是念：奇哉！众生愚痴无智于生死内受无数身，危脆不停，速归堕灭，若已坏灭，若今坏灭，若当坏灭而不能以不坚固身，求坚固身。”

“不坚固身”正是我们的这个皮囊，它过去的已经坏灭，现在的在坏灭之中，将来必然也会坏灭。“坚固身”就是“圣身”和“清净身”，是那个我们把肉身还诸天地，尚存的那个真实的自我，一般人执着于肉身，因此难以体验不可见及的真身、常身、空身、慧身、金刚不坏之身。

如何来看待我们变化的肉身，才能趋入真谛呢？佛陀教我们要常做“四念住”，就是把心念集中在四件事情的观照上，一是观身不净，二是观受是苦，三是观心无常，四是观法无我。身、受、心、法虽然有所不同，仍是相通的，可以说是“四境合缘”，以身体来说，身体既是不净，也是苦痛、又是无常，更是无我的。一个人如果能时时如是观察，就可以趋入善根、趋入苦、集、灭、道的四圣谛。

我们的身体犹如飞花落叶，转眼成泥，融化于天地之间，可叹息的是我们常见于花叶的旋舞，反而少见树木埋在土中的根本，修习禅道的人就是要善观于相，在飞花落叶之中不沉不没，在肉身坏灭的进程中不动不摇，如实地观察根本实相。

因此，禅宗的祖师常举公案叫学人参：“念佛是谁？”“打坐是谁？”“无明烦恼者是谁？”若能参详出那个“谁”，佛性也就呼之欲出了。

最近又要换季，在整理冬装的时候，发现比去年胖了一些，有的衣服又不能穿了，想到不知道要不要减肥来穿这些衣服，心里不禁感慨，我们的身体也是年年在更换的衣服，只是一般人不能见及罢了。

唉唉！假如我在路上突然遇到了十岁时的自己，恐怕也会错身而过，认不出自己了。

喝！哪一个是学人自己？参！

我唯一的松鼠

我拥有的第一只动物是一只小松鼠，那是小学一年级的事了。小学一年级，我家住在乡间，有一日从学校回家在路边捡到一只瘦弱颤抖的小松鼠，身上的毛还未长全，一双惊惧的刚张开的眼睛转来转去。我把它捧在手上，拼命地跑回家，好像捡到什么宝物，一路跑的时候还能感受到松鼠的体温。

回家后，我找到一节粗大的竹筒剖成两半，铺上破布做了小松鼠的窝，可是它的食物却使我们全家都感到紧张。那时牛奶还不普遍，经过妈妈的建议，我在三餐煮饭的时候从上面捞取一些米汤，用撕破的钙粉袋子喂给它吃。饥饿的松鼠紧紧吸吮着米汤使我们都安心了。

慢慢地，那只松鼠长出光亮的棕色细毛，也能一扭一扭地爬行。每天为它准备食物，成为我生活里最快乐的事。幸好我们住在乡间，家里还有果园，我时常去采摘熟透的木瓜、番石榴、香蕉，小心地捣碎来喂我的松鼠。它快速地长大从尾巴最能看出来，原来无毛细瘦、走起路来拖在地上的尾巴，慢慢丰满起来，长满松松的毛，还高傲地翘着。

从爬行、跑路到跳跃竟如同瞬间的事，一个学期还未过完，松鼠已经完全成为一个翩翩的少年了。

小松鼠仿佛记得我的救命之恩，非常乖巧听话。白天我去上学的时候，它自己跑到园里去觅食，黄昏的时候就回到家来躲在自己的窝里。夜里我做功课的时候，松鼠就在桌子旁边绕来绕去，这边跳那边跑，有时还跑来蹭人的脚掌。妈妈常说：“这只松鼠一点儿都不像松鼠，真像一只猫哩！”小松鼠的乖巧赢得了全家的喜爱。

有时候我早回家，只要在园子里吹几声口哨，它就像一阵风从园子里不知的角落窜出来，蹲在我的肩膀上，转着滴溜溜的眼睛，然后我们就在园子里玩着永不厌倦的追逐的游戏。松鼠跑起来姿势真是美，高高竖起的尾巴像一面迎风招展的旗子，那面旗跑在泥地上像一阵烟，转眼飞逝。

自从家里养了松鼠，老鼠也减少了，那是我第一次知道松鼠还会撵老鼠，夜里它绕着房子蹦跳，可能老鼠也分不清它是什么动物，只好到别处去觅食了。

我家原来养了许多动物，有七八条鬣狗土狗，是经常跟随爸爸去打猎的；有十几只猫，每天都在庭院里玩耍的。这些动物大部分来路不明，由于我家是个大家庭，日常残羹剩菜很多，除了养猪，妈妈经常用几个大盆放在院子里，喂食那些流落乡野的猫狗。日久，许多猫狗都留了下来，有比较好的狗，爸爸就挑出来训练它们捉野兔打山猪的本事，这些野狗们都有一分情，它们往往能成为比名种狗更好的鬣犬；因为它们不挑食，对生命的留恋也不如名种狗，在打猎时往往能义无反顾，一往无前。

但是这些猫狗向来是不进屋的，它们的天地就是屋外广大的原野，夜里就在屋檐下各自找安睡的地方，清晨才从各角落冒出来。自从小松鼠来了以后，它是唯一睡在屋里的，又懂事可爱，特别得到家人的宠爱。原先我们还担心有那么多猫狗，松鼠的安全堪虑，后来才发现这种担心完全是不必要的，小松鼠和猫狗也玩得很好。我想，只要居住在一个无边的广大空间，连动物也能有无私的心。

有趣的是，小松鼠好像在冥冥中知道我是捡拾它回来的人，与我特别亲密，它虽然与哥哥弟弟保持良好的关系，但也仅止于召唤，从来不肯跳到他们身上，却常常在我做功课的时候就蹲在我的腿上睡着了。有时候我带松鼠到学校去，把它放在书包里，头尾从两边伸出，它也一点儿都不惊慌。

松鼠与我的情感，使我刚上学的时候有一段有声音有色彩、明亮跳跃的时光。同学们都以为这只松鼠受过特别的训练，其实不然，它只是路边捡来养大而已。我成年以后回想起来，才知道如果松鼠有过训练，唯一的训练内容就是一种儿童最无私最干净的爱。

隔年冬天的一个晚上，我吃过晚饭像往日一样回到书房做功课，为了赶写第二天大量的作业还特别削尖了所有的铅笔。松鼠如同往日，跳到我的毛衣里取暖，然后在书桌边绕来绕去玩一只小皮球。我的作业太多，赶写到深夜还不能写完，就伏在桌子上睡着了。

被夜凉冻醒的时候，我被眼前的影像吓呆了，放声痛哭。我心爱的松鼠不知何时已死在我削尖倒竖拿在手中的铅笔上，那支铅笔正中地刺入松鼠的肚子，鲜血流满了我的整只右手，甚至溅满了笔记簿，血迹已经干了，松鼠冰凉的身体也没有了体温。我到现在还清楚记得那一幅惊悸的影像，甚至我写的作业本也清楚记得。

那一天，老师规定我们每个人写自己的名字两百遍，我的笔记本上密密麻麻地写着自己的名字，而松鼠的血则滴滴溅满在我的名字上，那一刻我说不出有多么痛恨自己的作业，痛恨铅笔，痛恨自己的名字，甚至痛恨留作业的老师。我想，如果没有它们，我心爱的松鼠就不会死了。

我惊吓哀痛的哭声，吵醒了为明日农田上工而早睡的父母，妈妈看到这幅影像也禁不住流下泪来，我扑在妈妈怀里时还紧紧地抱住那只松鼠。我第一次养的动物，真正属于我自己的动物，就这样一夜间死了。死得何其之速，死得何等凄惨，如今我回想起来，心里还会升起一股痛伤的抽动。如果说我懂得人间有哀伤，知道人世有死别，第一次最强烈的滋味是松鼠用它的生命给了我的。我至今想不通松鼠为何会那样死去，一定是它怕我写不完作业来叫醒我，而一跳就跳到铅笔上——当时我确实是这样想的。

我把死去的松鼠，用溅了它的血的毛衣包裹，还把刺死它的铅笔放在一边，一起在屋后的蕉园掘了一个小小坟墓埋葬。做好新坟的时候，我站在旁边默默地流泪，那时也是我第一次知道，所有的物件与躯壳都可以埋葬，唯有情感是无法埋葬的，它如同松鼠的精魂永远活着。

后来我也养过许多松鼠，总是养大以后一跑就了无踪影，毫不眷恋主人，偶有一两只肯回家的，也不听使唤，和人也没有什么情感。每遇到这种情况，我就疑惑，在松鼠那么广大的世界里，为什么偏有一只那么不同的、充满了爱的松鼠会被我捡拾，和我共度一段美好的时光呢？莫非这个世界在冥冥中真有什么特别的安排？使我们与动物也有一种奇特的缘分？

猫狗当然不用说了，在我成长的过程中，我养过老鹰、兔子、穿山甲、野斑鸠、麻雀、白头翁，甚至也养过一头小山猪、一只野猴，但没有一只动物能像第一只松鼠同样与我亲近，也没有一只像松鼠是被我捡拾、救活，而在我的手中死亡的。

松鼠的死给我的童年铺上一条长长的暗影，日后也常从暗影走出来使我莫名忧伤。经过二十几年了，我才确信人与动物、人与人间有一种不能测知的命运，完全是不能知解的推动我们前行，使我们一程一程地历经欢喜与哀伤，而从远景上看，欢喜与哀伤都是一种沧桑，我们是活在沧桑里的；就像如今我写松鼠的时候，心里既温暖又痛心，手上好像还染着它的血，那血甚至烙印在我写满的名字上，永世也不能洗清。它是我生命里唯一的动物，永远在启示我的爱与忧伤。

秘密的地方

在我的故乡，有一弯小河。

小河穿过山道、穿过农田、穿过开满小野花的田原。晶明的河水中是累累的卵石，石上的水迈着不整齐的小步，响着淙淙的乐声，一直走出我们的视野。

在我童年的认知里，河是没有归宿的，它的归宿远远地看，是走进了蓝天的心灵里去。

每年到了孟春，玫瑰花盛开以后，小河淙淙的乐声就变成响亮的欢歌，那时节，小河成为孩子们最快乐的去处，我们时常沿着河岸，一路闻着野花草的香气散步，有时候就跳进河里去捉鱼摸蛤，或者沿河插着竹竿钓青蛙。

如果是雨水丰沛的时候，小河低洼的地方就会形成一处处清澈的池塘，我们跳到里面去游水，等玩够了，就爬到河边的堤防上晒太阳，一直晒到夕阳从远山的凹口沉落，才穿好衣服回家。

那条河，一直是我们居住的村落人家赖以维生的所在，种稻子的人，每日清晨都要到田里巡田水，将河水引到田中；种香蕉和水果的人，也不时用马达将河水抽到干燥的土地；那些种青菜的人，更依着河边的沙地围成一畦畦的菜圃。

妇女们，有的在清晨，有的在黄昏，提着一篮篮的衣服到河边来洗涤，她们排成没有规则的行列，一边洗衣一边谈论家里的琐事，互相做着交谊，那时河的无言，就成为她们倾诉生活之苦的最好对象。

在我对家乡的记忆里，故乡永远没有旱季，那条河水也就从来没有断过，即使在最阴冷干燥的冬天，河里的水消减了，但河水仍然像蛇一样，轻快地游过田野的河岸。

我几乎每天都要走过那条河，上学的时候我和河平行着一路到学校去；游戏的时候我们差不多都在河里或河边的田地上。农忙时节，我和爸爸到田里去巡田水，或用麻绳抽动马达，看河水抽到蕉园里四散横流；黄昏时分，我也常跟母亲到河边浣衣。母亲洗衣的时候，我就一个人跑到堤防上散步，踮起脚跟，看河的尽头到底是在什么地方。

我爱极了那条河，不知道为什么，在那个封闭的小村镇里，我一注视着河，心灵就仿佛随着河水，穿过田原和市集，流到不知名的远方——我对远方一直是非常向往的。

大概是到了小学三年级的时候吧，学校要举办一次远足，促使我有了沿河岸去探险的决心。我编了一个谎言，告诉母亲我要去远足，请她为我准备饭盒；告诉老师我家里农忙，不能和学校去远足。第二天清晨，我带着饭盒从我们家不远处的河段出发，那时我看到我的同学们一路唱着歌，成一路纵队，出发前往不远处观光名胜。

我心里知道自己的年纪尚小，实在不宜于一个人单独去远地游历，但是我盘算着，和同学去远足不外是唱歌玩游戏，一定没有沿河探险有趣，何况我知道河是不会迷失方向的，只要我沿着河走，必然也可以沿着河回来。

那一天阳光格外明亮，空气里充满了乡下田间独有的草香，河的两岸并不如我原来想象的充满荆棘，而是铺满微细的沙石；河的左岸差不多是沿着山的形势流成的，河的右岸边缘正是人们居住的平原，人的耕作从右岸一直拓展开去，左岸的山里则还是热带而充满原始气息。蒲公英和银合欢如针尖一样的种子，不时从山上飘落在河中，随河水流到远处去。我想这正是为什么不管在何处都能看到蒲公英和银合欢的原因吧！

对岸山里最多的是相思树，我是最不爱相思树的，总觉得它们树干长得畸形，低矮而丑怪，细长的树叶好像也永远没有规则，可是不管喜不喜欢，它正沿路在和我打着招呼。

我就那样一面步行，一面欣赏风景，走累了，就坐在河边休息，把双脚泡在清凉的河水里。走不到一个小时，我就路经一个全然陌生的市镇或村落，那里的人和家乡的人打扮一样，他们戴着斗笠，卷起裤脚，好像刚刚从田里下工回来。那里的河岸也种菜，浇水的农夫看到我奇怪地沿河岸走着，都亲切地和我招呼，问我是不是迷失了路，我告诉他们，我正在远足，然后就走了。

再没有多久，我又进入一个新的村镇，我看到一些妇女在河旁洗衣，用力地捣着衣服，甚至连姿势都像极了我的母亲。我离开河岸，走进那个村镇，彼时我已经识字了，知道汽车站牌在什么地方，知道邮局在什么地方，我独自在陌生的市街上穿来走去。看到这村镇比我居住的地方残旧，街上跑着许多野狗，我想，如果走太远赶不及回家，坐汽车回去也是个办法。

我又再度回到河岸前行，然后我慢慢发现，这条河的右边大部分都被开垦出来了，而且那些村落里的人们都有一种相似的气质和生活态度，他们依靠这条河生活，不断地劳作，并且群居在一起，互相依靠。我一直走到太阳往西偏斜，一共路过八个村落和城镇，觉得天色不早了，就沿着河岸回家。

因为河岸没有荫蔽，回到家我的皮肤因强烈的日炙而发烫，引得母亲一阵儿抱怨："学校去远足，怎么走那么远的路？"随后的几天，同学们都还在远足的兴奋情绪里絮絮交谈，只有我没有什么谈话的资料，但是我的心里有一个秘密的地方——就是那条小河，以及河两岸的生命。

后来的几年里，我经常做着这样的游戏，沿河去散步，并在抵达陌生村镇时在里面溜达嬉戏，使我在很年幼的岁月里，就知道除了我自己的家乡，还有许多陌生的广大天地，它们对我的吸引力大过于和同学们做无聊而一再重复的游戏。

日子久了，我和小河有一种秘密的情谊，在生活里受到挫败时总是跑到河边去和小河共度；在欢喜时，我也让小河分享。有时候看着那无语的流水，真能感觉到小河的沉默里有一股脉脉的生命，它不但以它的生命之水让两岸的农民得以灌溉他们的田原，也能安慰一个成长中的孩子，让我在挫折时有一种力量，在喜悦时也有一个秘密的朋友分享。笑的时候仿佛听到河的欢唱，哭的时候也有小河陪着低吟。

长大以后，常常思念故乡，以及那条贯穿其中的流水，每次想起，总像保持着一个秘密，那里有温暖的光源如阳光反射出来。

是不是别人也和我一样，心中有一个小时候秘密的地方呢？它也许是一片空旷的平野，也许是一棵相思树下，也许是一座大庙的后院，也许是一片海滩，甚至是一本能同喜怒共哀乐一读再读的书册……它们宝藏着我们成长的一段岁月，里面有许多秘密是连父母兄弟都不能了解的。

人人都是有秘密的吧！它可能是一个地方，可能是一段爱情，可能是不能对人言的荒唐岁月，那么总要有一个倾诉的对象，像小河与我一样。

有一天我路过外双溪，看到一条和我故乡一样的小河，竟在那里低回不已。我知道，我的小河时光已经远远逝去了，但是我清晰地记住那一段日子，也相信小河保有着我的秘密。

白雪少年

我小学时代使用的一本国语字典，被母亲细心地保存了十几年，最近才从母亲的红木书柜里找到。那本字典被小时候粗心的手指扯掉了许多页，大概是拿去折纸船或飞机了，现在怎么回想都记不起来，由于有那样的残缺，更使我感觉到一种任性的温暖。

更惊奇地发现是，在翻阅这本字典时，找到一张已经变了颜色的“白雪公主泡泡糖”的包装纸，那是一张长条的鲜黄色纸，上面用细线印了一个白雪公主的面相，于今看起来，公主的图样已经有一点粗糙简陋了。至于如何会将白雪公主泡泡糖的包装纸夹在字典里，更是无从回忆。

到底是在上国语课时偷偷吃泡泡糖夹进去的，还是有意地保存了这张包装纸呢？翻遍国语字典也找不到答案。记忆仿佛自时空遁去，渺无痕迹了。

唯一记得的倒是那一种旧时乡间十分流行的泡泡糖，是粉红色长方形十分粗大的一块，一块五毛钱。对于长在乡间的小孩子，那时的五毛钱非常昂贵，是两天的零用钱，常常要咬紧牙根才买来一块，一嚼就是一整天，吃饭的时候把它吐在玻璃纸上包起，等吃过饭再放到口里嚼。

父亲看到我们那么不舍得一块泡泡糖，常生气地说：“那泡泡糖是用脚踏车坏掉的轮胎做成的，还嚼得那么带劲儿！”记得我还傻气地问过父亲：“是用脚踏车轮胎做的？怪不得那么贵！”惹得全家人笑得喷饭。

说是“白雪公主泡泡糖”，应该是可以吹出很大气泡的，却不尽然。吃那泡泡糖多少靠运气，记得能吹出气泡的大概五块里才有一块，许多是硬到吹弹不动，更多的是嚼起来不能结成固体，弄得一嘴糖沫，赶紧吐掉，坐着伤心半天。我手里的这一张可能是一块能吹出大气泡的包装纸，否则怎么会小心翼翼地夹作纪念呢？

我小时候并不是很乖巧的那种孩子，常常为着要不到两毛钱的零用就赖在地上打滚，然后一边打滚一边偷看母亲的脸色，直到母亲被我搞烦了，拿到零用钱，我才欢天喜地地跑到街上去，或者就这样跑去买了一个白雪公主，然后就嚼到天黑。

长大以后，再也没有在店里看过“白雪公主泡泡糖”，都是细致而包装精美的一片一片的“口香糖”；每一片都能嚼成形，每一片都能吹出气泡，反而没有像幼年一样能体会买泡泡糖靠运气的心情。偶尔看到口香糖，还会想起童年，想起嚼白雪公主的滋味，但也总是一闪而逝，了无踪迹。直到看到国语字典中的包装纸，才坐下来顶认真地想起白雪公主泡泡糖的种种。

如果现在还有那样的工厂，恐怕不再是用脚踏车轮制造，可能是用飞机轮子了——我这样游戏地想着。

那一本母亲珍藏十几年的国语字典，薄薄的一本，里面缺页的缺页、涂抹的涂抹，对我已经毫无用处，只剩下纪念的价值。那一张泡泡糖的包装纸，整整齐齐，毫无毁损，却宝藏了一段十分快乐的记忆；使我想起真如白雪一样无瑕的少年岁月，因为它那样白那样纯净，几乎所有的事物都可以涵容。

那些岁月虽在我们的流年中消逝，但借着非常非常微小的事物，往往一勾就是一大片，仿佛是草原里的小红花，先是看到了那朵红花，然后发现了一整片大草原，红花可能凋落，而草原却成为一个大的背景，我们就在那背景成长起来。

那朵红花不只是白雪公主泡泡糖，可能是深夜里巷底按摩人悠长的笛声，可能是收破铜烂铁老人沙哑的叫声，也可能是夏天里卖冰淇淋小贩的喇叭声……有一回我重读小学时看过的《少年维特的烦恼》，书里就会夹着用歪扭字体写成的纸片，只有七个字“多么可怜的维特”！其实当时我哪里知道歌德，只是那七个字，让我童年伏案的身影整个显露出来，那身影可能和维特是一样纯情的。

有时候我不免后悔童年留下的资料太少，常想：“早知道，我不会把所有的笔记簿都卖给收破烂的老人。”可是如果早知道，我就不是纯净如白雪的少年，而是一个多虑的少年了。那么丰富的资料原也不宜留录下来，只宜在记忆里沉潜，在雪泥中找到鸿爪，或者从鸿爪体会那一片雪。

这样想时，我就特别感恩着母亲。因为在我无知的岁月里，她比我更珍视我所拥有过的童年，在她的照相簿里，甚至还有我穿开裆裤的照片。那时的我，只有父母有记忆，对我是完全茫然了，就像我虽拥有白雪公主泡泡糖的包装纸，那块糖已完全消失，只留下一点儿甜意——那甜意竟也有赖母亲爱的保存。

仙堂戏院

——童年旧事

仙堂戏院成立有三十多年了，它的传统还没有被忘记，就是每场电影散戏的前十五分钟，打开两扇木头大门，让那些原本只能在戏院门口探头探脑的小鬼一拥而入，看一个电影的结局。

有时候回乡，我就情不自禁散步到仙堂戏院那一带去，附近本来有许多酒家茶室，由于经济情况改变均已萧条不堪，唯独仙堂戏院的盛况不减当年。所谓盛况指的不是它的卖座，戏院内的人往往三三两两坐不满两排椅子；指的是戏院外等着捡戏尾仔的小学生，他们或坐或站着聆听戏院深处传来的响声，等待那看门的小姐推开咿哑的老旧木门，然后就像麻雀飞入稻米成熟的田中，那么急切而聒噪。

接着展露在眼前的是电影的结局，大部分的结局是男女主角历经千辛万苦终于好事成双；或者侠客们终于报了滔天的大仇骑白马离开田野；或者离乡多年的游子奋斗有成终于返回家乡……有时候结局是千篇一律的，但不管多么类似，对小学生来说，总像是历经寒苦的书生中了状元，象征了人世的完满。

等戏院的灯亮就不好玩了，看门的小姐会进来清理门户，把那些还留恋不走的学生扫地出门。因为常常有躲在厕所里的，躲在椅子下的，甚至躲在银幕后面的小孩子，希望看前面的开场和过程。这种“阴谋”往往不能得逞，不管躲在哪里，看门小姐都能找到，并且拎起衣领说：“散戏了，你还在这里干什么？下一场再来。”问题是，下一场的结局仍然相同，有时一个结局要看上三五次。

纵然电视有再大的能耐，电影的魅力是永远不会消失的。从那些每天放学不直接回家，要看过戏尾才觉得真正放学的孩子脸上，就知道电影不会被取代。

在我成长的小镇里，原本有两家戏院，一家在电视来临时就关闭了，仙堂戏院因此成为唯一的一家。说起仙堂戏院的历史，几乎是小镇娱乐的发展史，它是在日本刚刚投降的时候在台湾成立的，在开始的时候，听长辈说，是公演一些大陆的黑白影片，偶尔也有卓别林穿梭其间，那时的电影还没有配音，但影像有时还不能使一般人了解剧情，因此产生出一种行业叫“讲电影的”。小镇找不到适当人选，后来请到妈祖庙前的讲古先生。

讲古先生心里当然是故事繁多，不及备载，通常还是有着天马行空的想象力。电影上演的时候，他就坐在银幕旁边，拉开嗓门，凭他的口才和想象力，为电影强作解人。他是中西文化无所不能，什么电影到他手中就有了无限天地，常使乡人产生“说得比演得好”，浑然忘记是看电影，以为置身于说书馆。

讲古先生也不是万般皆好，据我的父亲说，他往往过于饶舌而破坏气氛。譬如看到一对男女情侣亲吻时，他会说：“现在这个查某要亲那个查某，查某眼睛闭了起来，我们知道伊要亲伊了，喔，要吻下去了，喔，快吻到了，喔，吻了，这个吻真长，外国郎吻起来总是很长的。吻完了，你看那查某还长长吸了一口气，差一点儿就窒息了……”弄得本来罗曼蒂克的气氛变得哄堂爆笑。由于他对这种场面最爱形容，总受到家乡长辈“不正经”的责骂。

说起来，讲古先生是不幸的。他的黄金时光非常短暂，当有声电影来到小镇，他就失业了；回到妈祖庙讲古也无人捧场，双重失业的结果，乃使他离开小镇，不知所终。

有声电影带来了日本片的新浪潮，像《黄金孔雀城》《里见八犬传》《蜘蛛巢城》《流浪琴师》《宫本武藏》《盲剑客》《日俄战争》等等，都是我幼年记忆里深埋的故事。那时我已经是仙堂戏院的常客，天天去捡戏尾不在话下，有时贪看电影，还会在戏院前拉拉陌生人的裤角，央求着："阿伯仔，拜托带我进场。"那时戏院没有儿童票，小孩只要有大人拉着就免费入场，碰到讨厌的大人就自尊心受损，但我身经百战，锲而不舍，往往要看的电影就没有看不成的。

偶尔运气特别坏，碰不到一个好大人，就向看门的小姐撒娇，"阿姨、婶婶"不绝于口，有时也达到目的。如今我想起来也不知道为什么当时有那么厚的脸皮，如果有人带我看戏，叫我唤一声阿公也是情愿的。

日本片以后，是刀剑电影，我们称之为"剑光片"。看过的电影不甚记得，依稀好像有《六指琴魔》《夺魂旗》《目莲救母》《火烧红莲寺》等等，最记得是萧芳芳，好像什么电影都有她。侠女扮相是一等一的好，使我对萧芳芳留下美好的印象，即使后来看到她访问阿兰·德龙颇失仪态，仍然看在童年的面子上原谅了她。

那时的爱看电影，到了如醉如痴的地步，时常到仙堂戏院门口去偷撕海报。有时月黑风高，也能偷到几张剧照，后来看楚浮的自传性电影，知道他也有偷海报、剧照的癖好，长大后才成为世界一级的大导演，想想当年一起偷海报的好友，如今能偶尔看看电影已经不错，不禁大有沧海桑田之叹。

好景总是不长，有一阵子电影不知为何没落，仙堂戏院开始"绑"给戏班子演歌仔戏和布袋戏。这些戏班一绑就是一个月，遇到好戏，也有连演三个月的，一直演到看腻为止。但我是不挑戏的，不管是歌仔戏、布袋戏，或是新兴的新剧，我仍然日日报到，从不缺席。有时到了紧要关头，譬如岳飞要回京，薛平贵要会王宝钏了，祝英台要死了，孔明要斩马谡了，那是生死关头不能不看，还常常逃课前往。最惨的一次是学校月考也没有参加，结果比岳飞挨斩还凄惨，屁股被打得肿到一星期坐不上椅子，但还是每天站在最后一排，看完了《岳飞传》。

歌仔戏、布袋戏虽好，然而仙堂戏院不再演电影总是美中不足的事，世界为之单调不少。

到我上初中的时候，是仙堂戏院最没落的时期，这时电视有了彩色，而且颇有家家买电视的趋势。乡人要看的歌仔戏、布袋戏，电视里都有；要看的电影还不如连续剧吸引人；何况电视还是免费的——最后这一点对勤俭的乡下人最重要。还有一点常被忽略的，就是能常进戏院的到底是少数，看完好戏没有谈话共鸣的对象是非常痛苦的。看电视则皆大欢喜，人人共鸣，到处能找人聊天，谈谈杨丽花的英气勃勃，史艳文的文质彬彬，唉，是多么快意的事！仙堂戏院为此失去了它的观众，戏院的售票小姐常闲得捉苍蝇打架，老板只好另谋出路。先是演电影里面来一段插片，让乡人大开眼界，一致哄传，确实乡人少见妖精打架，戏院景气回升不少。但妖精打来打去总是一回事，很快又失去拥护者。

“假的不行，我们来真的！”戏院老板另谋新招，开始请大腿高开衩的歌舞团演出，一时之间人潮汹涌，但看久了也是同一回事，仙堂戏院又养麻雀了，干脆“整修内部，暂停营业”。后来不知哪儿来的灵感，再开业时广告词是“美女如云，大腿如林的超级大胆歌舞团，再加映香艳刺激、前所未见的美国电影”，企图抢杨丽花的码头。

结局仍是天定——一鼓作气，再而衰，三而竭，仙堂戏院似乎走到绝路了。再多的美女大腿都回天乏术。

到我离开小镇的时候，仙堂戏院一直是过着黯淡的时光，幸而几年以后，观众发现电视的千篇一律其实也和歌舞团差不多，又纷纷回到仙堂戏院的座位上看“奥斯卡金像奖”或“金马奖”的得奖电影——对仙堂戏院来说，也算是天无绝人之路。到这时，抢戏尾的小学生才有机会重进戏院。有几乎十年的时间，父老乡亲全不准小儿辈去仙堂戏院，而歌舞团和插片也确乎没有戏尾可捡。

三十几年过去了，仙堂戏院外貌改变了，竹做的长板条被沙发椅取代，洋铁皮屋顶成了钢筋水泥，铁铸大门代替咿哑的木门，到处都改变了它的历史痕迹。

最好的两个传统被留下来，一是容许小孩子去捡戏尾；二是失窃海报、剧照不予追究。这样的三十年过去了，人情味还留着芬芳。

我至今爱看电影、爱看戏，总喜欢戏的结局圆满，可以说是从仙堂戏院开始的。而且我相信一直下去，总有一天，吾乡说不定出现一个楚浮，那时即使丢掉万张海报也都有了代价——这也是我对仙堂戏院一个乐观的结局。

发芽的心情

有一年，我在武陵农场打工，为果农收成水蜜桃与水梨。那时候是冬天了，清晨起来要换上厚重的棉衣，因为山中的空气格外有一种清冽的冷，深深地呼吸时，凉沁的空气就涨满了整个胸肺。

我住在农人的仓库里，清晨挑起箩筐到果园子里去，薄雾正在果树间流动，等待太阳出来时往山边散去。在薄雾中，由于枝丫间的叶子稀疏，可以清楚地看见那些饱满圆熟的果实，从雾里浮凸出来，青鲜的还挂着夜之露水的果子，如同刚洗过一个干净的澡。

雾掠过果树，像一条广大的河流般，这时阳光正巧洒下满地的金线，果实的颜色露出来了，梨子透明一般，几乎能看见表皮内部的水分。成熟的水蜜桃有一种粉状的红，在绿色的背景中，那微微的红如鸡心石一样，流动着一棵树的血液。

我最喜欢清晨曦光初见的时刻。那时一天的劳动刚要开始，心里感觉到要开始劳动的喜悦，而且面对一片昨天采摘时还青涩的果子，经过夜的洗礼，竟已成熟了，可以深切地感觉到生命的跃动，知道每一株果树全有着使果子成长的力量。我小心地将水蜜桃采下，放在已铺满软纸的箩筐里，手里能感觉到水蜜桃的重量，以及那充满甜水的内部质地。捧在手中的水蜜桃，虽已离开了它的树枝，却像一株果树的心。

采摘水蜜桃和梨子原不是粗重的工作，可是到了中午，全身大致已经汗湿，中午冬日的暖阳使人不得不脱去外面的棉衣。这样轻微的劳作为何会让人汗流浃背呢？有时我这样想着。后来找到的原因是：水蜜桃与水梨虽不粗重，但它们那样容易受伤，非得全神贯注不可——全神贯注也算是我们对大地生养的果实一种应有的尊重吧！

才一个月的时间，我们差不多把果园中的果实完全采尽了，工人们全散工转回山下，我却爱上那里的水土，经过果园主人的准许，答应让我在仓库里一直住到春天。能够在山上过冬是我意想不到的事，那时候我早已从学校毕业，正等待着服兵役的征集令，由于无事，心情差不多放松下来了。我向附近的人借到一副钓具，空闲的时候就坐着噗噗的客运车，到雾社的碧湖去徜徉一天，偶尔能钓到几条小鱼，通常只是看饱了风景。

有时候我坐车到庐山去洗温泉，然后在温泉岩石上晒一个下午的太阳；有时候则到比较近的梨山，在小街上散步，看那些远从山下来赏冬景的游客。夜间一个人在仓库里，生起小小的煤炉，饮一壶烧酒，然后躺在床上，细细地听着窗外山风吹过林木的声音，才深深觉得自己是完全自由的人，是在自然与大地工作过、静心等候春天的人。

采摘过的果园并不因此就放了假，果园主人还是每天到园子里去，做一些整理剪枝除草的工作，尤其是剪枝，需要长期的经验与技术，听说光是剪枝一项，就会影响了明年的收成。我四处游历告一段落，有一天到园子去帮忙整理，我看见的园中景象令我大大地吃惊。因为就在一个月前曾结满了累累果实的园子，这时全像枯去了一般，不但没有了果实，连过去挂在枝尾端的叶子也都凋落净尽，只有一两株果树上，还留着一片焦黄的在风中抖颤的随时要落在地上的黄叶。

园子中的落叶几乎铺满，走在上面窸窣有声，每一步都把落叶踩裂，碎在泥地上。我并不是不知道冬天树叶会落尽的道理，但是对于生长在南部的孩子，树总是常绿的，看到一片枯树反而觉得有些反常。

我静静地立在园中，环目四顾，看那些我曾为它们的生命、为它们的果实而感动过的果树，如今充满了肃杀之气，我不禁在心中轻轻地叹息起来。同样的阳光，同样的雾，却洒在不同的景象之上。

曾经雇用我的主人，不能明白我的伤感，走过来拍我的肩，说："怎么了？站在这里发呆？"

"真没想到才几天的工夫，叶子全落尽了。"我说。

"当然了，今年不落尽叶子，明年就长不出新叶了，没有新叶，果子不知道要长在哪里呢！"园主人说。

然后他带领我在园中穿梭，手里拿着一把利剪，告诉我如何剪除那些已经没有生长力的树枝。他说那是一种割舍，因为长得太密的枝丫，明年固然能结出许多果子，但一棵果树的力量是一定的，太多的树枝可能结出太多的果，但会使所有的果都长得不好，经过剪除，就能大致把握明年的果实。我虽然感觉到那对一棵树的完整有伤害，但一棵果树不就是为了结果吗？为了结出更好的果，母株总要有所牺牲。

我看到有的拇指粗细的枝丫被剪落，还流着白色的汁液，我说："如果不剪枝呢？"

园主人说："你看过山地里野生的芭乐吗？它的果子会一年比一年小，等到树枝长得太盛，根本就不能结果了。"

我们在果园里忙碌的剪枝除草，全是为了明年的春天做着准备。春天，在冬日的冷风中感觉起来是十分遥远的日子，但是当拔草的时候，看到那些在冬天也顽强抽芽的小草，似乎春天就在那深深的土地里，随时等候着涌冒出来。

果然，让我们等到了春天。

其实说是春天还嫌早，因为气温仍然冰冷一如前日。我到园子去的时候，发现果树像约定好的一样，几乎都抽出绒毛一样的绿芽，那些绒绒的绿昨夜刚从母亲的枝干挣脱出来，初面人世，每一片都绿得像透明的绿水晶，抖颤地睁开了眼睛。我看到尤其是初剪枝的地方，芽抽得特别早，也特别鲜明，仿佛是在补偿着母亲的阵痛。我在果树前深深地受到了感动，好像我也感觉了那抽芽的心情。那是一种春天的心情，只有在最深的土地中才能探知。

我无法抑制心中的兴奋与感动，每天第一件事就是跑去园子，看那些喧哗的芽一片片长成绿色的叶子，并且有的还长出嫩绿的枝丫，逐渐在野风中转成褐色。有时候，我一天去看过好几次，感觉黄昏的落日里，叶子长得比当日黎明要大得多。那是一种奇妙的观察，确实能知道春天的讯息。春天原来是无形的，可是借着树上的叶、草上的花，我们竟能真切地触摸到春天——冬天与春天不是天上的两颗星那样遥远，而是同一株树上的两片叶子，那样密结地跨着步。

我离开农场的时候，春阳和煦，人也能感觉到春天的肤触了。园子里的果树也差不多长出整树的叶子，但是有两株果树也没有发出新芽，枝丫枯干，一碰就断落，它们已经在冬天里枯干了。

果园的主人告诉我，每一年过了冬季，总有一些果树就那样死去了，有些当年还结过好果的树也不例外，他也想不出什么原因，只说："果树和人一样也有寿命，短寿的可能未长果就夭折，有的活了五年，有的活了十几年，真是说不准的。奇怪的是，果树的死亡真没有什么征兆，有的明明长得好好的，却就那样地死去了……"

"真是奇怪，这些果树是同时播种，长在同一片土地上，受到相同的照顾，种类也都一样，为什么有的到了冬天以后就活不过来呢？”我问着。

我们都不能解开这个谜题，站在树前互相对望。夜里，我为这个问题而想得失眠了。果树在冬天落尽叶子，为何有的春天不能复活呢？园子里的果树都还年轻，不应该这样就死去的！

“是不是有的果树不是不能复活，而是不肯活下去呢？就像有一些人失去了生的意志而自杀了？或者说在春天里发芽也要心情，那些强悍的树被剪枝，它们用发芽来补偿，而比较柔弱的树被剪枝，则伤心地失去了春天的期待与心情。树，是不是也有心情呢？”我这样反复地询问自己，知道难以找到答案，因为我只看到树的外观，不能了解树的心情。就像我从树身上知道了春的讯息，我并不完全了解春天。

我想到，人世里的波折其实也和果树一样。有时候我们面临了冬天的肃杀，却还要被剪去枝丫，甚至流下了心里的汁液。有那些懦弱的，他就不能等到春天，只有永远保持春天的心情等待发芽的人，才能勇敢地过冬，才能在流血之后还能繁叶满树，然后结出不剪枝前更好的果。

多年以来，我心中时常浮现出那两株枯去的水蜜桃树，尤其是受到什么无情的波折与打击时，那两株原本无关紧要的树，它们的枯枝就像两座生铁雕塑，从我的心中撑举出来，我就对自己说：“跨过去，春天不远了，我永远不要失去发芽的心情。”而我果然就不会被冬寒与剪枝击败，虽然有时静夜想想，也会黯然流下泪来，但那些泪在一个新的春天来临时，往往成为最好的肥料。

我的少年时代

影响我最深的一段历程，应该是在我读高中的时候。为什么这段时期影响我最深？因为只要一念之差，就万劫不复。

我在高中时便决定要做一个写作的人，也就是所谓的作家。我之所以要做作家，有两个很重要的基本因素。一个就是在我小时候，因为我们家是农户，大家的生活很苦，所以每次有县太爷或台湾知名人士之类的人物要到我们乡下来，就有一些老先生老太太，都会在马路上拦住这些大人物，然后跪下来跟他们喊："冤枉啊！大人！"意思大概就是说，为什么我们收成这么好，却卖不掉，全部要倒在河里？为什么是这样不合理的制度？或者说遇到台风要请大官来拯救他们……

那时我们年纪小，看到这种情景都感到非常心酸，这种心酸使我觉得，如果有那么一天，希望我能替这些人讲话，也就是替一些没有机会出声的人发声。这是第一个原因，而这个原因在我小时候就已经萌芽，等到它比较成熟是在念高中时。为什么等到念高中时才比较成熟，因为我以前一直以为农人是挺悲惨的了，等到念高中时，因为我念的是台南一个离海边很近的学校——瀛海中学，我的同学有一些是渔民的子弟，他们比我们更悲惨。

我常常会碰到的一种情况就是，在上学时看到隔壁的同学在哭。我就说，喂！为什么哭呀？因为我念高中已经很少哭了。他说哥哥昨天在海上死了！那时我听了很震撼，因为我小时候一直以为自己的生活很悲惨了，没想到我四周的环境已经这么差了，还有比这更差的，这些人就是渔民，另外还有盐民。那时候盐田都是政府经营的，这些盐民领很少的工资，而且工作非常辛苦。以前晒盐不比现在，盐都是用人挑的，现在已经完全自动化了。所以当时生活很悲惨。那时候我就想，原来还有更悲惨的人，我应该要替他们讲话，为什么这个社会上都没他们的声音！

另外一个原因就是，希望除了能够代他们发声之外，还希望使人跟人之间可以沟通。因为生活在不同环境的人是很难沟通的，不仅是大人，小孩也一样。像我在读书的时候，那时还有省籍的意识，他们会分外省人和本省人，外省人还分这是眷村的、那不是眷村的；本省人也还分这是糖厂的、那是警察局的……像我们就是种田的。然后这些人之间不太容易交朋友，因为背景、思想、行为的不同。我就想为什么会有这么大的差别？原来就是人跟人之间沟通上的障碍。

所以这段时间，我就立定志向要写作。我想要做一个作家，第一个条件就是要读很多书，第二个就是要思考。可是你要知道，在台湾的教育环境里面，是没机会让你在读高中时读很多的书，也没有机会让你每天思考。所以那时候上到高二，我几乎已经变成学校里的一个怪物，因为我每天都会跑到海边去散步、去思考，思考人类的前途。大家都觉得这个小孩怎么如此奇怪。

那时候我读了很多课外书，我曾经立志要把学校图书馆的书，从第一本看到最后一本，所以每天都跑图书馆，什么种类的书我都看，每天做笔记。虽然内容不一定全能吸收，可是那时的我就是认定一个作家就必须懂得那么多，所以拼命看书。

当时我对“作家”没有概念，认为作家就是写文章的，可是哪里有那么多文章可以写？而且你一定要每天写，那就一定要有很多资料，而这些资料要从哪里来？一定是从读很多书得来的。所以在高中时，我就读了不少课外书。刚开始读时，我非常吃惊，这种吃惊就是觉得这些书为什么这么好看？学校的书为什么没这么好看？除了学校的图书馆，我又到外面借回很多三十年代的书籍。有许多书我从第一个字抄到最后一个字。因为那时没有影印机，借来的书只好抄，抄的时候，底下垫好几张复写纸，抄完以后装订，再卖给同学，这样我就把钱赚回来了，而我自己也保留了一份。

那段时期，抄了很多三十年代的作品，这些作品非常深刻地感动着我，我想是因为我童年生活背景的关系。

因为这样，我非常喜欢读书；也因为这样，使我的功课很差，差到什么程度呢？我念高中二年级时，第一个学期结束，放了寒假在家里，我爸爸收到我的成绩单，在饭桌上打开来看后，对我说：

"还不错嘛！有一科蓝色的。"

而且这蓝色是美术科——六十分，其他全都不及格，我爸爸妈妈一直到现在还搞不懂的是，我是我们家的小孩最爱念书的，每天回到家就是关在书房里，可是成绩却是我们家的小孩中最差的，我哥哥姊姊的成绩都不错。我妈妈就觉得很奇怪，是不是这个小孩头脑有问题，他花了那么长的时间读书，可是却读成这样子。但是他们也不忍责备我，因为我实在已经太用功了。他们并不清楚，在学校读书是一定要读考试的书的。

因为喜欢读课外书，所以课业成绩一落千丈，课业成绩不好，学校老师就看不起，不但看不起，而且态度也不好。常常因为很小的事情，老师会骂我，我不服气就反抗，他们便不高兴。结果到了高二，我已经被记了两个大过、两个小过、留校察看。他们不准我再住在学校宿舍，怕我会影响别的同学的情绪和操行。所以我高中二年级到三年级都在校外租房子，住过杀猪的家、住过杂货店……

爸爸妈妈很伤心，为什么这么爱读书的孩子会受苦刑到这步田地？他们无法理解，常常问我到底要做什么？为什么书读得那么烂？我说我要当作家。他们说作家是做什么的？我说作家就是写了文章以后寄出去，人家钱就寄来了，不是很好吗？我爸爸就认为那是绝不可能的，天下哪有那么好的事？

那时候我的人生已经快完蛋了，因为我觉得已经没有什么指望了。我就想说不要念书，回到乡下去种田。然后一边种田，一边发展我写作的事业。可是爸爸妈妈都坚决反对我做这样的决定，因此考虑让我转学。

可是后来我并没有转。为什么呢？因为幸好在我高中二年级下学期，碰到一位很好的国文老师兼导师。他的名字叫王雨苍，北大毕业，已经有一把年纪了，是从公立高中退休后到私立学校教书的，因为教书是他的兴趣。

在我被人看不起的那段时间，他就是对我非常的好，可以说是这个世界上第一个鼓励我写作的人。他那时问我到底在干什么？我说我想当作家。他听后吓了一大跳，因为他教书多年，也没听到有学生想当作家的。他就问我为什么，我说我要为沉默的大众发声，要促进人跟人之间的沟通。他听了很感动，觉得我年纪那么小，志气却那么大。于是他就一直鼓励我，要我及时开始做准备。

所以那个时候，我每天写一两千字的文章，这也是当时唯一支持我继续读书和活下去的理由。写了一段时间之后，因为投稿常见报，在学校里渐渐出了名。那时我的文章常被登在《联合报》等一些不得了的台湾报纸上，大家都觉得很惊讶，并开始对我另眼相看。

那时候（大概二十年前），一篇稿费（一千多字）大概三四百元，可以在学校吃住一两个月不成问题。

因为这样，我常代表学校出去参加作文比赛，每次都得奖。好几次还得到台南市论文比赛第一名。老师也开始对我比较善待，他们都知道我要当作家，大学考不上也没有关系，所以打那时候开始，也没有人逼我要好好读书。我想这一段时期对我后来的影响非常大，因为如此，我差不多在高中时期就放弃了考大学的念头，认为我应该好好写作而不要考大学。那时校长还把我叫去，告诉我不用报名了，因为报名费一百四十元，他说：

“你干脆把那一百四十元省下来，买西瓜请同学吃好了！”

我说我还是要赴考，至少要给爸爸妈妈一个交代。可是那时候我已经非常确定我的志向，那就是将来要做一个作家；即使没有考上大学，仍然会继续写作，不管身处在什么情况之下。

想当然耳，第一年我就名落孙山——落榜了。我爸爸卖了家里的一块田地，筹了一笔钱。他把我叫去，说：

“你没有考上，我知道你很难过，现在这里有三万多块，我听说台北有一种补习班是保证班，你缴了钱就保证一定考上。你把这笔钱缴去保证班吧！保证班一年八千块，缴了学费，你还有余钱可以在台北生活。”

于是我就带着一笔三万多块的钱来台北。在补习班门前徘徊了好几天，因为我这辈子从来没有拿过这么大的一笔钱，这三万多块缴进去，实在太可惜！缴给别人花还不如自己花。自己要怎么花呢？那时我就想，三万块，如果一个人拿来过一年，绰绰有余！因为一个月花两千多，在当时来说已经很不错了。

那时不知哪里来的勇气，我立即做了一个决定，我不要补习，我要把这笔钱拿来做一个旅行，因为我在高中时就很想去了解别人的生活，这方面的经验缺乏。所以我就想去一些地方旅行，了解一些地方的风土人情，那对我的写作会很有帮助。

所以我便开始计划一年的旅行，到澎湖住一个月，去梨山一个月，去南台湾、东澳、南澳、苏澳、山地部落、矿坑、牧场……环岛旅行了一年，这三万多块还没花完，因为我住很便宜的地方，或者在当地打工。

那一年，我一边旅行、一边做笔记，觉得生命变得很丰富。那时我有一个月住在海边，每天到海边散步，回到住的地方常喝茶，觉得人生真是幸福，因为在我高中毕业之前，简直不敢想象人可以这样过日子。这时候完全处在一种非常平静的心情之下，可以做一些自己喜欢的事。一直到现在，我仍然很喜欢自己跟自己对话、自己同自己思考。去梨山时，我发现梨山在征采水蜜桃的工人，日资四十元并供膳宿。我觉得这个工作不坏，就去做工，吃住了一个多月，一直到水蜜桃采收完后才下山。

那一年，对我的影响实在太大了，我发现自己的眼界突然被打开了，原来世界这么广大，和我以前所想的完全不同。对一个高中毕业生来说，他独自去旅行一年，那种感受非常强烈、刻骨铭心，带给他是多么大的震撼！此外，它让我比较真实地认识别人的生活。

我们以前因为生活环境的关系，使我们在体验上受了极大的限制，不知道人到底是怎么样过生活。原来这个世界上有很多不同的人、做不同的工作，这个经验深深地影响到我后来的创作。譬如后来我花很长的时间去写报告文学，以至于后来做新闻记者，就是喜欢去了解这些东西。我的散文之所以常常写进生活层面去，就是因为我极其喜欢人文。因为最让我们震撼的不是自然，而是直接生活在这里面的人的想法和心情，即使在一个风景一般的地方，如果这里有一些人有一些特别的想法，我们就会觉得这里很美。

不过很悲惨的是，那年考大学又落榜了，但是我一点儿都不觉得遗憾，因为这种交换对我来说，实在很可贵。

第三年，我为了不辜负爸爸妈妈对我考上大学的期望，努力地考上了世界新专电影科。考上以后，我爸爸放了一串鞭炮，庆祝我终于金榜题名了。

那一段时期的经历对我的影响很大，使我非常确立自己写作的志向。在旁人来说，写作也许只是他们的兴趣，觉得写文章可以做一些自我的表达；可是对我来说却不同，我一开始写作的动机就是希望为这个世界写作，为这个世界的人写作。

我比较不喜欢做所谓的“乖孩子”，我在读高中时，就常常做一种思考——这个事情如果很多人都用同样的观点来看的时候，你有没有一个新的观点？我认为一个写作的人就是要在人潮里做逆流。当这个世界都被污水弄脏的时候，我即使只有一滴清水，也要拿来清洗这个世界。

我的少年时代是那么美、那么真实，那一段岁月里，我想，我基本的人格与风格都已经养成了。

（林清玄口述，曹韵怡笔录）

箩　筐

午后三点，天的远方擂过来一阵轰隆隆的雷声。

有经验的农人都知道，这是一片欲雨的天空，再过一刻钟，西北雨就会以倾盆之势笼罩住这四面都是山的小镇，有经验的燕子也知道，它们纷纷从电线上剪着尾羽，飞进了筑在人家屋檐下的土巢。

但是站在空旷土地上的我们——我的父亲、哥哥、亲戚，以及许多流过血汗、炙过阳光、淋过风雨的乡人，听着远远的雷声呆立着，并没有人要进去躲西北雨的样子。我们的心比天空还沉闷，大家都沉默着，因为我们的心也是将雨的天空，而且这场心雨显得比西北雨还要悲壮、还要连天而下。

我们无言围立着的地方是溪底仔的一座香蕉场，两部庞大的“怪手”正在慌忙地运作着，张开它们的铁爪一把把抓起我们辛勤种植出来的香蕉，扔到停在旁边的货车上。

这些平时扒着溪里的沙石，来为我们建立一个更好家园的怪手，此时被农会雇来把我们种出来的香蕉践踏，这些完全没有人要的香蕉将被投进溪里丢弃，或者堆置在田里当肥料。因为香蕉是易腐的水果，农会怕腐败的香蕉污染了这座干净的蕉场。

在香蕉场堆得满满的香蕉，即使天色已经晦暗，还散放着翡翠一样的光泽，往昔丰收的季节里，这种光泽曾是带给我们欢乐的颜色，比雨后的彩虹还要闪亮；如今变成刺眼得让人心酸。

怪手规律的呱呱响声，和愈来愈近的雷声相应和着。

我看到在香蕉集货场的另一边，堆着一些破旧的棉被，和农民弃置在棉被旁的箩筐。棉被原来是用来垫娇贵的香蕉以免受损，箩筐是农民用来收成的，本来塞满收成的笑声。棉被和箩筐都贱满了深褐色的汁液，一层叠着一层，经过了岁月，那些蕉汁像一再凝结而干涸的血迹，是经过耕耘、种植、灌溉、收成而留下来的辛苦见证，现在全一无用处地躺着，静静等待着世纪末的景象。

蕉场前面的不远处，有几个小孩子用竹子撑开一个旧箩筐、箩筐里撒了一把米，孩子们躲在一角拉着绳子，等待着大雨前急着觅食的麻雀。

一只麻雀咻咻两声从屋顶上飞翔而下，在蕉场边跳跃着，慢慢地，它发现了白米，一步一步跳进箩筐里；孩子们把绳子一拉，箩筐砰然盖住，惊慌的麻雀打着双翼，却一点也找不到出路，悲哀地号叫出声。孩子们欢呼着自墙边出来，七八只手争着去捉那只小小的雀子，一个大孩子用原来绑竹子的那根线系住麻雀的腿，然后将它放飞。

麻雀以为得到了自由，振力地飞翔，到屋顶高的时候才知道被缚住了脚，颓然跌落在地上，它不灰心，再飞起，又跌落，直到完全没有力气，蹲在褐黄色的土地上，绝望地喘着气，还忧戚地长嘶，仿佛在向某一处不知的远方呼唤着什么。

这捕麻雀的游戏，是我幼年经常玩的，如今在心情沉落的此刻，心中不禁一阵儿哀戚。我想着小小的麻雀走进箩筐的景况，只是为了啄食几粒白米，未料竟落进一个不可超拔的生命陷阱里去，农人何尝不是这样呢？他们白日里辛勤地工作，夜里还要去巡回水，有时也只是为了求取三餐的温饱，没想到勤奋打拼的工作，竟也走入了命运的箩筐。

箩筐是劳作的人们一件再平凡不过的用具，它是收成时一串快乐的歌声。在收成的时节，看着人人挑着空空的箩筐走过黎明的田路，当太阳斜向山边，他们弯腰吃力地挑着饱满的箩筐，走过晚霞投照的田埂，确是一种无法言宣的美，是出自生活与劳作的美，比一切美术音乐还美。

我每看到农人收成，挑着箩筐唱简单的歌回家，就冥冥想起托尔斯泰的艺术论，任何伟大的作品都是蘸着血汗写成的。如果说大地是一张摊开的稿纸，农民正是蘸着血泪在上面写着伟大的诗篇；播种的时候是逗点，耕耘的时候是顿号，收成的箩筐正像在诗篇的最后圈上一个饱满的句点。人间再也没有比这篇诗章更令人动容的作品了。

遗憾的是，农民写作歌颂大地的诗章时，不免有感叹号，不免有问号，有时还有通向不可知的分号！我看过狂风下不能出海的渔民，望着箩筐出神；看过海水倒灌淹没盐田，在家里踢着箩筐出气的盐民；看过大旱时的龟裂土地，农民挑着空的箩筐叹息。那样单纯的情切意乱，比诗人捻断数根须犹不能下笔还要忧心百倍；这时的农民正是契诃夫笔下没有主题的人，失去土地的依恃，再好的农人都变成浅薄的、渺小的、悲惨的、滑稽的、没有明天的小人物，他不再是个大地诗人了！

天候的不能收成和没有收成固然是伤心的事，可倘若收成过剩而又必须抛弃自己的心血，那更是最大的打击。这一次我的乡人因为收成过多，不得不把几千公斤的香蕉毁弃，每个人的心都被抓出了几道血痕。在过去的岁月里，他们只知道“一分耕耘，一分收获”的天理，从来没有听过“收成过剩”这个东西，怪不得几位白了胡子的乡人要感叹起来：真是没有天理呀！

当我听到故乡的香蕉因为无法产销，便搭着黎明的火车转回故乡，火车空洞空洞空洞地奔过田野，天空稀稀疏疏地落着小雨，戴斗笠的农人正弯腰整理农田，有的农田里正在犁田，农夫将犁绳套在牛肩上，自己在后面推犁，犁翻出来的烂泥像春花在土地上盛开。偶尔也看到刚整理好的田地，长出青翠的芽苗，那些芽很细小只露出一丝丝芽尖，在雨中摇呀摇的，那点绿鲜明地告诉我们，在这一片灰色的大地上，有一种生机埋在最深沉的泥土里。台湾的农人是世界上最勤快的农人，他们总是春耕者如斯，不舍昼夜，而我们的平原也是世界上最肥沃的土地，永远有新的绿芽从土里争冒出来。

看着急速往后退去的农田，我想起父亲戴着斗笠在蕉田里工作的姿影。他在土地上种作五十年，是他和土地联合生产了我们，和土地已经种下极为根深的情感，他日常的喜怒哀乐全是跟随土地的喜怒哀乐。有时收成不好，他最受伤的，不是物质的，而是情感的。在我们所拥有的一小片耕地上，每一尺都有父亲的足迹，每一寸都有父亲的血汗。而今年收成这么好，还要接受收成过剩的打击，对于父亲，不知道是伤心到何等的事！

我到家的时候，父亲挑着香蕉去蕉场了，我坐在庭前等候他高大背影，看到父亲挑着两个晃动的空箩筐自远方走来，他旁边走着的是我毕业于台湾大学的哥哥，他下了很大决心才回到故乡帮忙父亲的农业。由于哥哥的挺拔，我发现父亲这几年背竟是有些弯了。

长长的夕阳投在他挑的箩筐上，拉出更长的影子。

记得幼年时代的清晨，柔和的曦光总是会肆无忌惮地伸出大手，推进我家的大门、院子，一直伸到广场的神案上，使案上长供的四果一面明一面暗，好像活的一般，大片大片的阳光真是醉人而温暖。就在那熙和的日光中，早晨的微风启动了大地，我最爱站在窗口，看父亲穿着沾满香蕉汁的衣服，戴着顶尖上几片竹叶已经掀起的旧斗笠，挑着一摇一晃的一对箩筐，穿过庭前去田里工作；爸爸高大的身影在阳光照耀下格外雄伟健壮，有时除了箩筐，他还荷着锄头、提着扫刀，每一项工具都显得厚实有力，那时我总是倚在窗口上想着：能做个农夫是多么快乐的事呀！

稍稍长大以后，父亲时常带我们到蕉园去工作，他用箩筐挑着我们，哥哥坐前面，我坐后边，我们在箩筐里有时玩杀刀，有时用竹筒做成的气枪互相打苦苓子，使得箩筐摇来晃去，爸爸也不生气；真闹得他心烦，他就抓紧箩筐上的扁担，在原地快速地打转，转得我们人仰马翻才停止，然后就听到他爽朗洪亮的笑声串串响起。

童年蕉园的记忆，是我快乐的最初，香蕉树用它宽大的叶子覆盖累累的果实，那景象就像父母抱着幼子要去进香一样，同样涵盖了对生命的虔诚。农人灌溉时流滴到地上的汗水，收割时挑着箩筐嘿呵嘿呵的吆喝声，到香蕉场验关时的笑谈声，总是交织成一幅有颜色有声音的画面。

在我们蕉园尽头处有一条河堤，堤前就是日夜奔湍不息的旗尾溪了。那条溪供应了我们土地的灌溉，我和哥哥时常在溪里摸蛤、捉虾、钓鱼、玩水，在我童年的认知里，不知道为什么就为大地的丰饶而感恩着土地。在地上，她让我们在辛苦的犁播后有喜悦的收成；在水中，她生发着永远也不会匮乏的丰收讯息。

我们玩累了，就爬上堤防，回望那一片广大的蕉园，由于蕉叶长得太繁茂了，我们看不见在里面工作的人们，他们劳动的声音却像从地心深处传扬出来，交响着旗尾溪的流水潺潺，那首大地交响的诗歌，往往让我听得出神。

直到父亲用箩筐装不下我们去走蕉园的路，我和哥哥才离开我们眷恋的故乡到外地求学，父亲送我们到外地读书时说的一段话到今天还响在我的心里："读书人穷没有关系，可以穷得有骨气；农人不能穷，　穷就双膝落地了。"

以后的十几年，我遇到任何磨难，就想起父亲的话，还有他挑着箩筐意气风发到蕉园种作的背影，岁月愈长，父亲的箩筐也魔法似的一日比一日鲜明。

此刻我看父亲远远地走来了，挑着空空的箩筐，他见到我的欣喜中也不免有一些黯然，他把箩筐随便地堆在庭前，一言不发。我忍不住问他："情形有改善没有？"

父亲涨红了脸："伊娘咧！他们说农人不应该扩大耕种面积，说我们没有和青果社签好约，说早就应该发展香蕉的加工厂，我们哪里知道那么多？"父亲把蕉汁斑斑的上衣脱下挂在庭前，那上衣还一滴滴地落着他的汗水，父亲虽知道今年香蕉收成无望，今天在蕉田里还是艰苦地做了工的。

哥哥轻声地对我说："明天他们要把香蕉丢掉，你应该去看看。"父亲听到了，对着将落未落的太阳，我看到他眼里闪着微明的泪光。

我们一家人围着，吃了一顿沉默而无味的晚餐，只有母亲轻声地说了一句："免气得这样，明年很快就到了，我们改种别的。"阳光在我们吃完晚餐时整个沉到山里，黑暗的大地只有一片虫鸣唧唧。这往日农家凉爽快乐的夏夜，儿子从远方归来，却只闻到一种苍凉和寂寞的气味，星星也躲得很远了。

两部怪手很快地就堆满一辆载货的卡车。

西北雨果然毫不留情地倾泻下来，把站在四周的人群全淋得湿透，每个人都纹风不动地让大雨淋着，看香蕉被堆上车，好像一场气氛凝重的告别式。我感觉那大大的雨点落着，一直落到心中升起微微的凉意。我想，再好的舞者也有乱而忘形的时刻，再好的歌者也有仿佛失曲的时候，而再好的大地诗人——农民，却也有不能成句的时候。是谁把这写好的诗打成一地的烂泥呢？是雨吗？

货车在大雨中，把我们的香蕉载走了，载去丢弃了，只留两道轮迹，在雨里对话。

捕麻雀的小孩，全部躲在香蕉场里避雨，那只一刻钟前还活蹦乱跳的麻雀，死了。最小的孩子为麻雀的死哇哇哭起来，最大的孩子安慰着他："没关系，回家哥哥烤给你吃。"

我们一直站到香蕉全被清出场外，呼啸而过的西北雨也停了，才要离开，小孩子们已经蹦跳着出去，最小的孩子也忘记死去麻雀的一点点哀伤，高兴地笑了，他们走过箩筐，恶作剧地一脚踢翻箩筐，让它仰天躺着；现在他们不抓麻雀了，因为知道雨后，会飞出来满天的蜻蜓。

我独独看着那个翻仰在烂泥里的箩筐，它是我们今年收成的一个句点。

燕子轻快地翱翔，蜻蜓满天飞。

云在天空赶集似的跑着。

麻雀一群，在屋檐咻咻交谈。

我们的心是将雨，或者已经雨过的天空。

最好的范本

到一个小镇去演讲，主办演讲的人正好是补习班的老板，力邀我顺道去他的“儿童作文班”演讲，盛情难却，加上我一向喜欢与人为善，就答应了。

在路上，老板问我：“林先生小时候上过作文班吗？”

我说：“没有，在我小的时候根本没有作文班，没有人为了作文去补习的。”

他说：“那么，你觉得作文班要怎么教才好？”

“我不知道，我真的不知道要怎么教人写作文呢！”

老板一脸疑惑，车子到了补习班门口，才发现补习班比我想象得大，不仅有作文班，还有绘画班、音乐班、英语班、数学班，从这里也可以发现，即使在小城镇，父母也十分关心孩子的才艺，希望孩子的才华十项全能。

到了作文班，我大略看了孩子的作文，发现小孩子写的都是议论文，这使我感到惊讶，因为孩子的人生观点才刚刚起步，对人生会有什么好的议论呢？作文班的老师告诉我，那是为了训练孩子写论文的习惯，以便他们到中学时，作文的考试得到高分。

我给小朋友的建议只有三个，一是从自己身边熟悉的人事来写作文。二是尽量地抒情，少发议论，一个人如果能充沛地表达感情，要发议论就很简单了。三是不要为了考试才学作文，不要老师说什么就写什么，因为作文是一件很快乐、很有趣、很有创造性的事。

离开作文班之后，我想起在小时候，自己为什么想写文章，那是源自于对故乡、对人情的感动。当我在读小学的时候，看到故乡旗山学校那年代久远、高大无比的椰子树，想到我的父亲、哥哥、姊姊都和我读过这个学校，内心就充满感动。在我每次爬上古山顶上，总会动情于那些姿势强健优美的大树，然后俯视我的故乡，与坚挺的旗尾山遥相对望，就会想起“旗鼓相当”的成语，想到百年前，这里曾被誉为“全台八景”，只是很少人知道了。

有时候，我会听老年的人谈起我的祖父林旺，他是第一个在旗山开“牛车货运行”的人，日本侵略时期怎样经营米店、买菜的轶事，听说他的性格刚烈，只要家里养的牛打架输了，他会用木炭把牛角烤软、削尖，去讨回公道。

我亲眼看到我的乡亲透早就出门，天尾渐渐光，艰苦无人问的农作生活，感受到“赤脚的，逐鹿；穿鞋的，吃肉”那种对生命的不平，心想一定要有人写出他们的心声。

我的父母亲教养一大群孩子，时而严厉、时而温柔，做牛做马让我们长大、受教育，并培养对人生的远见，不在困苦挫折中畏缩，现在想来还会动容眼湿。

再看到故乡农业由盛而衰，“香蕉王国”的盛况失去已久，大部分土地荒芜、废耕，故乡子弟的素质不能提升，反映了整个台湾农业与教育的失落。从前在蕉园中嬉戏的情景，怅然难忘！

就在我们生活的故乡，在我们深爱着的亲人朋友间，就存着最动人的素材，只要能把这些感情表达，便是最好的作文了。

追着台糖的小火车向前奔跑，看能不能捡到掉落的白甘蔗。

在收采过的番薯田里，找没有挖走的番薯在田间烘番薯。

在清澈的楠梓仙溪摸蛤兼洗裤，在包仔湖游泳、捡石头、漂水花、晒太阳。

沿着稻香与油菜花香的小路，散步到美浓，感知生命之美，弄得震荡内心。

看妈妈如何把一个鸡蛋切成八片，如何把一粒苹果切成十二片，如何做凤梨竹笋豆瓣酱，如何做番茄煎饼，把技能发展到极限，其中有无量的爱并维持公平。

看到父亲和故乡父老端立看着因生产过剩被倾倒的香蕉而老泪纵横……

如果我们要写好作文，故乡与爱就是最好的范本，在风与白云之间，有一群人在无限的时空中相遇，共同生活与呼吸，这就是最值得珍惜的因缘了！

不论我们是要写好考试的作文，或抒情的作文，甚至为生命写一篇文采斐然的文章，就从故乡和亲人开始吧！

第二章

比景泰蓝更蓝

永远有利息在人间

从前读陈之藩先生的《在春风里》，里面附了一封胡适之先生写给他的信，有这样的几句："我借出的钱，从来不盼望收回，因为我知道我借出的钱总是'一本万利'，永远有利息在人间。"

我读到这段话时掩卷长叹，那时我只是十八岁的青年，却禁不住为胡先生这样简单的话而深深地动容，心里的感觉就像陈之藩先生后来的补记一样："我每读此信时，并不落泪，而是自己想洗个澡，我感觉自己污浊，因为我从来没有过这样澄明的见解与这样广阔的心胸。"

胡先生因此对待朋友"柔和如水，温如春光"，也因为他的澄明，"他能感觉到人类最需要的是博爱与自由，最不能忍受的是欺凌与迫害，最理想的是如行云在天，如流水在地，自由自在的生活。"

我想，在这个世界上能把私利看淡到这样的境界，确实是很不容易的事，胡先生的生平事迹很多，但最感动我的就是这一句"永远有利息在人间"。从佛教的观点来看，这是一种布施的菩萨行，也是佛徒所行的六波罗蜜的首要。

世尊在《大般涅槃经》曾如此开示："菩萨摩诃萨，行布施时，于诸众生，慈心平等，犹如子想。又行施时，于诸众生，起悲悯心；譬如父母，瞻视病子。行施之时，其心欢喜；犹如父母，见子病愈。既施之后，其心放舍；犹如父母，见子长大，能自在活。”

不同的是，胡先生是借给朋友和晚辈，不盼望收回，而佛菩萨所行的则不分亲疏普及于众生，在根本上也没有盼望或不盼望的问题。而且胡先生借出去后知道有利息在人间，佛菩萨根本不知利息，忘记利息，是“惠施众生，不自为己”，是“惠施求灭，不求生天”，是“解脱惠施，不望其报”，在境界上是究竟的超越了。

一个人活在这个世界上，大致可以分成三种境界：一是提不起，放不下。二是提得起，放不下。三是提得起，放得下。一般人是提不起，放不下，像我有一个朋友从不借钱给人，问他原因，他说：“为了免得将来低声下气地向人要债，干脆不借算了。”这是第一种人。第二种是争名夺利之辈，攒了一大堆钱，可是看到人贫病忧苦，眉头也不皱一下，到最后两手一松，留下一大堆钱反而养出一堆无用的子孙。

胡适先生则接近了第三种人，只有这一种人才能昭如日月，平淡坦然，不为人间的几个利息而记挂忧心，人生才能自在。

若有人问：那么，佛的施舍是什么境界？

《华严经》里说到十种净施，是众生平等的布施，是随意的布施，是积极的布施，是有求必应的布施，是不求果报的布施，是心无挂碍的布施，是内外清净的布施，是远离有为无为的布施，是舍身护道的布施，以及施受财三者清净如虚空的布施。

到了这种境界，利息就不是在人间，也不是在天上，而是自在圆满，布满虚空了。

梦的台北

三十年前，我第一次到台北，在台北读大学的堂兄带我到中华路、西门町一带去玩，当公车开到中华路的时候，我为着台北的灯火辉煌、马路的开阔而震撼了。对比着入夜即漆黑一片的家乡，台北给我的感觉就像梦一样，有点儿像童话世界，一点儿也不真实。

然后，我们一起去逛中华商场，当时中华商场才盖了一年，房舍整齐干净、游人如织，电器、服装、古董、艺品、小吃店满是人潮，物品堆积得满坑满谷。对比着贫穷的南部乡下，很难想象台北是如此富裕，而且也是在中华商场，我第一次看见电视机。

逛完中华商场，堂兄带我到“真北平”去吃烤鸭，堂兄那时兼了几个家教，生活很不错的样子，吃饭的时候他告诉我，在台北谋生比较有机会，大学毕业后他将留在台北，说这些话的时候，他的眼神里有着希望的光芒。那也是我这一辈子第一次吃到北平的烤鸭。

吃过饭，我们散步到中华路和宝庆路的圆环，坐在圆环里，看南来北往的火车，在这个繁忙的都市里穿梭来去。抬起头来，中华商场的顶楼，许多巨型的霓虹灯闪烁，在夜空中明亮而华美，我看着当时令我十分崇拜的堂兄说：“七哥，我长大也要来住台北。”——说这句话的时候，我到台北还不到五小时，没到过台北的其他地方，可见中华商场给我的撞击了。——堂兄摸摸我的头说："好呀！等你上台北的时候，说不定可以住在我家呢！"

说这话的十年后我到台北读书，七哥已经在家乡病逝了。七哥服完兵役后并没有如愿到台北来，因为当时故乡的中学有一个教师的空缺，他被召唤回乡去教书了。他教书的时间，我正在台南读中学，每次看到他都觉得他不快乐，结果，他不到四十岁就过世了。我每次走到中华商场，想到饱学的堂兄那未竟的台北之梦，都感到微微的心酸。

七哥抑郁死在乡下，使我在退伍的第二天就到台北来，不是因为台北有更好的谋生机会，而是由于我已经比较真实地认识了台北不只是中华商场，如果要从事人文的工作，台北是比乡下更合适的场景。

读书的时代，我时常和朋友去逛中华商场，每有乡下的亲戚朋友来，我也会带他们去走中华商场，仿佛回到了我九岁那一年。我认识的台北，就是从中华商场的霓虹灯开始的。

在《中国时报》工作的时候，离中华商场更近了，我有一个知心的朋友在《台湾新生报》上班，几乎是每天晚上，我从万华赶公车到延平南路，我们相偕散步到中华商场去吃大陈岛人卖的砂锅，那甜美的滋味和真诚深刻的友谊，至今还回味不已。我们把陈年绍兴酒写着名字，就寄存在店里，满墙写着名字的酒，光是看着就要醉了。

每天和最要好的朋友饮一盅陈年绍兴，我觉得是人生中最值得记忆的情味。而如今，我有十年的时间滴酒未沾了；而如今，好友息交绝游已有十二年的时间。从那时开始，我再也没有进去吃过一次大陈岛人的砂锅，我怕吃的时候一定会心碎落泪。

人生之味有点儿像砂锅之味，我们放了太多的东西，在同一个锅子里煮，最后就百味杂陈了。

我在台北住的时间竟超过二十年了，偶尔路过中华路，偶尔穿过那杂乱的、堆满物品的骑楼，总会想到在许多年以前，电影还是黑白片、收音机还是广播剧的时代，一个乡下少年抬头看霓虹灯的影子，那影子如梦相似。

中华商场就要拆了，我想到那些碎落的记忆、失散的朋友，不知道当年一起吃砂锅的人可还安好？不知道最后寄放的那瓶陈年绍兴，是给谁喝了？

有些东西是可拆的，有些东西是拆不掉的，

有些东西会流失，有些东西会永存。

有些人会变质，有些质会常青。

有些梦，唉！实现了不一定比保藏着好！

比景泰蓝更蓝

近几年，年年都到花莲台东，有时一年去好几趟，通常是坐飞机，偶尔坐火车，竟有十二年时间没有走过苏花公路。

前些日子，应朋友之邀到花莲，搭车走苏花公路，车子沿着高耸的悬崖前行，时而开阔无比，时而险峻异常，时而绿树如缎，时而白云似练，深心里生起一种感动，仿佛太平洋的波涛，一波一波从海边泛起来。

难道苏花公路比我从前来的时候更美吗？我心里觉得疑惑。

当学生的时代，我也几乎每年到苏花公路，当时一方面是热爱东部雄峻高昂的山水，一方面则热心于社会服务，常随着学校的社会服务团到南澳、东澳的山地部落去做服务工作，每次也是走苏花公路。二十年前的苏花公路比现在狭小，许多地方单线通车，因此走走停停，觉得路途特别迢遥。那个时候没有冷气车，山风狂乱、尘土飞扬，车内燥热、百味杂陈，原住民时常提着鸡鸭上车，每回到了目的地都是灰头土脸的。

有一次，独自在苏花公路一带自助旅行，每到一站就住两三天。二十年前的旅游不发达，几乎找不到像样的饭店，连普通的旅舍也难找，只有一种木板铺成一片的“通铺”，专供到深山采药、采兰花，或走江湖卖艺唱戏的人居住，我就住在那些地方，每天十元。夜里，飞蛾、蟋蟀在屋内飞翔，壁虎、蟑螂横行于壁间，墙壁上全是蚊虫、跳蚤、虱子被打死留下的血迹。

一夜，我到了南澳，已经夜深，投宿于这种平民客栈，睡前找不到漱洗的地方，老板娘说：“呀！后面有个池塘，我们的客人都在那里洗澡！”

我走到屋后，果然有个池塘，在树林之间，星月映照在池水上，满心欢喜地在池边刷牙、洗澡，觉得池水清凉甘美，还喝了几口，才回通铺睡觉。

第二天黎明醒来，再走到池边，大吃一惊，原来池水是乌黑的，池上飘满腐叶，甚至还有虫、蝶、金龟子的尸体，这使我感觉到人的感受是不真实的，昨夜那种美的印象完全破灭了。

虽然旅行的环境是如此简陋，每天一走出屋外，进入溪谷、林间、海滨的时候，就知道一切是多么值得，只要能走入那么美的风景，就是睡在地上也是甘之如饴的。

溪清、林茂、海蓝、云白，满山的野百合和月桃花，有时光是坐着放松，就会感动得心潮起伏，这福尔摩莎，这美丽之岛，这无可取代的土地呀！

二十年前，车稀路窄，一到夜晚，苏花公路就沉寂了，独自在大街上散步，觉得身心了无挂碍，胸怀澄澈如水，一直到现在都还深深地记得远处的涛声，以及在山路间流动的夜来香的香气。

苏花公路的记忆是我少年时代最美的记忆，葛玛兰的橄榄树、泰雅族的聚落、蓝腹鹇的歌声，和南寺的晨钟暮鼓，光是想着就要微酣了。

那个时候所强烈感受的美，未曾经过岁月的沉淀，没有感情的蒸馏，未经流水的冲刷，依然是粗糙的。这一次坐在冷气车中，细细回想起从前所走过的路，窗外无声，云飞影移，觉得眼前的景色更美，在美中有一种清明，是穿过了爱恨，提升了热情所得到的清明。

原来，所有美的感受都要穿过心灵，愈陈愈香、越久越醇，就好像海岸溪边的卵石，一切杂质都已流去，只剩下最坚实、纯净、浑圆的石心。

我对朋友说："住在台湾的人，如果每隔一段时间就能走一趟苏花公路，人生也就无憾了。"确实，我们走遍世界，才会发现最美的人间景致，就在我们身边呢！

一连几个晚上，我都住在亚士都饭店，亚士都算是花莲的老饭店了，简朴有风味还像以前一样，站在阳台面海的方向，可以看见明亮的天星，偶有流动的萤火，空气里有青草伴着海风，夹带着槟榔花那极为浓郁特殊的香味。

我独自沿着海滨公园散步，秋季海上的朔风已经起了，一阵儿强过一阵儿，椰子树也摇出抽象的舞姿。东部的天空即使是夜晚，也如景泰蓝那种深蓝，白云依稀可辨，云们好像听见了起跑的枪声，全往更深的山谷奔驰。

如果有点儿音乐，就更好了，我想着。

海，像是听见我的念头，开始更用力地演奏涛声，一遍一遍，永不歇止。人与海涛在寂寞中相遇，便是最好的音乐。

少年的歌声也随海涛汹涌着，我想起，曾在东澳的山路上采了一束月桃花，送给一位美丽的少女，月桃花依旧盛放，少女的神采则早已在云端上了。

如果，如果，再下点儿微雨，就更好了！

想象的城堡

一位在现代社会受够了烦郁与挫折的青年，决心去找老师学禅，希望能断除生命的烦恼。

他终于在毗邻着海岸的松林中，见到了一个禅师。青年开始向老师诉说了他在生活、社会及情爱中所遭受的种种烦恼，并且说出希望来学习禅的愿望。

安静沉默的禅师，不知道有没有听到青年的诉苦，因为他的眼睛总是看着木屋前的连绵松林，眺望着山崖远方的大海，等到青年停止了说话，禅师自言自语地说："这帆船遇到满帆的风，行走得好快呀！"

青年转头看海，看到一艘帆船正迎风破浪前进，但随即回过头来，他以为禅师并没有听懂他的意思，于是加重语气地诉说了自己的种种痛苦，因为他在个人的烦恼、爱情的破灭、社会的缺陷、人类的前途中已经快要纠结而发狂了。

禅师好像在听，好像不在听，依然眺望着海中的帆船，自言自语地说："你还是想想办法，停止那艘行走的帆船吧！"说完，就起身走了。

青年感到非常茫然，他的问题甚至没有任何解答，只好回家去。过几天以后，他又来拜见禅师，一进门他就躺在地上，两脚竖起，用左脚脚趾扯开右脚的裤管，他的形状正像一艘满风的帆船。

老禅师会心地笑了，随手打开西窗说:“你能让那座山行走吗？”青年没有答话，站起来在室内走了三四步，然后坐下来，向老师顶礼，礼拜完后默然下山离去，再度投入红尘。

读完这个故事，我们心里会有一些感受，禅师事实上并未回答青年的问题，青年却自己找到了答案。禅师所回答的有两个层次，一是解决生活乃至生命的苦恼，并不在苦恼的本身，而是在一个开阔的心灵世界，需要想象的开拓，就如同从社会的苦闷进入海洋的帆船一样。二是只有止息心的纷扰，才不会被外在的苦恼所困厄，因此要解脱烦恼，还不如解脱自我，意念的清静，正如在满风时使帆船停止。

这种得到自我和谐，不被外境所转动的，是一种禅的消息，也就是“禅心”。

生活在现代社会里，我们每个人都像那被情感、家庭、社会所缠绕的青年，找不到平安的所在，有许多人就那样痛苦地过了一生。

也许，禅的世界里那不可思议的、非思量的、当下即是的、无上微妙的禅心，是我们难以体会的。我们不能把自己变成一艘悠游的帆船，或一座移动的山，但我们把注视人世现实苦闷纠葛的眼光抬起来，看看屋外的松林，听听松涛的呼唤，甚至往远处眺望无限的大海，以及满风的帆船，而使心中有对生命新的转移与看待，并不是太困难的事。

不能进入禅世界的现代人，也应该在心灵中，保有一座想象的城堡，每天有一段时间沉静下来不随着外在世界的事物转动，洗涤自己、清明自己、沉默自己，使自己在想象上有比真实世界更大的时空，具有澎湃宽广的胸襟，才能使苦恼的伤害减到最低。

我时常把进入想象城堡的时间称为“清凉时间”，有了清凉时间才可以使一个平常人也有非凡的生活智慧，也才能做一个平常而不平凡的人。

幸福终结者

从前看童话书，有许多是关于王子和公主的故事，这种故事都是千篇一律，是公主受到某种妖魔或巫婆的咒术所魅惑，变成植物、动物，或长睡、或禁制而失去了自由。王子，英俊、潇洒、骑着白马、手拿宝剑，经过重重磨难，终于把公主救了出来，故事的终结总是:“王子与公主从此过着幸福快乐的日子。”

虽然在小时候，我们就知道那个“从此”是不太可能的，但一读到“从此过着幸福快乐的日子”心里就充满一种特殊的感动，深知那不一定是个结局，却一定是个期望。

为什么说“从此过着幸福快乐的日子”不是结局，却是期望呢？因为除了童话，我们看许多卡通影片也是千篇一律的，一只弱小的动物或一个弱小的人，一开始总被强大的动物、人，或者压力，整得一塌糊涂，在故事的后半段，他们总是奋力一击，获得了最后的胜利，结局也可以说是“从此过着幸福快乐的日子”。

不幸的是，卡通影片与单产故事不同，它有续集，主角的幸福仿佛没有过多久，就要面临新的考验与压力，在挫败的角落中抗争，最后又得到一次幸福。然后，故事就周而复始地重复不已，卡通人物是不死的，所以他们的失败与压力不死，他们的幸福也总是在失落沉沦中重生。

不只童话或卡通是这样，在电视上演给大人看的警匪、侦探、情爱的单元剧，都是让我们看见了英雄一再的考验与重生。

这些，都使我们知道在人生里，借着外在世界的克服、奋斗，不一定能得到最后幸福的结局，因为只要这个世界不停止转动，人的挫折考验就不会终止，活在这世界一天，就不可能有“从此过着幸福快乐的日子”的一天。即使贵如王子与公主也不能逃出这个铁则，这就是为什么我们读古代王室的历史，发现争端、纠缠、丑闻的时代总比太平的时代多得多的原因。

是的，我们骑白马拿宝剑去砍杀妖魔、破除巫术，并不能使我们进入平安的境地。

我对于王子与公主的故事于是有了新的体会，如果我们把除妖魔的行动当成是一种象征，象征了王子去砍除了心中的妖魔，与纠缠在欲念上的巫迷，就可以使他断除一切心灵的纠葛，到达一个宽广、博大、慈悲、无所动摇的心境，那么他从此过着幸福快乐的日子并不是不可能。

不要说走在荆棘遍地、丑陋狰狞的地方了，就是走在地狱的炼火中，也能有清凉的甘露。佛教里有一尊地藏王菩萨，由于心地无限光明与无量慈悲，经常在地狱中救拔众生，当他走过地狱燃烧的烈火，每一朵火焰都化成一朵最美丽的红莲花，来承接他的双足，这是一则多么动人的启示呀！

我们对于最终的幸福，因而要有一个更新的体认，记不得是哪一个诗人说过：“人们常为了追求幸福而倒在尘沙之中，而伊甸园就在左近。”莎士比亚更说过：“快乐，不是一个地方，而是一个方向。”

幸福快乐不是一个结局，只是一个方向罢了，我们只能说一直在往那个方向走，而不能说是在朝那个结局前进。

只要我们去除心的葛藤，不断追求幸福的方向，就不只是让我们从黑暗之地走向光明，而是从光明的起点走向另一个光明的起点。

是什么使我们从光明走向光明？说穿了也很简单，就是回到心的清净，回到一个更广大的包容罢了。

最清净广大的心胸世界，才是幸福的终结者。

寒梅着花未？

终于过了三十岁生日。那一天，我独自开车到台北近郊的八里乡去，八里乡有一个临着海口的弯道，在冬日的雾气里美丽而古典。右边海的湛蓝在东北季风的吹袭下，浪花用力拍击着岩岸，发出崩天裂云的嘶嘶声；左近的山壁葱葱绿绿地长出各色花草，人在其中情绪十分复杂，山给我们的壮怀与海给我们的远志在抬眼眺望的时刻，交织成一幅充满梦想的视景。

八里的海湾是我常去的地方，那里几乎没有人迹，只偶尔呼啸而过几辆疾驰的货车，让人蓦地觉到人的脚迹真是无远弗届；这个地方在秋天的时候常常有孤鹰出入，在天空中缓缓盘旋，运气好的话会看到飞翔很久的鹰突然落脚在山顶的枝丫上，睁着巨眼遥望海口，顺着海势而去，也许可以看到尽处的蓝天吧！

渔船也是美的，它是生活与搏斗得来的美，从高处看，它顺着浪头在海中一起一落一起一落，连渔民弯腰捕鱼的姿影都清晰可见。我是经常想到渔民辛苦的人，可是想到他们每天在波涛大浪中涌动的生活，应该也会油然兴起宇宙苍茫浩大的情思吧！八里最美的还不是那个海湾，而是到八里的路上有一段种了许多杜鹃花，有红、有白、有紫，生得零乱错综，不像是人有意种上去的。杜鹃正好在山道的临沿，每次我路过总是把车速放慢，看早春的杜鹃在空静的山中绽放。杜鹃是有色无香的花，可是不知道为什么车子经过时会从车窗飘进来一阵淡淡的香气，原来，目见的美色也会刺激我们的嗅觉，好像三十年往事一幕幕浮现时，竟能嗅闻出当时的味道一般。

这一次我去八里，路经那一段杜鹃花道，杜鹃已经开得很盛，有许多刚凋谢的花铺在马路上，鲜新的颜色还未褪去，车子的风过，花魂就向两旁溅飞起来，到远一点儿的地方才落下，逝去的花有逝去的美，被惊起的花魂也像蝴蝶一样有特别的姿势。

长在枝丫上的杜鹃虽好看，但总觉得拥挤，它们抢着在春天来时开成枝头第一株，于是我们感觉杜鹃花不是一朵朵，而是一群群，等到它们落了散居在地面，才看清原来每一朵都有不同的面貌。

对我而言，往事也如是，处在进行的时刻，很难把每一件事检点出来，看出它的前因后果，因为每一件往事都牵连着另一件，交织成一片未曾消逝。等往事经过了，我随手一捞，竟像谢去的杜鹃，每一段都能整理出一个完整的面貌，有许多颜色还清新如昔。

我走在八里海边上，仰起头来散步，想起自己过去三十年的生命历程，有一种感觉，好像一篇已经印刷出版的文章，里面大部分是畅顺的，可是又许多地方分段分错了，还有许多地方逗点和句号摆错地方，想修改重新来过，已经无能为力了。

快黄昏的时候，海上突然下起雨来，我看着海面上的雨线一直向海岸逼近，才一晃眼，雨已经逼到身侧，愈下愈大，很快我就被淋湿了，想起年少时代喜欢下雨，这时淋到雨竟有一些无可奈何的心境。

回程的时候，路过杜鹃花道，本来在路上的花魂被雨淋过，被车碾过，都成为五颜六色的尘泥，贴黏在地上。我下了车，在微雨的黄昏中看那些花，不禁看得痴了，花儿有知，知道年年春天的兴谢，知道美丽的盛放后就是满地的尘泥，不晓得会有何感叹。

到家的时候已是黑夜了，妻子与朋友为我准备了生日盛宴，人声笑语正从院落中热闹地传出来，我看到院子的梅花还开着，不觉心情一松——有谢了的花，总有新的花要开起。

然而，人过了而立之年，如果是一株寒梅，是不是到开花结实的时候了呢？

黄玫瑰的心

为了这绝望的爱情，我已经过了很长时间沮丧、疲倦，像行尸走肉的日子。

昨夜从矿坑灾变中采访回来，因疼惜生命的脆弱与无助，坐在眠床上不能入睡。清晨，当第一道阳光照入，我决心为那已经奄奄一息的爱情做最后努力，我想，第一件该做的事是到我常去的花店买一束玫瑰花，要鹅黄的，因为我的女朋友最喜欢黄色的玫瑰。

剃好胡子，勉强拍拍自己的胸膛，说："振作起来。"想到昨天在灾变现场那些沉默哀伤但坚强的面孔，就出门了。

往市场的花店前去，想到在一起五年的女朋友，竟为了一个其貌不扬，既没有情趣又没有才气的人而离开，而我又为这样的女人去买玫瑰花，既心痛，又心碎；既生气，又悲哀得想流泪。

到了花店，一桶桶美艳的，生气昂扬的花正迎着朝阳，开放。

找了半天，才找到放黄玫瑰的桶子，只剩下九朵，每一朵都垂头丧气的。"真衰，人在倒霉的时候，连想买的花都是垂头丧气的。"我在心里咒骂。

"老板！"我粗声地问，"还有没有黄玫瑰？"

老先生从屋里走出来，和气地说："没有了，只剩下你看见的那几朵啦。"

“这黄玫瑰每一朵的头都垂下来了，我怎么买？”

“喔，这个容易，你去市场里逛逛，半个小时后回来，我包给你一束新鲜的，有精神的黄玫瑰。”老板赔着笑，很有信心地说。

“好吧。”我心里虽然不信，但想到说不定他要向别的花店调，也就转进市场去逛了。心情沮丧时看见的市场简直是尸横遍野，那些被分解的动物尸体，使我更深刻感受到这是一个悲苦的世界，小贩刀俎的声音，使我的心更烦乱。

好不容易在市场里熬了半个小时，再转回花店时，老板已把一束元气淋漓的黄玫瑰用紫色丝带绑好了，放在玻璃柜上。

我不敢相信自己的眼睛，我说：“这就是刚刚那一些黄玫瑰吗？”——它们垂头丧气的样子还映在我的眼前。

“是呀！就是刚刚那些黄玫瑰。”老板还是笑嘻嘻地说。

“你是怎么做到的？刚刚明明已经谢了呀！”我听到自己发出惊奇的声音。

花店老板说：“这非常简单，刚刚这些玫瑰不是凋谢，只是缺水，我把整株泡在水里，才二十分钟，它们全又挺起胸膛了。”

“缺水？你不是把它插在水桶里吗？怎么可能缺水呢？”

“少年仔，玫瑰花整株都需要水呀！泡在水桶是它的根茎，就好像人吃饭一样。但人不能光吃饭，人要用脑筋，有思想、有智慧，才能活得抬头挺胸。玫瑰花的花朵也需要水，在田野里它们有雨水露水，但是剪下来后就很少人注意了，很少人再给花的头浇水，一旦它的头垂下来，整株泡在水里，很快就恢复精神了。”

我听了非常感动，怔在当场：呀！原来人要活得抬头挺胸，需要更多的智慧，常把干枯的头脑泡在冷静的智慧之水里。

当我告辞的时候，老板拍拍我的肩头说："少年仔，振作咧。"这句话差点儿使我流泪走回家，原来他早就看出我是一朵即将枯萎的黄玫瑰。

回到家，我放了一缸水，把自己整个人埋在水里，体会着一朵黄玫瑰的心，起来后通身舒泰，决定不把那束玫瑰送给离去的女朋友。

那一束黄玫瑰每天都会被我整株泡一下水，一星期以后才凋落花瓣，凋谢时是抬头挺胸凋谢的。

这是在十几年前，我写在笔记上的一件真实的事，从那一次以后，我就知道了一些买回来的花朵垂头丧气的秘密。最近找到这一段笔记，感触和当时一样深，更确实地体会到，人只要有细腻的心去体验万象万法，到处都有启发的智慧。

一朵花里，就能看到宇宙庄严，看到美，以及不屈服的意志。

有一位花贩告诉我，几乎是所有的白花都很香，愈是颜色艳丽的花愈是缺乏芬芳，他的结论是："人也是一样，愈朴素单纯的人，愈有内在的芳香。"

有一位花贩告诉我，夜来香其实白天也很香，但是很少人闻得到，他的结论是："因为白天人的心太浮了，闻不到夜来香的香气。如果一个人白天的心也很沉静，就会发现夜来香、桂花、七里香，连酷热的中午也是香的。"

有一位花贩告诉我，清晨买莲花一定要挑那些盛开的，结论是："早上是莲花开放最好的时间，如果一朵莲花早上不开，可能中午和晚上都不会开了。我们看人也是一样，一个人在年轻的时候没有志气，中年或晚年是很难有志气的。"

有一位花贩告诉我，愈是昂贵的花愈容易凋谢，那是为了要向买花的人说明："要珍惜青春呀！因为青春是最名贵的花！"

有一位花贩告诉我……

让我们来体会这有情世界的一切展现吧！当我们有大觉的心，甚至体贴一朵黄玫瑰，以心印心，心心相印，我们就会知道，原来在最近最平凡的一切里，就有最深最奇绝的睿智呀！

第三章

不封冻的井

清　欢

少年时代读到苏轼的一阕词，非常喜欢，到现在还能背诵：

细雨斜风作小寒，淡烟疏柳媚晴滩。入淮清洛渐漫漫。

雪沫乳花浮午盏，蓼茸蒿笋试春盘。人间有味是清欢。

这阕词，苏东坡在旁边写着“元丰七年十一月二十四日，从泗州刘倩叔游南山”，原来是苏轼和朋友到郊外去玩，在南山里喝了浮着雪沫乳花的小酒，配着春日山野里的蓼菜、茼蒿、新笋，以及野草的嫩芽等等，然后自己赞叹着“人间有味是清欢！”

当时所以能深记这阕词，最主要的是爱极了后面这一句，因为试吃野菜的这种平凡的清欢，才使人间更有滋味。“清欢”是什么呢？清欢几乎是难以翻译的，可以说是“清淡的欢愉”，这种清淡的欢愉不是来自别处，正是来自对平静疏淡俭朴生活的一种热爱。当一个人可以品味山野菜的清香胜过了山珍海味，或者一个人在路边的石头里看出比钻石更引人的滋味，或者一个人听林间鸟鸣的声音感受到比提笼遛鸟更感动，或者甚至于体会了静静品一壶乌龙茶比起在喧闹的晚宴中更能清洗心灵……这些就是“清欢”。

清欢之所以好，是因为它对生活的无求，是它不讲究物质的条件，只讲究心灵的品位。“清欢”的境界是很高的，它不同于李白的“人生在世不称意，明朝散发弄扁舟”那样的自我放逐；或者“人生得意须尽欢，莫使金樽空对月”那种尽情的欢乐。它也不同于杜甫的“人生有情泪沾臆，江山江花岂终极”这样悲痛的心事，或者“人生不相见，动如参与商；今夕复何夕，共此灯烛光”那种无奈的感叹。

活在这个世界上，有千百种人生。文天祥的是“人生自古谁无死，留取丹心照汗青”，我们很容易体会到他的壮怀激烈。欧阳修的是“人生自是有情痴，此恨不关风与月”，我们很能体会到他的绵绵情恨。纳兰性德的是“人到情多情转薄，而今真个不多情”，我们也不难会意到他无奈的哀伤。甚至于像王国维的“人生只似风前絮，欢也零星，悲也零星，都作连江点点萍！”那种对人生无常所发出的刻骨的感触，也依然能够知悉。

可是“清欢”就难了！

尤其是生活在现代的人，差不多是没有清欢的。

什么样是清欢呢？我们想在路边好好地散个步，可是人声车声不断地呼吼而过，一天里，几乎没有纯然安静的一刻。

我们到馆子里，想要吃一些清淡的小菜，几乎是杳不可得，过多的油、过多的酱、过多的盐和味精已经成为中国菜最大的特色，有时害怕了那样的油腻，特别嘱咐厨子白煮一个菜，菜端出来时让人吓一跳，因为菜上挤的沙拉比菜还多。

我们有时没有什么事，心情上只适合和朋友啜一盅茶、饮一杯咖啡，可惜的是，心情也有了，朋友也有了，就是找不到地方，有茶有咖啡的地方总是嘈杂的。

俗世里没有清欢了，那么到山里去吧！到海边去吧！但是，山边和海湄也不纯净了，凡是人的足迹可以到的地方，就有了垃圾，就有了臭秽，就有了吵闹！

有几个地方我以前常去的，像阳明山和白云山庄，叫一壶兰花茶，俯望着台北盆地里堆叠着的高楼与人欲，自己饮着茶，可以品到茶中有清欢。像在北投和阳明山间的山路边有一个小湖，湖畔有小贩卖工夫茶，小小的茶几、藤制的躺椅，独自开车去，走过石板的小路，叫一壶茶，在躺椅上静静地靠着，有时湖中的荷花开了，真是惊艳一山的沉默。有一次和朋友去，两人在躺椅上静静喝茶，一下午竟说不到几句话，那时我想，这大概是“人间有味是清欢”了。

现在这两个地方也不能去了，去了只有伤心。湖里的不是荷花了，是飘荡着的汽水罐子，池畔也无法静静躺着，因为人比草多，石板也被踏损了。到假日的时候，走路都很难不和别人推挤，更别说坐下来喝口茶，如果运气更坏，会遇到呼啸而过的飞车党，还有带着伴唱机来跳舞的青年，那时所有的感官全部电路走火，不要说清欢，连欢也不剩了。

要找清欢一日比一日更困难了。

当学生的时候，有一位朋友住在中和圆通寺的山下，我常常坐着颠簸的公车去找她，两个人便沿着上山的石阶，漫无速度地走走、坐坐、停停、看看，那时圆通寺山道石阶的两旁，杂乱地长着朱槿花，我们一路走，顺手拈下一朵熟透的朱槿花，吸着花朵底部的花露，其甜如蜜，而清香胜蜜，轻轻地含着一朵花的滋味，心里遂有一种只有春天才会有的欢愉。

圆通寺是一座全由坚固的石头砌成的寺院，那些黑而坚强的石头坐在山里仿佛一座不朽的城堡，绿树掩映，清风徐徐，站在用石板铺成的前院里，看着正在生长的小市镇，那时的寺院是澄明而安静的，让人感觉走了那样高的山路，能在那平台上看着远方，就是人生里的清欢了。

后来，朋友嫁人，到国外去了。我去过一趟圆通寺，山道已经开辟出来，车子可以环山而上，小山路已经很少人走，就在寺院的门口摆着满满的摊贩，有一摊是儿童乘坐的机器马，叽里咕噜的童歌震撼半山，有两摊是打香肠的摊子，烤烘香肠的白烟正往那古寺的大佛飘去，有一位母亲因为不准孩子吃香肠而打两个孩子，激烈的哭声尖亢而急促……我连圆通寺的寺门都没有进去，就沉默地转身离开。山还是原来的山，寺还是原来的寺，为什么感觉完全不同了，失去了什么吗？失去的正是清欢。

下山时的心情是不堪的，想到星散的朋友，心情也不是悲伤，只是惆怅，浮起的是一阕词和一首诗，词是李煜的："高楼谁与上，长记秋晴望。往事已成空，还如一梦中！"诗是李觏的："人言落日是天涯，望极天涯不见家；已恨碧山相阻隔，碧山还被暮云遮！"那时正是黄昏，在都市烟尘蒙蔽了的落日中，真的看到了一种悲剧似的橙色。

我二十岁心情很坏的时候，就跑到青年公园对面的骑马场去骑马，那些马虽然因驯服而动作缓慢，却都年轻高大，有着光滑的毛色。双腿用力一夹，它也会如箭一般呼啸向前蹿去，急忙的风声就从两耳掠过，我最记得的是马跑的时候，迅速移动着的草的青色，青茸茸的，仿佛饱含生命的汁液，跑了几圈下来，一切恶的心情也就在风中、在绿草里、在马的呼啸中消散了。

尤其是冬日的早晨，勒着缰绳，马就立在当地，踢踏着长腿，鼻孔中冒着一缕缕的白气，那些气可以久久不散，当马的气息在空气中消弭的时候，人也好像得到某些舒放了。

骑完马，到青年公园去散步，走到成行的树荫下，冷而强悍的空气在林间流荡，可以放纵地、深深地呼吸，品味着空气里所含的元素，那元素不是别的，正是清欢。

最近有一天，突然想到骑马，已经有十几年没骑了。到青年公园的骑马场时差一点吓昏，原来偌大的马场里已经没有一根草了，一根草也没有的马场大概只有台湾才有，马跑起来的时候，灰尘滚滚，弥漫在空气里的尽是令人窒息的黄土，蒙蔽了人的眼睛。马也老了，毛色斑驳而失去光泽。

最可怕的是，不知道什么时候在马场搭了一个塑胶棚子，铺了水泥地，奇丑无比，里面则摆了机器的小马，让人骑用，奇吵无比。为什么为了些微的小利，而牺牲了这个马场呢?

马会老是我知道的事，人会转变是我知道的事，而在有真马的地方放机器马，在跑马的地方没有一株草，则是我不能理解的事。

就在马场对面的青年公园，已经不能说是公园了，人比西门町还拥挤吵闹，空气比咖啡馆还坏，树也萎了，草也黄了，阳光也不灿烂了。我从公园穿越过去，想到少年时代的这个公园，心痛如绞，别说清欢了，简直像极了佛经所说的“五浊恶世”!

生在这个年代，为何“清欢”如此难觅。眼要清欢，找不到青山绿水；耳要清欢，找不到宁静和谐；鼻要清欢，找不到干净空气；舌要清欢，找不到蓼茸蒿笋；身要清欢，找不到清凉净土；意要清欢，找不到智慧明心。如果要享受清欢，唯一的方法是守在自己小小的天地，洗涤自己的心灵，因为在我们拥有愈多的物质世界，我们的清淡的欢愉就日渐失去了。

现代人的欢乐，是到油烟爆起，卫生堪虑的啤酒屋去吃炒蟋蟀；是到黑天暗地、不见天日的卡拉OK去乱唱一气；是到乡村野店、胡乱搭成的土鸡山庄去豪饮一番；以及到狭小的房间里做方城之戏，永远重复着摸牌的一个动作……这些放逸的生活以为是欢乐，想起来毋宁是可悲的。为什么现代人不能过清欢的生活，反而以浊为欢，以清为苦呢?

当一个人以浊为欢的时候，就很难体会到生命清明的滋味，而在欢乐已尽，浊心再起的时候，人间就愈来愈无味了。

这使我想起东坡的另一首诗来：

梨花淡白柳深青，柳絮飞时花满城；
惆怅东南一枝雪，人生看得几清明？

苏轼凭着东栏看着栏杆外的梨花，满城都飞着柳絮时，梨花也开了遍地，东栏的那株梨花却从深青的柳树间伸了出来，仿佛雪一样的清丽，有一种惆怅之美，但是，人生看这么清明可喜的梨花能有几回呢？这正是千古风流人物的性情，这正是清朝大画家盛大士在《谿山卧游录》中说的："凡人多熟一分世故，即多一分机智。多一分机智，即少一分高雅。""山中何所有？岭上多白云，只可自怡悦，不堪持赠君，自是第一流人物。"

第一流人物是什么人物？

第一流人物是能在清欢里也能体会人间有味的人物！

第一流人物是在污浊滔滔的人间，也能找到清欢的滋味的人物！

情困与物困

我的一个朋友，爱玉成痴。

他不管在何时何地见到一块好玉，总是想尽办法要据为己有，偏偏又不是很富有的人，因此在收藏玉的过程中，吃了许多的苦头，有时到了节衣缩食三餐不继的地步。

有一回，他在一个古董商那里见到了一个白玉狮子，据说是汉朝的，不论玉质、雕工全是第一流的。我的朋友爱不忍释，工作也不做了，每天都跑去看那块玉，看到眼睛都发出红火，人被一团火炙热地燃烧。

他要买那块玉，古董店的老板却不卖，几经折腾，最后，牺牲了他所居住的房子，才买下了那个白玉狮子，租住在一个廉价的住宅区里。

他天天抱着白玉狮子睡觉，出门时也携带着，一遇到人就拿出来欣赏，自己单独的时候，也常常抚摸那座洁白无瑕的狮子发呆。除了这座狮子，他身上总随时携带着最心爱的几件收藏，我有时候感觉到一个男子，从口袋里、腰带间、皮包内随时掏出几块玉来，真是不可思议的事。

他玩玉到了疯狂的地步，由于愈玩愈精，就更发现好玉之难求，因为好玉难求，所以投入了全部的家当，幸好他是个单身汉，否则连老婆也会被他当了。到最后，他房子也卖了，车子也没了，工作也丢了。为什么丢掉工作呢？说来简单："我要工作三年，才能买一件上好的玉，这样工作不做也罢了！”

朋友成为家徒四壁的人，每天陪伴他的只有玉了。后来不成了，因为玉不能吃、不能穿，只好把他最心爱的玉里等级比较差的卖给别人，每卖一件就落一次泪，说：“我买的时候是几倍的价钱，现在这么便宜让给别人，别人还嫌贵。”

有一次，他租房子的房东逼着要房租，逼得急了，他一时也找不到钱，就把白玉狮子拿了出来，说：“这块玉非常的名贵，先押在你这里，等我筹足了房钱，再把它赎回来。”他的房东是个老粗，对他说：“俺要你这臭石头干什么！万一不小心打破了还嫌烦呢！你明天找房钱来，不然我把你丢出去！”

在痴爱者眼中的白玉狮子是无可比拟的，可以用房子去换取，然而在平常百姓的眼中，它再名贵，也只是一块石头。

有一次我在台北“故宫博物院”看玉的展览，正好遇到了乡下的旅行团，几个乡下的欧巴桑看玉看得饶有兴味，我凑过去，发现他们正围着那个最有名的国宝“翠玉白菜”观看，以下是他们对话的传真：

“哇！真巧，雕的和真的一模一样，上面还有一只肚猴呢！”

“这个刻得那么像，一个大概是值好几千块吧！”

一位看起来是权威人士的欧巴桑说：“你嘛好了，不识字又兼不卫生，什么好几千，这一个一定要好几万才买得到！”

我把这个故事说给朋友听，我说：“你看台北‘故宫博物院’的好玉何止千万块，尤其是小品珍玩的部分，看起来就知道曾有一位爱玉的人在上面花下无数的心血，可是他死的时候不能带走一块玉，我们现在看那些玉也不能知道它曾经有过多少主人，对于玉，能够欣赏的人就算拥有了，何必一定要抱在手里呢？佛经里说‘智者金石同一观’就是这个道理。”

“爱玉固然是最清雅的嗜好，但一个人爱玉成痴，和玩股票不能自拔，和沉迷于逸乐，又有什么不同呢？”

朋友后来觉悟了，仍然喜欢着玉，却不再被玉所困，只是有时他拿出随身的几块玉还会感慨起来。

物固然足以困人，情更比物要厉害百倍。对于情的执迷，为情所困，就叫“痴”，痴是人世间的三毒之一（另外两毒是贪与嗔），情困到了深处，则是三毒俱现，先是痴迷，而后贪爱，最后是嗔恨以终。则情困是一切烦恼的根源，没有比这个更厉害的了。

被情爱所系缚，被情爱所茧结，被情爱所迷惑，被情爱所执染，几乎是人间不可避免的，但当情爱已经消失的时候，自己还系缚茧结自己，自己还迷惑执着自己，这就是真正的情困。

有一次我遇到一位中年妇女，她的朋友都已经儿女成群，可是她没有结婚，没有结婚的理由很简单，因为她忘不了二十年前的一段初恋。

她的初恋有什么不凡吗？为何她不能忘却？其实也没有，只是一个少男一个少女在学校里互相认识了，发誓要长相厮守，最后这个男的离开了，少女独自过着孤单的心灵生活，一过就是二十年。

这么普通的故事，她也说得眼泪涟涟，接着她说：“不过，这也都已经是过去的事了。”

我说：“在时间上，你的故事已经过去，实际上一点儿也没有过去，因为你的心灵还被困居在里面。到什么时候才算过去呢？就是你想起来的时候，充满了包容和宽谅，并且不为它所烦恼，那才是真正过去了。”

“做得到吗？”

“做得到的，在这个世界上为情沉溺的人固然很多，但从沉溺中走到光明岸上的人也不少。因为他们救拔了自己，不为情所困。”

我把情说成是沉溺，把救拔说成是走到光明的河岸，是有道理的。我们在祝福一对新人时，最常用得一句话的“永浴爱河”。

“爱河”的譬喻出自《华严经》，那上面说：“随生死流，入大爱河。”为什么说是爱河呢？由于爱欲和河一样具有三种特性，一种是容易使人沉溺，不易自拔。第二种是爱欲的心就像河水一样，能浸染入最深的地方，例如我们用铁锤击石，石头会碎裂，但不能击碎每一个分子，可是如果我们把石头丢入河里浸染，它可以濡湿石头的任何一个分子，年深日久甚至把它分解成粉末。第三种是难以渡越，不管是贩夫走卒，王公将相，都无法一步跨过河的对岸。同样的，要一步从情爱的束缚中走过也非常的不易。

我想起《杂阿含经》里记载的一个故事：有一次释迦牟尼对弟子说法，他问他们：“你们认为是天下四个大海的水多，还是在过去遥远的日子里，与亲爱的人别离所流的眼泪多呢？”

释迦牟尼的意思是，从遥远的过去，一生而再生的轮回里，在人无数次的生涯中，都会遇到无数次离别的时刻，而流下数不尽的眼泪，比起来，究竟是四大海的海水多，还是人的眼泪多呢？

弟子回答说：“我们常听见世尊的教化，所以知道，四个大海水量的总和，一定比不上在遥远的日子里，在无数次的生涯中，人为所爱者离别而流下的眼泪多。”

释迦牟尼非常高兴地称赞了弟子之后说：“在遥远的过去里，在无数次的生涯中，一定反复不止多少次遇到过父母的死，那些眼泪累积起来，正不知有多少！在遥远的无数次生涯中，反复不知多少次遇到孩子的死，或者遇到朋友的死啊！或者遇到亲属的死啊！在每一个为所爱者的生死离别含悲而所流的眼泪，纵使以四个大海的海水，也不能相比啊！”

这是多么可叹可悲，人因为情苦与情困，不知道流下了多少宝贵的泪珠，情困如此，物困亦足以令人落泪，束缚在情与物中的人固然处境堪怜，究竟不能算是第一流人物。什么是第一流人物呢？古人说：“岭上多白云，只可自怡悦，不堪持赠君，自是第一流人物。”

第一流的人物看白云虽是至美，却不想拥有，只想心领神会，这是多么高的境界。当我们知道其实在今生今世，情如白云过隙，物是梦幻泡影，那么还有什么可以抱老以终的呢？

第一流人物犹如一株香花，我们不能说这株花是花瓣香，也不能说是花茎香；我们不能说是花蕊香，也不能说是花粉香；当然不能说是花根香，也不能说是花叶香……因为花是一个整体，当我们说花香时，是整株花的香。困于情物的人，往往只见到了自己那一株花里一小部分的香，忘失了那株花，到后来失去了自己，因此，这样的人不能说是第一流人物。

第一流的人物，不在于拥有多少物，拥有多少情，而在于能不能在旧物里找到新的启示，能不能在旧情里找到新的智慧，进出无碍。万一不幸我们正在困局里，那么想一想：如果我是一只蛹，即使我的茧是由黄金打造的，又有什么用呢？如果我是一只蝶，身上色彩缤纷，可以自在地飞翔，则即使在野地的花间，也能够快乐地生活，又哪里在乎小小的茧呢？

可叹的是，大多数人舍不得咬破那个茧，所以永远见不到真正的自我、真正的天空。

猫头鹰人

在信义路上，有一个卖猫头鹰的人，平常他的摊子上总有七八只猫头鹰，最多的时候摆十几只，一笼笼叠高起来，形成一个很奇异的画面。

他的生意顶不错，从每次路过时看到笼子里的猫头鹰全部换了颜色可以知道。他的猫头鹰种类既多，大小也齐全，有的鹰很小，小到像还没有出过巢；有的很老，老到仿佛已经不能飞动。

我注意到卖鹰人是很偶然的，一年前我带孩子散步经过，孩子拼命吵闹，想要买下一只关在笼子里的小猫头鹰。那时，卖鹰的人还在卖兔子，摊子上只摆了一只猫头鹰。卖鹰者努力向我推销说："这只鹰仔是前天才捉到的，也是我第一次来卖猫头鹰。先生，给孩子买下来吧！你看他那么喜欢。"我这才注意到眼前卖鹰的中年人，看起来非常质朴，是刚从乡下到城市谋生活的样子。

我没有给孩子买鹰，那是因为我一向反对把任何动物关在笼子里，而且我对孩子说："如果都没有人买猫头鹰，卖鹰的人最后就不会到山上去捉猫头鹰了。你看，这只鹰这么小，它的爸爸妈妈一定为找不到它在着急呢！"孩子买不成猫头鹰，央求站在前面看一会儿，正看的时候，有人以五百元买了那只鹰，孩子哇一声，不舍地哭了出来。

此后我常常看见卖鹰的人，他的规模一天比一天大，到后来干脆不卖兔子，只卖猫头鹰，定价从五百五十元到一千元左右，生意好的时候，一个月卖掉几十只。我想不通他从何处捕到那么多的猫头鹰，有一次闲谈起来，才知道台湾深山里还有许多猫头鹰，他光是在坪林一带的山里一天就能捕到几只。

他说："猫头鹰很受欢迎咧！因为它不吵，又容易驯服，生意太好了，我现在连兔子也不卖，专卖鹰。一有空我就到山上去捉，大部分捉的是还在巢中的小鹰，运气好的时候，也能捉到它们的父母……"

我劝他说："你别捉鹰了，捉鹰的时间做别的也一样赚那么多钱。"

他说："那不同咧！捉鹰是免本钱稳赚不赔的。"

对这样的人，我也不能说什么了。

后来我改变散步的路线，有一年多没见过卖猫头鹰的人，前不久我又路过那一带，再度看到卖鹰者，他还在同一个街角卖鹰，猫头鹰笼子仍然一个叠着一个。

当我看见他时，大大吃了一惊，那卖鹰者的长相与一年前我见到时完全不同了。他的长相几乎变得和他卖的猫头鹰一样，耳朵上举、头发扬散、鹰钩鼻、眼睛大而瞳仁细小、嘴唇紧抿，身上还穿着灰色掺杂褐色的大毛衣，坐在那里就像是一只大的猫头鹰，只是有着人形罢了。

短短的一年多的时间，为什么使一个人的长相完全不同了呢？这巨大变化是从何而来呢？我努力思索卖鹰者改变面貌的原因。我想到，做了很久屠夫的人，脸上的每道横肉，都长得和他杀的动物一样；而鱼市场的鱼贩子，不管怎么洗澡，毛孔里都会流出鱼的腥味。我又想到，在银行柜台数钞票很久的人，脸上的表情就像一张钞票，冷漠而势利；在小机关当主管作威作福的人，日子久了，脸变得像一张公文，格式十分僵化，内容逢迎拍马；坐在电脑前面忘记人的品质的人，长相就像一架电脑；还有，跑社会新闻的撰稿者，到后来，长相就如同社会版上的照片……

一个人的职业、习气、心念、环境都会塑造他的长相和表情，这是人人都知道的，但像卖猫头鹰的人改变那么巨大而迅速，却仍然出乎我的预想。我的眼前闪过一串影像，卖猫头鹰者夜里去观察鹰的巢穴，白天去捕捉，回家做鹰的陷阱，连睡梦中都想着捕鹰的方法，心心念念在鹰的身上，到后来自己长成一只猫头鹰都已经不自觉了。

我从卖鹰者的面前走过，和他打招呼，他居然完全忘记我了，就如同白天的猫头鹰，眼睛茫然失神，他只是说："先生，要不要买一只猫头鹰，山上刚捉来的。"

这使我在后来的散步里，想起了三千年前瑜伽行者的一部经典《圣博伽瓦谭》中所记载，巴拉达国国王的故事。

巴拉达国王盛年的时候，弃绝了他的王后、家族，和广袤的王国，到森林里去，那是他相信古印度的经典，认为人应该把中年以后的岁月用于自觉。

他在森林中过着苦行生活，仅仅食用果子和根菜植物，每日专注地冥想，经过一段时间，他的自我从身中觉醒了过来。有一天他正在冥想，忽然看到一只母鹿到河边饮水，随即又听到不远处狮子的大吼声，母鹿大吃一惊，正要逃跑的时候，一只小鹿从它的子宫堕下，跌入河中的急流里，母鹿害怕得全身颤抖，在流产之后死去了。

巴拉达眼看鹿被冲向下游，动了恻隐之心，便从河里救起小鹿，把小鹿带在自己身边。他从此和小鹿一起睡觉、一起走路、一起洗澡、一起进食、他对待小鹿就如同对待自己的孩子，自己的心念完全系在小鹿身上。

有一天，小鹿不见了。巴拉达陷入了非常焦躁的意念里，担心着小鹿的安危就像失去了儿子一样，他完全无法冥思，因为想的都是小鹿，最后他忍不住启程去寻找小鹿。在黑暗森林里，他如痴如狂呼唤小鹿的名字，他终于不小心跌倒了，受了重伤，就在他临终的时候，小鹿突然出现在他的身边，就像爱子看着父亲一样看着他。就这样，巴拉达的心念和精神全部集中在小鹿身上，他下次醒来的时候，发现自己成为一头鹿，这已经是他的下一世了。

这是瑜伽对于意念的看法，意念不仅对容貌有着影响，巴拉达因疼爱小鹿，因而沉进了轮回的转动，那么，捕捉贩售猫头鹰的人，长相日益变成猫头鹰又有什么可怪呢？

和朋友谈起卖猫头鹰人长相变异的故事，朋友说："其实，变的不只是卖鹰的人，你对人的观照也改变了。卖鹰者的长相本来就是那样子，只是习气与生活的濡染改变了他的神色和气质罢了。我们从前没有透过内省，不能见到他的真面目，当我们的内心清明如镜，就能从他的外貌进而进入他的神色和气质了。"

难道，我也改变了吗？

在这个世界上，我们意念都如在森林中的小鹿，迷乱地跳跃与奔跑，这纷乱的念头固然值得担忧，总还不偏离人的道路。一旦我们的意念顺着轨道往偏邪的道路如火车开去，出发的时候好像没有什么，走远了，就难以回头了。所以，向前走的时候每天反顾一下，看看自我意念的轨道是多么重要呀！

我们不只要常常擦拭自己的心灵之镜，来照见世间的真相；也要常常照照镜子，看看自己的长相与昨日的不同；更要照心灵之镜，才不会走向偏邪的道路。卖猫头鹰的人每天面对猫头鹰，就像在照镜子，我们面对自己俗恶的习气，何尝不是在照镜子呢？

想到这里，有一个人与我错身而过，我闻到栗子的芳香从他身上溢出，抬头一看，果然是天天在街角卖糖炒栗子的小贩。

不封冻的井

和一位朋友到一家店里叫了饮料，朋友喝了一口忍不住吃惊地赞叹起来:“这是什么东西，这么好喝？”

“这是木瓜牛奶呀！”我比他更吃惊。

“木瓜牛奶是什么做的？”

“木瓜牛奶就是木瓜加牛奶，用果汁机打在一起做成的。”

“是呀！这是我第一次喝到木瓜牛奶。”朋友理直气壮地说。

真是不可思议的事！对我来说，一个人在台湾生活了三十年而没有喝过木瓜牛奶，就仿佛不是台湾人一样；对我的朋友是自然的，因为他是世家子弟，家教非常严格，从小的自由非常有限，甚至不准在外面用餐的。当然，他们家三餐都有佣人打理，出门有司机，叠被铺床都没有自己动过手，更别说洗衣拿扫把了。

到三十岁才有一点点自由，这自由也只是喝一杯路边的木瓜牛奶汁而已。

对生长在南台湾贫困乡村的我，朋友像是来自外太空的人，我们过去的生活几乎没有重叠的部分。在乡下，我们生活的每一分钱都是流汗流血奋斗的结果，小孩还没有到上学的年龄就要下田帮忙农事，大到推动一辆三轮板车，小至缝一枚掉了的扣子，都是六七岁时就要亲手去做。而小街边的食物便是我们快乐的泉源，像木瓜牛奶这么高级的东西不用说，能喝到杨桃水、绿豆汤已经谢天谢地，纵使是一枝红糖冰棒，或一盘浇了香蕉油的刨冰，就能使我们快乐不置了。

有时候我们不免也会羡慕有钱人家的小孩，但当我们知道有钱人的孩子不能全身脱光到溪边游泳，或者下完课不能在田野的烂泥里玩杀刀的时候，我们都很同情有钱人的孩子。

在我们那个年代的农村里，孩子几乎没有任何物质的欲望，因为知道即使有物质欲望也不能获得，最后就完全舍弃了。无欲则刚，到后来我们即使赤着脚、穿破衣去上学，也充满了自信和快乐。

这其实没有什么秘诀，只是深信物质之外，还有一些能使我们快乐的事物不是来自物质。而且对这个世界保持微微喜悦的心情，知道在匮乏的生活里也能有丰满的快乐，便宜的食物也有好吃的味道，小环境里也有远大的梦想——这些卑中之尊、贱中之美、小中之大，乃至丑中之美、坏中之好，都是因微细喜悦的心情才能体会。

在夏天里，我深信坐在冷气房里喝冰镇莲子的美味，远远比不上在田中流汗工作，然后在小路上灌一大碗好心人的“奉茶”，奉茶不是舌头到喉管的美味，而是心情互相体贴而感到的欢喜。

在禅宗的《碧岩录》里有一个故事，德云禅师和一位痴圣人一起去担挑积雪，希望把井口埋起来，引起了别人的讪笑，当然，雪无法把井口埋住是大家都知道的，德云法师为什么要担雪埋井呢？他是启示了一个伟大的反面教化，这个教化是：只要你心底有一口泉涌的井，还怕会被寒冷的雪封埋吗？

不要羡慕别人门头没有雪，自己挖一口泉涌的井才是要紧的事。

“不封冻的井”是一个多么深邃的启示，它是突破冷漠世界的挚情，是改变丑陋环境成为优美境地的心思，是短暂生命里不断有活力萌芽的救济。

心井永不封冻，就能使我们卓然不群，不随流俗与物欲转动了。

在路边自由地喝杯木瓜牛奶，滋味不见得会比人参汤逊色呀！

月到天心

二十多年前的乡下没有路灯，夜里穿过田野要回到家里，差不多是摸黑的，平常时日，都是借着微明的天光，摸索着回家。

偶尔有星星，就亮了很多，感觉到心里也有星星的光明。

如果是有月亮的时候，心里就整个沉静下来，丝毫没有了黑夜的恐惧。在南台湾，尤其是夏夜，月亮的光格外有辉煌的光明，能使整条山路都清清楚楚地延展出来。

乡下的月光是很难形容的，它不像太阳的投影是从外面来，它的光明犹如从草树、从街路、从花叶，乃至从屋檐、墙垣内部微微地渗出，有时会误以为万事万物的本身有着自在的光明。假如夜深有雾，到处都弥漫着清气，当萤火虫成群飞过，仿佛是月光所掉落出来的精灵。

每一种月光下的事物都有了光明，真是好！

更好的是，在月光底下，我们也觉得自己心里有着月亮，有着光明，那光明虽不如阳光温暖，却是清凉的，从头顶的头发到脚尖的趾甲都感受到月的清凉。

走一段路，抬起头来，月亮总是跟着我们，照着我们。在童年的岁月里，我们心目中的月亮有一种亲切的生命，就如同有人提灯为我们引路一样。我们在路上，月在路上；我们在山顶，月在山顶；我们在江边，月在江中；我们回到家里，月正好在家屋门前。

直至如今，童年看月的景象，以及月光下的乡村都还历历如绘。但对于月之随人却带着一些迷思，月亮永远跟随我们，到底是错觉还是真实的呢？可以说它既是错觉，也是真实。由于我们知道月亮只有一个，人人却都认为月亮跟随自己，这是错觉；但当月亮伴随我们时，我们感觉到月是唯一的，只为我照耀，这是真实。

长大以后才知道，真正的事实是，每一个人心中有一片月，它是独一无二、光明湛然的，当月亮照耀我们时，它反映着月光，感觉天上的月也是心中的月。在这个世界上，每个人心里都有月亮埋藏，只是自己不知罢了。只有极少数的人，在最黑暗的时刻，仍然放散月的光明，那是知觉到自己就是月亮的人。

这是为什么禅宗把直指人心称为"指月"，指着天上的月教人看，见了月就应忘指；教化人心里都有月的光明，光明显现时就应舍弃教化。无非是标明了人心之月与天边之月是相应的、含容的，所以才说"千江有水千江月，万里无云万里天"，即使江水千条，条条里都有一轮明月。从前读过许多诵月的诗，有一些颇能说出"心中之月"的境界，例如王阳明的《蔽月山房》：

山近月远觉月小，便道此山大于月；
若人有眼大如天，当见山高月更阔。

确实，如果我们能把心眼放开到天一样大，月不就在其中吗？只是一般人心眼儿小，看起来山就大于月亮了。

还有一首是宋朝理学家邵雍写的《清夜吟》：

月到天心处，风来水面时；

一般清意味，料得少人知。

月到天心，风来水面，都有着清凉明净的意味，只有微细的心情才能体会，一般人是不能知道的。

我们看月，如果只看到天上之月，没有见到心灵之月，则月亮只是极短暂的偶遇，哪里谈得上什么永恒之美呢？

所以回到自己，让自己光明吧！

流 浪 水

孩子跟老师到海边去，回来后用了一夜的时间，告诉我海边的故事，他们到海边后去看海、吃鱼丸、坐渡轮，他说："渡轮上有一个像电扇一样旋转的东西，一直噗噗噗打着海水，海水被打到后面去，渡轮只好前进了。"

他说："老师叫我们蹲着，伸手去摸海水，海水好冰喔，比我们家水龙头的水还冰。"

他说："海好大好大，有好多的鱼、虾、螃蟹都可以在里面生活，但是他们可能没有办法游遍整个海，因为太大了嘛！对不对？"

……

我问孩子："那么，你对海，觉得最好玩的是什么？"

他说："是流浪水。"

"流浪水？"

"是呀！流浪水就是一下子打到海边上又退回去，隔一下子又打到海边上的那种水。许多鱼呀虾呀都跟着流浪水，流上来呀，又流下去。它们一生下来就在流浪水里，长大了在流浪水里，最后死了也在流浪水里。老师说，有很多鱼虾长在海底，那里的水不是流来流去，很可能它们从来不知道自己在流浪水里……"

我对孩子说："那不叫流浪水，那是海浪。"

“流浪水不就是海浪吗？”孩子用天真的眼睛看着我。

“对，流浪水就是海浪。”我说。

孩子才安心地去睡觉了。

深夜里，我思考着孩子的话，所有的海中动物是生长在流浪水里，它们一生都在海里流浪着，当然从来没有一只海中的动物可以游遍整个海。有很多深海里的动物，从来不知道是一波一波地流浪着，然后它们在无波的深海里，平静地死去。

流浪水是多么美丽的海之印象呀！

海的动物是生活在流浪水里，我们陆上的众生何尝不是生活在流浪水里呢？我们的流浪水是时间，一个白天一个黑夜规律的循环，不正如打在岸上又退去的流浪水吗？从小的角度看，当然每个白天和黑夜都不同，可是从大的观点看，白天黑夜不正是我们看海浪一样，没有什么差别吗？

可叹的是，很少有人警觉到时间的流浪水，他们就会在没有观照的景况下度过一生。

警觉到时间的流浪水仍然不够，其实每一个人有了觉醒之后，心性就会像大海一样，看着潮涨潮落，知悉心海的浪循环之周期，这些海浪再汹涌，在海底最深的地方，是宁静而安适的。因为深刻地观照了流浪，便不会被流浪水所转，不会在拍岸时欢喜，也不会在退落时悲哀，胸怀广大，含容了整个大海。

自性心水的流露正像这样，因此在生命中觉悟而进入深海里的人，与从来不知道流浪水的人是不一样的，前者无惧于生死的流浪，后者则对生死流浪因无知而恐惧，或者因愚昧而纵情欢乐。

云　散

我喜欢胡适的一首白话诗《八月四夜》：

我指望一夜的大雨，
把天上的星和月都遮了；
我指望今夜喝得烂醉，
把记忆和相思都灭了。

人都静了，
夜已深了，
云也散干净了，
仍旧凄清的明月照我归去，
我的酒又早已全醒了。
酒已都醒，
如何消夜永？

这首《八月四夜》，是根据周邦彦的一阕词《关河令》改写成的，《关河令》的原文是：

秋阴时作，

渐向暝变一庭凄冷，

伫听寒声，

云深无雁影。

更深，人去，寂静。

但照壁孤灯相映。

酒已都醒，

如何消夜永？

胡适的诗一点儿也不比周邦彦的原词逊色。我从前喜欢这首诗，是喜欢诗中的孤单和寂寞的味道，尤其是在烂醉之后醒来，不知道如何度过凄清的好像永无尽头的寒夜时，我在少年时代，有很多次的心境都接近了这首诗的情景。

这使我想起，孤单和寂寞虽也有它极美的一面，但究竟不是幸福的，只是有时我们细细想来，幸福里如果没有孤单和寂寞的时刻，幸福依然是不圆满的。

最好的是，在孤单与寂寞的时候，自己也能品位出那清醒明净的滋味，有时能有一些记忆和相思牵系，才是最幸福的事。

清晨滚着金边的红云，是美的。

午后飘着慵懒的白云，是美的。

黄昏燃烧炽烈的晚霞，是美的。

有时散得干净的天空也是美的。

那密密层层包裹着青天的乌云，使我们带着冷冽的醒觉，何尝不美呢？

当一个人，走过了辉煌的少年时代，有许多人就开始在孤单与寂寞的煎熬中过日子；当一个人，失去了情爱与生命的理想，可能就会在无奈的孤独中忍受一生；当一个人，不能体会到独处的丰富与幸福时，他的生命之火就开始黯然褪色……

凄清的明月是不是美丽的明月那同一个明月呢？当我们从生命的烂醉醒来的时候，保持明净的心灵世界，让我们也欢喜独处时的寂寞吧！因为要做一个自足的人，就是每一时每一刻都能看清云彩从心窗飘过的姿势。在云也散干净的时候，还能在永夜中保持愉悦清明，那么，即使记忆与相思不灭，我们也能自在地坦然地走下去。

求　好

有好多人喜欢讲生活品质，他们认为花的钱多、花得起钱就是生活品质了。

于是，有愈来愈多的人，在吃饭时一掷万金，在置衣时一掷万金，拼命地挥霍金钱，当我问他们为什么要如此，他的回答是理直气壮的——“为了追求生活品质！为了讲究生活品质！”

生活？品质？

这两样东西到底意味着什么呢？

如果说有钱能满足许多的物质条件就叫生活品质，是不是所有的富人都有生活品质，而穷人就没有生活品质呢？

如果说受教育就会有生活品质，是不是所有的大学生都有生活品质，没有受教育的人就没有生活品质呢？

如果说都市才有生活品质，是不是乡下人就没有生活品质呢？是不是所有的都市人都有生活品质呢？

答案都是否定的，可见生活品质乃不是某一阶层、某一地区，甚至某一时代的专利。古人也可以有生活品质，穷人、乡下人、工匠、农夫都可以有生活品质。因为，生活品质是一种求好的精神，是在一个有限的条件下寻求该条件最好的风格与方式。

工匠把一张桌子一把椅子做到最完善而无懈可击的地步，是生活品质。

农夫把稻田中的稻子种成最好的收成，是生活品质。

穷人买一个馒头果腹，知道同样的五块钱在何处可以买到最好品质的馒头，是生活的品质。

家庭主妇买一块豆腐，花最便宜的钱买到最好吃的豆腐，是生活品质。

整个社会都能摒弃那不良的东西，寻求最好的可能，这个社会就会有生活品质了。因此，我们对生活品质最大的忧虑，乃不是小部分人的品位不良，而是大部分人失去求好的精神了。

在一个失去求好精神的社会里，往往误以为摆阔、奢靡、浪费就是生活品质，逐渐失去了生活品质的实相。进而使人失去对生活品质的判断力，只好追逐名牌，用有名的香水、服装、皮鞋，以至名建筑师盖的房子，来肯定自我的生活品质，这是为什么现代社会名牌泛滥的原因。

有钱人从头到脚，从房子到汽车，从音响到电视用的都是名牌，那些名牌多得让人忘了自己的名字。

一般人欣羡之余，心生卑屈，以为那是生活品质，于是想尽方法不择手段去追求“生活品质”，甚至弄到心力交瘁、含恨而死。君不见被警察抓到的大流氓乃至小妓女，戴劳力士，开进口车，全身都是名牌吗？

生活的真正品质，是回到自我，清楚衡量自己的能力与条件，在这有限的条件下追求最好的事物与生活。再进一步，生活品质是因长久培养了求好的精神，因而有自信、有丰富的心胸世界；在外，有敏感直觉找到生活中最好的东西；在内，则居陋巷而依然能创造愉悦多元的心灵空间。

生活品质就是如此简单；它不是从与别人比较中来的，而是自己人格与风格求好精神的表现。

转　动

有一句俗语说："滚动的石头不生苔。"意思是当一个人时常变化自己，那么他就可以时常保持光润的面貌。

但是，滚动的石头不生苔，是不是意味着静止的石头或生苔的石头是不好的呢？其实，光润之石固然好，生苔的石头也没有什么坏。再进一步说，滚动的石头是自愿的滚动呢，还是被别人所滚动呢？如果是自愿滚动追求光润，光润就是好的；如果是想要生苔却被别人滚成光润，光润就是一件坏事了。

这真是一个大问题，每个人在童年或青年时代，都认为要自己转动，甚至来转动这个世界。但是到了中年以后就会发现，原来没有什么事情是可以由自己转动的，我们只是被外在的世界所转动的一粒石头罢了。于是大部分的中年人都失去了生苔的生命力，于是产生了一种表面上看起来光润，事实上是世故的圆滑。

转动世界，或者只是小小的转动自己，都是何其不易！

当然，被世界转动我们，就容易得多了。

大部分人都会在这种转动里落进一个无可奈何的境况：就是发现自己并没有转动世界的力量，却又不甘心落入完全被转动的地步。所以，就一直保持着继续奋斗的精神，流血流汗，耗费了大部分的青春。偏偏最后的结局还是世界在转动着，我们只是这转动中的一块石头，甚至一粒微尘！

可悲的不在于时空的辽远与世界的宽阔，而是我们的渺小与幽微。

不错，世界是不可转动，或者说转动世界是艰难的。那么现代人如何在认清这种实相之后，还能活得自在、积极、愉悦、明朗，同时不失去为理想奋斗的勇气呢？答案就是与转动的世界处在一种和谐的状态，并能冷静观照到自己的流转，使自己的心性独立于世界，有着独特的精神。

听起来似乎有些晦涩，其实不难明白，就是我们虽然不免在物质上必须活在现实世界，我们也会在现实世界中一天天的老化。但是在精神上我们能超拔出来，以更高的观点看人生，而在心灵的深处不随年纪老去，保持着对世界新鲜而有希望的心情。

这就是"至道无难，唯嫌拣择；但莫憎爱，洞然明白"的精神——接受现实世界苦乐的转动吧！不要去分别、去爱憎，只要心里明明白白，就能容易地走向无上智慧的道路。

我们很容易能观察到，这世界上的儿童与青年，每一个都有不同的面目，他们通常能断然拒绝物欲的魅惑，追求理想的标杆。可是，这世界的中年人，往往丧失理想的标杆，趋入物欲的泥沼，这就是随外在世界完全转动的结果。

以至于这个世界的中年人，不论男女，都有着相似的面貌与表情，那是由于世界不但转动他的现实，也转动了他的青春与心性，甚至转动了他为理想奋斗的热情了。

理解世界的转动是不可抗拒的，也理解着与这转动和谐，同时知道有一个如山不动的本体，知觉有不可动转之处，这是转动的世界里能自在明朗的一种锻炼。

譬如，下雨天的时候，出门别忘了带伞，但保有春日晴好的心情。

譬如，处在黑暗的境况犹如进入戏院，能在黑暗中等待，以便灿烂的电影开演。

譬如，成功的时刻不要迷恋掌声，因为知道最好的跑者都是不顾掌声，才跑在掌声之前。

譬如，在拥挤吵闹的公车上与人推挤，也能安下心来期待目的地，因为有一个目的地，其他的吵闹、挤迫，乃至于偶尔被冲撞，又有什么要紧呢？

转动者与被转动者，是我们所眼见的世界，或是我们不可见的自我呢？

本来面目

我常常觉得在现代社会里，真实的人愈来愈难见了。

所谓“真实的人”，就是有风格的人、特立独行的人、卓尔不群的人、不随同流俗的人——也就是对生活有一套自己的看法，对生命有一个独立的理想目标的人。

这样的人在古代颇为常见，即使到三十年代，中国还出过许多有风格的人，我把这种人称之为“本来面目”。这“本来面目”就像古代的禅师对山说：“山啊，请脱掉披覆在你外表的雾衣吧！我喜欢看你洁白的肌肤。”

遗憾的是，我们现代人往往忘却了原来的洁白肌肤，而在外表披覆了雾衣，所以当我们说“古道照颜色，典型在宿昔”的时候特别感触良深，为什么颜色都在古道，典型都在宿昔，我们这一代的人有什么颜色？什么典型呢？

有时候我会想，为什么现代人既没有颜色，也没有典型？然后自己拟出了两个答案，一个是现代人失去了单纯的生活，也失去了单纯的对生命理想的热爱。一般大人物的一天固然是案牍劳形、送往迎来、酬酢交错、演讲开会，二十四小时里难得有十分钟静下来沉思，对生活与生命的本质就难以了然。而小人物呢，为了三餐奔波辛劳，为了逢迎拍马费心，为了物欲享受而拼命，虽然空闲较多，但是夜间或在秦楼酒馆流连，或在家里盯着电视不放，更别说静下来思想了。

这真是个社会的危机，我时常到乡下去，发现如今的乡下人不再是“日出而作，日入而息”，而是跟随着电视作息，到半夜才入眠；都市人更不用说了——为什么没有人能静静地坐上几分钟、一小时呢？

一个是现代人常强人所难和强己所难。我们常看到一种情况，一桌酒席下来，主客喝了十几瓶洋酒，请的人心疼不已，仍勉强自己请之；被请的人过意不去，仍勉强别人请之，然后说这是尽兴。

推而广之，是自己不愿做的事推给别人做，或者别人不肯做的事推给自己做。可叹的是，我们做一件事的原因，往往是别人喝完一杯咖啡时，在白纸上写下我们的名字，有时候因为这样决定了我们的一生，反之亦然。所以我们在写下一个名字时，是不是也站在别人的立场想一想呢？

我们的本来面目，就因为生活不能单纯，因为强人所难与强己所难而失去了，久而久之就像同一厂牌的原子笔，每一支虽是独立的个体，而每一支都一样。这像禅宗说的“白马入芦花”，有的人明明是白马，入芦花久了，白白不分，以为自己是芦花了。

也像是“银碗里盛雪”，本来是银碗的人为雪所遮，时日既久，自以为雪，而在时间中融化了。

本来面目非常重要，只有本来面目，才能使我们做一个完整的人，做一个自在的人，以及做一个独立和成功的人。

还我本来面目的第一件事是一天花十五分钟坐下来想想：我是谁？我从哪里来？我要往哪里去？现在的生活是不是我要的？什么生活才是我要的？

然后，我们才有机会做一个有风格的人，做一个真实的人，做我自己。

假日书市

不久前，台北一家大型书店举行“旧书买卖”，我先想到的是二十年前的牯岭街，和现在的光华商场，这大书店的旧书买卖大概也是人群稀疏的场面。

没想到去了会场，大出意料之外，竟是人潮汹涌，热闹滚滚，而且会场里的都不是老先生，全是年轻人，他们对旧书的热衷，从脸上的表情就可以看出来，有一些数量较少、折扣较大的旧书，甚至动抢，稍稍犹豫，立刻被拿走。

我挑了一叠书，光是排队付钱就排了四十分钟，走出书店，天都已经黑了。在我们这个时代，这样的环境，旧书能有这样的魅力，不能不说是个异数了。

其实不是异数，想到台北市立图书馆、新闻局曾经办过“旧书交换”的活动，哪一次不是满堂彩呢？想到远流出版社、联经出版社办过的晒书活动，人潮之多，连挤进会场都感到困难。想到九歌出版社经常以五折出售回头书、风渍书，读者也非常喜欢。

旧书买卖会受到这么热烈的欢迎，可能有几个原因，第一是书价便宜，年轻人可以用更少的金钱买到自己喜欢的书；第二是有趣，逛旧书买卖的会场，有一种发现的乐趣；第三是台北已经没有经常性的旧书买卖场，像从前的牯岭街一样。现在的光华商场虽也买卖旧书，毕竟是以玉器、古物为大宗，旧书只是点缀罢了。

这使我想到，我们是不是需要一个经常性的旧书市呢？否则看过的旧书堆积如山，究竟要往何处去？汽车买卖有二手车的市场；现在连服装、饰品都有专卖的二手货店；而像邮币、古董的流通，愈多手愈值钱；为什么独独旧书买卖没有这样的市场？若说没有需要，旧书的买卖交换也就不会每次都人潮汹涌了。

经常性的二手书市场可能太乐观了，也太多技术性的问题，或者可以仿造“假日玉市”“假日花市”，来做一个“假日书市”，让市民可以自由地去买卖旧书，这样一来可以解决许多读书人书满为患的问题，一来使爱书人可以买到低廉的书籍，并且使一本书的价值为之大增。

我认识许多出版业者，大家都普遍为书籍的库存大伤脑筋，如果把这些书绞成纸浆则未免太可惜了，假使有这种旧书的流通管道，自然也解决了一部分退书与库存的问题。

这个世界里当然有许多书籍值得典藏，不过在资讯爆炸的时代，更多的书是读过就好了，这样的书若没有去处，就浪费了资源，特别是造成环境保护的负面因素。

从前读孙中山先生的三民主义，里面提过理想社会是“人尽其才、地尽其利、物尽其用、货畅其流”，心里一直非常感动，我想，一本书由一个人读，那不是物尽其用，也不是货畅其流，假设旧书也能流通，不也是迈向理想社会的一步吗？

我们在推动书香社会、走向文化大国的政策目标时，不是多开几家大书店而已，而要大家都能认识书籍的本身就有许多趣味，读者的利益与趣味不必花很多金钱，在贫困的时代，我们许多人的读书趣味不就是在牯岭街的旧书摊养成的吗？

如今，牯岭街的旧书摊已不复可追，社会上却有旧书买卖的渴求，不知道有识之士是不是愿意来推动“假日书市”的构想？

第四章

期待父亲的笑

溪洲荣阳堂记事

溪洲荣阳堂是我记忆里极动人的一帧小影。最近到乡下去，有机会重返荣阳堂，它却像相簿里存放过久的相片，大部分都发黄了，有几页霉湿的地方，甚至已经斑驳，几乎难以辨识它昔日光灿的样貌。

那曾经如血一般鲜红的“荣阳堂”三字，红漆有些掉落，尘灰铺在上面，变成一种灰褐的颜色，反倒不如过年贴在门楣上的春联那么鲜明了。

我仍如童年一样，在荣阳堂的宗祠中虔敬地烧了香。宗祠的左面墙壁有三帧巨大的黑白照片，一帧是外曾祖母穿着长及脚掌的袍子，露出一双经过细心绑过的三寸金莲，白裤黑鞋，好像要从时光里走出来。一帧是外祖母的相片，坐在太师椅上，服饰装扮及神情都与外曾祖母相似，不同的是，她的坐姿是我极其熟悉的；那张太师椅是我幼年经常依恃，也常蜷缩在上面午眠的地方。

另一帧挂在中央的，是外祖父的相片，他戴着一顶白色的呢帽，穿一套老式的黑西装，黑色皮鞋雪亮，手中拿着一支德国式的长拐杖。他的嘴角紧抿，但微微露出一种似有似无的笑意——这些，与我想象中的外祖父是完全相同的，他带着神秘的色彩，我出生时他已过世，对他的事却如身边一样熟悉，因为一直到今天，母亲还常说起他来。他的故事其实是像他紧抿的嘴角，不太亲近，却带着微笑的。

荣阳堂本来是一座巨大的三合院，占地千坪，此刻我站在正中的宗祠庭前，看到它原来一直向前伸展的东西两个厢房，早已经拆除，各盖起一座三层的洋房，洋房几乎把庭院的视界完全遮住了。我幼年时，常陪外祖母住在西厢，每天太阳从东边出来时，可以看到阳光斜斜地映照进来，如今不要说阳光，连西厢房都不见了。

溪洲荣阳堂是母亲的娘家，母亲有八个哥哥，过去他们全住在这座宅院里，等到舅舅们都结婚生子了，荣阳堂已经成溪洲附近最大的宅院。宅院的前后左右全植满果树，进入宅院的路上还有高达两丈的椰子树夹道，在幼年时代的记忆里，是一片广大无边的田地。我小时候常跟随母亲回娘家，那时交通工具还未发达，我们要浩浩荡荡步行两小时的小路才能走到荣阳堂。堂里随时都像一锅正在煮沸的暖粥，沸沸腾腾的热闹，表兄弟姊妹，加上照顾园子的长工，一共有近百人，开饭时得要五六桌才坐得下，只差没有敲钟。

尤其是每年过年的时候，光是大猪就要宰上几头，前门后院贴满春联春纸，爆竹的声音要从除夕一直点放到元宵。元宵夜门口挂满灯笼，孩子在院中嬉戏，灯笼百盏，照耀如同白昼。我日后能感受过年庄严与除旧的意义，全是在那一段时间得到的。

由于孩子多，荣阳堂的年节，水果糖果都是用箩筐装满，摆在餐厅随意取用。每天都有甜汤圆，有时吃不完的汤圆，我们就粘在门板上、古井边，等汤圆被日照干了之后，拿到炉旁，边烤边吃；烤过的汤圆爆裂，外皮干脆、内部松软，蘸着白糖，是至今不能忘的美味。在旧日物质缺乏的年代，只有过年是能那样丰盛、美好，不感觉到浪费的。

荣阳堂与昔时台湾南部的大家庭一样，并不是什么书香世家，但我常记得在荣阳堂正门的一副春联，年年都是这样写的:“忠孝传家远，诗书记世长”。外祖父重视读书，他有一幅画像，手里就是拿着一卷书，像极关公读春秋的绘像，只差背后没有一把关刀，所以母亲在那个年代比一般乡间妇女幸运，受了比较完整的教育，并且写得一手娟秀的好字，我幼年读《三字经》，就是母亲一笔笔写在日历纸背后的。现在我还能唱歌一样的诵《三字经》，也是得自母亲最早的教育。

荣阳堂的宗祠里，过去墙上贴满了老旧的相片，都是家族的一页页记录。孩子读书时，一旦得了奖状，都贴在宗祠的墙上，满满两墙奖状；在我未入学前，常梦想着有一天自己的奖状也能贴在墙上。如今，照片不知跑到何处，奖状也都不见了踪迹，宗祠的香炉里香火寥落，不像过去终日缭绕不息。

荣阳堂的冷清，并不是外祖父家族的句点，而像是一个段落，这个段落是因为时代，时代的向前推展，使大家庭都不得不星散。现在的时代里，不可能一整个家族都从事农作，也不能有闲适的心情来享受大家庭的乐趣，最主要的是人间关系紧张，一百多人不能像以前那样毫不计较，至少表面上没有嫌隙的生活了。

我的八个舅舅，现在只有两位留在荣阳堂，其余的都已迁居他往，有时连过年都聚集不起来。母亲也不像从前，喜欢回到娘家叙旧，可能是大家回到宗祠里想起往日的情况，不免或多或少有落泪的感触——我也像上一辈一样，喜欢大家庭的生活，可惜时光已经使我们回不去那大家庭的时代。那个充满笑声的时代，已像香炉的烟，往窗口、往更远的路头、往一个不可追回的年代，消散了。

我站在荣阳堂的院子里，深深地感叹，我的孩子正在院子里玩泥土，追逐着舅妈养的一群小鸡。这个生长在都市尘烟里的孩子，还是第一次在泥土打滚没有挨骂，也是第一次看到活生生的小鸡。看着他的快乐，好像看着自己的一帧很早很早以前的相片。我知道在他长大的时候，我没有能力向他描绘荣阳堂的过去，因为那种大家庭的景况，没有亲身经验过，是不可能体会的。

我离去的时候，夕阳正照在宗祠前“忠孝传家远，诗书记世长”的春联上，联上的春纸在冷风中飘飘摇荡，想到今天是大年初一，好像过去新年的气氛化成一道热流，激得人的鼻子微微酸痛起来。

母亲坐在车子后座，一言不发，车子开出马路，我在照后镜里看到母亲灰白的头发，看到她微微地叹了一口气，搂紧我的孩子，让孩子睡在她的胸口，那也是我小时候常睡的，母亲温热的胸口。

这时，天像一张黑帐，慢慢地盖住我们，也使背后的荣阳堂被掩在幕中。

刺　花

我是那样的崇拜爸爸，他仿如一座伟岸而不可及的高山，虽然他也和常年狩猎的汉子一样有着火爆的脾气，有时一言不合，会和别人干上一架，并且在我们不听话的时候，总是一阵好打，可是我崇拜他，当黄昏他背着猎物回家的时候。

十几年的山林生活，爸爸已经成为我们山村里最出色的猎人。

爸爸狩猎的才能表现在各方面，他夕阳西下提着手电筒出去，深夜回家就带回一麻袋的兔子，他用强光照射兔子的眼睛，把那些暂时眩晕的兔子轻松地提着长耳回家。

冬天，他在深山里盖了一间茅屋，屋里堆积了废弃的破棉被，在寒冷的冬日清晨，我常随爸爸去收拾那些窝在棉被中冬眠的一卷卷毒蛇，有时一天可以捕到几十斤毒蛇，使我们能过着比一般山中专门捉毒蛇的人更好的生活。

爸爸打山羌、野猪、黑熊、山猫、梅花鹿也都自有他的一套方法，他还会追踪果子狸和穿山甲的踪迹而万无一失。

爸爸有一个打猎的好伙伴，我们称他太郎叔，是泰雅族的山胞，脸上自左至右横过鼻梁一条青蓝蓝的刺花，他世居深山的狩猎经验和勇力配合爸爸的灵思，常能打到最多的猎物。太郎叔是个孤独的山地人，他太太在生儿子的时候死去，他唯一的儿子在打猎时因不忍杀死一窝小山猪，被他赶出了家门，因为在泰雅族人的传统里，饶恕了猎物不是勇士的行为。太郎叔为此曾后悔，他从来不提，只是偶尔在猎山猪时常不知不觉地失神。

小学一年级我生日的时候，爸爸送我一枝四点五的空气枪，并答应带我去做一次打山猪的惊险的狩猎。

那是夏季刚来，草莓刚刚收成的时候，空气中飘满了野草和泥土在阳光下蒸腾的香气，繁茂的野草在风里像波浪一样起伏，草的绿和山的苍郁交织成一个充满生命的世界。在草与山与天空间，孤鹰衬着蓝天缓缓地盘旋，松鼠在林间快乐地跳跃，远远近近都是绕来绕去的鸟声，无意间走过溪谷，满坑的蝴蝶会被步声惊飞，人便跌进彩色的飞腾的童话世界。

那是走在山路上，忍不住要哼歌跳舞的季节。

清晨，爸爸擦拭好他的猎枪，一巴掌把我从床上打醒，他的左肩和腰带上早已挂满了晶亮的子弹，他的德国制双管猎枪背在右肩上，露出擦过油的枪管。我在屋后水池漱洗时，爸爸仰天吹了一声尖长的口哨，召唤我们养的七只猎狗，它们一听到爸爸的召唤，便从屋里屋外各个角落飞蹿出来，轻轻地讨好地吟吠着。爸爸一一拍打它们的额头，并爱抚地摸抓它们的颈部，然后我们便大跨步走出门口，往种满了刺竹的林中走去。

在晨风中，刺竹林发出窸窸窣窣的摩擦声，我背着水壶和我的小猎枪，踩在露气未退的泥路上，太阳还没有露脸，天却蒙蒙地亮起来了，这时，多叶的刺竹林中都是白茫茫的雾气在轻轻地流荡着，雾扑在人脸上，带着一种沁凉的甜味。

我们走过刺竹林，爸爸又吹起一声尖长的口哨，太郎叔养的两只土黄色猎狗从竹林那头奔跳过来，和我们的狗亲昵地招呼着，它们互相嗅着、舔着身体，一时，林间全是狗们兴奋的喘息声，有的在林里奔跑，有的互相扑咬着，爸爸用低沉的声音呵斥着它们。

才一忽儿的时间，太郎叔健壮的多毛的双腿迈到我们面前，他穿着一条卡其短裤，上身是一件麻线织成的山地服向两边敞开，袒露出他黑黝黝的仿佛金刚打造的结实胸膛，他手里提着一管上制猎枪，腰上悬着一个弹袋，他含蓄地微笑对我们招呼，脸上的青蓝色刺花全快乐地跳跃着。

然后我们一行三人，九只猎狗，开始沿着黑肚大溪的溪床浩浩荡荡地出发，那条溪床因长年的冲积，大约已有三十公尺宽，全布满了从山上冲下来的卵石，中间只有细细弱弱的一带水，好似期待着夏日暴雨来时再把溪床淹没，我们走下去，朝阳就从山坳口冒了出来，原来被山挡住的光，倾盆似的扑到我们身上。

“我们大约中午以前可以抵达大毛山，如果你走快一点儿的话。”爸爸对我说。

“爸爸怎么知道大毛山上有山猪？”

“前几日，我和你太郎叔到大毛山打鸟，看过山猪出来讨食的痕迹，我们找到一窝山猪窟。”

“你们怎么不把它打下来？”

“就是要留给你来打呀！”爸爸说完就纵声长笑了。

“猴仔子，打山猪又不是射兔子，一枪就翻天的。”太郎叔微笑着说。

平常我看黑肚大溪时，一直以为它是平直的延伸出去，现在我发现它不是平直的，而是顺着左右的山势曲折辗转，我们走到一个坳口以为它便是溪的源头，而一转身，它又往远方的山上盘旋上去。跑到溪岸上晒太阳的小毛蟹，一闻到我们的步声，便翻身落水，咚咚声响。

我们的猎狗则顽皮地赛跑，呼啸一阵儿，九只狗全飞也似的奔射出去，一直跑到剩下几个黑点在远方游动，再转眼的时间，它们又从远方驰回来磨蹭，伸长舌头，咧开大嘴，站在那里傻笑。

“这些狗仔冲来撞去，等一下遇到山猪要跑不动了。”我们最大的一只猎犬库路听到爸爸的声音，亲昵地蹭过来嗅爸爸的腿脚，“去！去！”爸爸咒着。我很能了解爸爸的咒骂，他背着沉重的东西，我们的汗都落在溪边的石上，看到这一群猛龙活虎般的犬仔，不免有些又爱又气。

号喝一声，狗又全往前跑去。

“喏，你看，右边那座没有开垦过的山就是大毛山，我们要猎的山猪就在那山的腰边。”太郎叔指着前边告诉我，我抬头望去，大毛山高高矗立着，杂树与草把山染泼成浓密的绿色，大毛山的形状像我们课本上的剪纸，棱角分明。顺着黑肚大溪，我们竟一步一步地爬上了大毛山。

二毛山和小毛山被开垦出来以后，大毛山就成为我们这些山地人主要的猎场，长年的踩踏，竟使溪沿着山的地方被踩出了一条小路，我们到了山腰际的时候，狗儿们已经在山里面到处吠叫着，显出紧张与不安，爸爸低声呵斥着，狗儿们安静下来，伸长舌头在山腰上喘着长气。

太郎叔指着野相思树下零乱的草堆对我说：“这些草都被山猪踩滚过，顺着草迹往前就是山猪窟，我们可以爬到前面的相思树上，用枪射杀山猪，比较安全。”我看着太郎叔指的地方，果然隐约有一个阴黑的山洞，洞前是繁密得几乎没有空隙的银合欢树交错着，银合欢树上则开着一球球的圆形小黄花，有几只黑色的凤蝶在那里翩翩飞动。

狗儿们在这里特别的安静。

我们蹑着足，挨到山猪窟大约二十公尺的地方，那里果然有几棵野生的高大相思树，太郎叔伶俐地攀上右边的相思树，爸爸抱着我爬上左边的相思树，两棵树相距十五公尺，正巧与山猪窟成为等边三角形。爸爸用手指示意我不要出声，轻声地说：“等一下山猪出来，你就紧紧抱着这根树枝，不管怎么样，不要放手。”然后他大声地吹了口哨，叫道：“库路，去！”

聪明的狗儿们一纵而上，就围在山猪窟前，大声而疯狂地吠叫起来，狗的叫声霎时间震响了整个山野，远远的山上还传过来凶猛的回声。我听见爸爸和太郎叔子弹上膛的声音，也把我的小猎枪举起来正对着山猪洞口。

狗叫了很长的一阵子，忽然一只黑乌乌的山猪像箭一般从洞中飞射出来，朝狗群奔去，猎狗们呼啸一声，全向四边逃去，山猪愤怒地奔驰了一阵儿，因不知要追哪一只狗而在野地里转了半天，颓然地回到洞里。

爸爸冷静地看山猪走回去，对我说：“现在还不能打，要等着山猪跑得没有力气了再打，才不会让它逃回洞去。”

“狗为什么不咬它呢？”

“狗咬不过山猪的。”

正在我们交谈的时候，狗群又飞也似的从四面八方跑回来，在洞口高声叫嚣，叫得山猪忍无可忍再一度跑出来，一阵狂奔乱转，还发出喔喔的叫声，狗一眨眼间就跑得看不见影子，山猪这一回追得很远，依然愤怒地走回来，它发现我们坐在树上，便疯狂地往我坐的相思树一头撞来，树枝整个摇晃着，我“哇”一声尖叫起来，爸爸一边搅着我一边说：“不要怕，抱紧树枝，它撞不倒的。”我死命地抱着树，山猪一再地撞着树干，愈撞愈小，一直到气力用尽，才走回洞里。山猪的力道真大，它把对狗的愤怒都发泄在相思树上。

狗马上又回来了，胜利地叫着，它们的迅捷和合作就像一支训练有素的军队一样。

这一次山猪走出洞口，定定地看着狗群，发出喔喔的吼声，狗儿们稍稍后退，与它保持着距离，也不甘示弱地吠着，忍无可忍的山猪终于又向狗群冲了过去。

爸爸和太郎叔打了手势，说:“可以了。”

山猪这一次追得很远，本来在洞口的银合欢树被它冲撞得东倒西歪，爸爸和太郎叔把枪口对着山猪远去的方向，我也举枪瞄准，约一盏茶的时间，无力的山猪从山下走上来，走到快到我们蹲伏的树上时，爸爸低沉地说:“射！”

砰！砰！两声，山猪便摇摇晃晃地走了几步倒在地上，我清楚地看见它的额头和肩胛涌出大量的鲜血，它倒在地上还抽动着，太郎叔又补了一枪，它很快停止挣扎。

“死了，”爸爸说:“我们吃午饭吧。”

“爸，为什么不下去捉它呢？”

“山猪都是一公一母住在洞里，我们只打死母的，公的出去讨食了，它回来看到母的被打死会凶性大发，会伤人的。所以我们要等那只公的回来，一起打了。”

我想起爸爸很久以前对我说过的故事，有一次平地人到山里打猎，打了母的山猪就回去了，公的山猪发狂地把山里的一间茅屋撞平，杀了里面的一家四口，肚子上有两个透明的窟窿，肠子流了一地，不觉吓了一身冷汗。爸爸说:“山猪是有情的动物，愈是有情的动物，凶性愈大。”

我们开始坐在树上吃午饭，狗们跑回来在山猪身边高兴地蹭着嗅着，还抢着舔着山猪流出来的血，爸爸把准备的狗食丢下去，它们便围过来抢食。

“爸，公的山猪什么时候会回来？”

“快了，如果窟里有小山猪的话，马上就会回来，如果没有，太阳下山以前也会回来。”

“你看，里面是不是有小山猪？”

“应该有，不然母山猪不会在洞里。”

我们很快就把饭团吃完了，吃饱的狗儿们在地上玩耍，有几只伏在地上伸长舌头喘气，并竖起耳朵来倾听着，爸爸看着它们，怜爱地说：“这些狗仔真是好。”

还不到一炷香的时间，原来坐在地上的狗警觉地站了起来，从我们前面的方向望去，爸爸说：“公山猪回来了。”

话音未落，狗儿们已经围了上去，叫起来，远远地一只比母山猪大一号的山猪低着头，悠闲地踱步过来，这只公山猪是深棕色的，头大身壮，嘴很长，嘴边还露出两根白得耀眼的獠牙，它很威武地走近洞口，仿佛无视身边叫着的狗。“自大的山猪呀，今天是你葬身之日，你还在那里威风。”我突然想起布袋戏的一句口白。狗儿们保持距离地在山猪旁乱叫乱跳，公山猪走到洞口，掀动鼻子，眼睛一斜，就看见血迹流满一地的母山猪，它突然“呜喔——”一声长叫，向狗群猛扑过去，机灵的狗儿早在它动身之际，就伸开长腿往四下散去。公山猪边追边呜叫着，在母山猪四周绕着圈子，终于无望地回到母山猪的身旁，用粗大的头颅挨着母山猪的身体摩擦，呜呜哀叫，叫声凄厉，听得我整个胸腔都浮动起来。

哭叫一阵儿，它抬头看见太郎叔藏身的地方，用它又长又尖的利牙向相思树没命地撞去，太郎叔紧紧抱着那棵树，树在强大的撞击下，像台风天一样地摇动着，树叶像雨一样落了满地，它每撞一回，相思树干上就露出两个明显的伤口。“这公山猪死了老婆，疯了。”爸爸说着，举枪对准那头山猪。

狗儿们又跑来挑逗它了，胆大的库路甚至还咬了它一口，山猪又开始追逐那一群它明知追不上的猎狗，转了很大的一圈，它又折回来在母山猪的身侧哀鸣，它无助地把头埋在母山猪的胸前，爸爸叫：“射！”

又是砰！砰！两声，这一次两枪都打中头部，鲜血翻涌，它抽搐两下就倒在血泊里，再也不动。它的身体正好压在母山猪的身上，一地都是鲜血。

我们从树上下来，才发现太郎叔的那棵树下落了一地的树皮，太郎叔说："没看过这么猛的山猪，大概有一百多斤。"我们走过去检视那两只山猪，山猪的细长眼珠都翻了白眼，不肯瞑目。"果然有两只小山猪。"我们走到洞口，两只小狗一样大的山猪正在洞里的一角蠕动着、哀叫着。太郎叔把枪举起来对准那两只小山猪，意外的是他并没有开枪，颓然地放下双手说："捉回去养吧！"爸爸和我默默对视，我们心里知道，他又想起了他离家的儿子。

太郎叔砍来一枝粗大的相思树丫，把四头山猪的脚部绑在树枝上，两个大人就抬着山猪回家，我背着小空气枪，才想起今天一枪都没有打。

我们便在小山猪的哀鸣声，和狗的戏耍里，一路无言地在斜阳的光辉里走回家。

在山上，打到一窝山猪是一件了不得的大事，我们雇的几个伐木工人，和帮我们看山的阿火叔一家四口都来庆祝。我们就在家屋的庭院上升起火堆，把那只母山猪烤来吃，公山猪则腌制起来，准备过冬。

山上的夏夜是迷人的，山里一片静寂，只有四周伴随的虫鸣声，大家吃着、笑着，互相谈论自己打猎的英勇事迹。正当大人们喝酒喝得有几分醉意的时候，我看见屋后有个人影闪动了一下儿。

"爸，有人。"

"哪来的人？"

"我好像看到屋后有一个人。"

爸爸警觉地拾起一根竹棒站起来，嘀咕着："会不会是盗林的山贼？"我随着爸爸走到屋后，果然有一个人躲在那里，爸爸大声吆喝："谁？"声音刚喊出来，他就认出那是太郎叔的儿子："阿雄仔，你回来，怎么躲在屋后，不到前面来？"

"阿伯，我阿爹……"

“你阿爹，早就原谅你了。”

爸爸便拉着阿雄哥走到屋前，边走边叫：“太郎，你看谁回来了？”

太郎叔走过来抱住阿雄哥，父子俩对看了一番，他说：“我今天才捉了两只小山猪要给你养哩！”然后便纵声大笑，声音响遍了空山。

那是一个难忘的晚上，狂欢的气氛弥漫了整个山区，太郎叔脸上青蓝蓝的刺花映着火光跳动的影像，经过几十年了，还刻写在我童年的一页日记里。

鸳鸯香炉

一对瓷器做成的鸳鸯，一只朝东，一只向西，小巧灵动，仿佛刚刚在天涯的一角交会，各自轻轻拍着羽翼，错着身，从水面无声划过。

这一对鸳鸯关在南京东路一家宝石店中金光闪烁的橱窗一角，它鲜艳的色彩比珊瑚宝石翡翠还要灿亮，但是由于它的游姿那样平和安静，竟仿若它和人间全然无涉，一直要往远方无止境地游去。

再往内望去，宝石店里供着一个小小的神案，上书“天地君亲师”五个大字，晨香还未烧尽，烟香缭绕，我站在橱窗前不禁痴了，好像鸳鸯带领我，顺着烟香的纹路游到我童年的梦境里去。

记得我还未识字以前，祖厅神案上就摆了一对鸳鸯，是瓷器做成的檀香炉，终年氤氲着一缕香烟，在厅堂里绕来绕去，檀香的气味仿佛可以勾起人沉深平和的心胸世界，即使是一个小小孩儿也被吸引得意兴飘飞。我常和兄弟们在厅堂中嬉戏，每当我跑过香炉前，闻到檀香之气，总会不自觉地出了神，呆呆看那一缕轻淡但不绝的香烟。

尤其是冬天，一缕直直飘上的烟，不仅是香，甚至也是温暖的象征。有时候一家人不说什么，夜里围坐在香炉前面，情感好像交融在炉中，并且烧出一股淡淡的香气了。它比神案上插香的炉子让我更深切感受到一种无名的温暖。

最喜欢夏日夜晚，我们围坐听老祖父说故事，祖父总是先慢条斯理地燃了那个鸳鸯香炉，然后坐在他的藤摇椅中，说起那些还流动血泪声香的感人故事。我们依在祖父膝前张开好奇的眼眸，倾听祖先依旧动人的足音响动，愈到星空夜静，香炉的烟就直直升到屋梁，绕着屋梁飘到庭前来，一丝一丝，萤火虫都被吸引来，香烟就像点着萤火虫尾部的光亮，一盏盏微弱的灯火四散飞升，点亮了满天的向往。

有时候是秋色萧瑟，空气中有一种透明的凉，秋叶正红，鸳鸯香炉的烟柔软得似蛇一样升起，烟用小小的手推开寒凉的秋夜，推出一扇温暖的天空。从潇湘的后院看去，几乎能看见那一对鸳鸯依偎着的身影。

那一对鸳鸯香炉的造型十分奇妙，雌雄的腹部连在一起，雄的稍前，雌的在后。雌鸳鸯是铁灰一样的褐色，翅膀是绀青色，腹部是白底有褐色的浓斑，像褐色的碎花开在严冬的冰雪之上，它圆形的小头颅微缩着，斜依在雄鸳鸯的肩膀上。

雄鸳鸯和雌鸳鸯完全不同，它的头高高仰起，头上有冠，冠上是赤铜色的长毛，两边色彩斑斓的翅翼高高翘起，像一个两面夹着盾牌的武士。它的背部更是美丽，红的、绿的、黄的、白的、紫的全开在一处，仿佛春天里怒放的花园，它的红嘴是龙吐珠，黑眼是一朵黑色的玫瑰，腹部微芒的白点是满天星。

那一对相偎相依的鸳鸯，一起栖息在一片晶莹翠绿的大荷叶上。

鸳鸯香炉的腹部相通，背部各有一个小小的圆洞，当檀香的烟从它们背部冒出的时候，外表上看像是各自焚烧，事实上腹与腹间互相感应。我最常玩的一种游戏，就是在雄鸳鸯身上烧了檀香，然后把雄鸳鸯的背部盖起来，烟与香气就会从雌鸳鸯的背部升起；如果在雌鸳鸯的身上烧檀香，盖住背部，香烟则从雄鸳鸯的背上升起来；如果把两边都盖住，它们就像约好的一样，一瞬间，檀香就在腹中灭熄了。

倘若两边都不盖，只要点着一只，烟就会均匀地冒出，它们各生一缕烟，升到中途慢慢氤氲在一起，到屋顶时已经分不开了，交缠的烟在风中弯弯曲曲，如同合唱着一首有节奏的歌。

鸳鸯香炉的记忆，是我童年的最初，经过时间的洗涤愈久，形象愈是晶明，它几乎可以说是我对情感和艺术向往的最初。鸳鸯香炉不知道出于哪一位匠人之手，后来被祖父购得，它的颜色造型之美让我明白体会到中国民间艺术之美；虽是一个平凡的物件，却有一颗生动灵巧的匠人心灵在其中游动，使香炉经过百年都还是活的一般。民间艺术之美总是平凡中见真性，在平和的贞静里历百年还能给我们新的启示。

关于情感的向往，我曾问过祖父，为什么鸳鸯香炉要腹部相连？祖父说：

> 鸳鸯没有单只的。鸳鸯是中国人对夫妻的形容。夫妻就像这对香炉，表面各自独立，腹中却有一点儿心意相通，这种相通，在点了火的时候最容易看出来。

我家的鸳鸯香炉每日都有几次火焚的经验，每经一次燃烧，那一对鸳鸯就好像靠得更紧。我想，如果香炉在天际如烽火，火的悲壮也不足以使它们殉情，因为它们的精神和象征立于无限的视野，永远不会畏怯，在火炼中，也永不消逝。比翼鸟飞久了，总会往不同的方向飞；连理枝老了，也只好在枝丫上无聊地对答。鸳鸯香炉不同，因为有火，它们不老。

稍稍长大后，我识字了，识字以后就无法抑制自己的想象力飞奔，常常从一个字一个词句中飞腾出来，去找新的意义。“鸳鸯香炉”四字就使我想象力飞奔，觉得用“鸳鸯”比喻夫妻真是再恰当不过，“鸳”的上面是“怨”“鸯”的上面是“央”。

“怨”是又恨又叹的意思，有许多抱怨的时刻，有很多无可奈何的时刻，甚至也有很多苦痛无处诉的时刻。“央”是求的意思，是诗经中说的“和铃央央”的和声，是有求有报的意思，有许多互相需要的时刻，有许多互相依赖的时刻，甚至也有很多互相怜惜求爱的时刻。

夫妻生活是一个有颜色、有生息、有动静的世界，在我的认知里，夫妻的世界几乎没有无怨无尤幸福无边的例子，因此，要在“怨”与“央”间找到平衡，才能是永世不移的鸳鸯。鸳鸯香炉的腹部相通是一道伤口，夫妻的伤口几乎只有一种药，这药就是温柔，“怨”也温柔，“央”也温柔。

所有的夫妻都曾经拥抱过、热爱过、深情过，为什么有许多到最后分飞东西，或者郁郁而终呢？爱的诺言开花了，虽然不一定结果，但是每年都开了更多的花，用来唤醒刚坠入爱河的新芽，鸳鸯香炉是一种未名的爱，不用声名，千万种爱都升自胸腹中柔柔的一缕烟。把鸳鸯从水面上提升到情感的诠释，就像鸳鸯香炉虽然沉重，它的烟却总是往上飞升，或许能给我们一些新的启示吧！

至于“香炉”，我感觉所有的夫妻最后都要迈入“共守一炉香”的境界，久了就不只是爱，而是亲情。任何婚姻的最后，热情总会消退，就像宗教的热诚最后会平淡到只剩下虔敬；最后的象征是“一炉香”，在空阔平朗的生活中缓缓燃烧，那升起的烟，我们逼近时，可以体贴的感觉；我们站远了，还有温暖。

我曾在万华的小巷中看过一对看守寺庙的老夫妇，他们的工作很简单，就是在晨昏时上一炷香，以及打扫那一间被岁月剥蚀的小屋。我去的时候，他们总是无言，轻轻的动作，任阳光一寸一寸移到神案之前，等到他们工作完后，总是相携着手，慢慢左拐右弯地消失在小巷的尽头。

我曾在信义路附近的巷子口，看过一对捡拾破烂的中年夫妻，丈夫吃力地踩着一辆三轮板车，口中还叫着收破烂特有的语言，妻子经过每家门口，把人们弃置的空罐酒瓶、残旧书报一一丢到板车上，到巷口时，妻子跳到板车后座，熟练安稳地坐着，露出做完工作欣慰的微笑，丈夫也突然吹起口哨来了。

我曾在通化街的小面摊上，仔细地观察一对卖牛肉面的少年夫妻；丈夫总是自信地在热气腾腾的锅边下面条，妻子则一边招呼客人，一边清洁桌椅，一边还要蹲下腰来洗涤油污的碗碟。在卖面的空当，他们急急地共吃一碗面，妻子一径地把肉夹给丈夫，他们那样自若，那样无畏地生活着。

我也曾在南澳乡的山中，看到一对刚做完香菇烘焙工作的山地夫妻，依偎着共坐在一块大石上，谈着今年的耕耘与收成，谈着生活里最细微的事，一任顽皮的孩童丢石头把他们身后的鸟雀惊飞而浑然不觉。

我更曾在嘉义县内一个大户人家的后院里，看到一位须发俱白的老先生，爬到一棵莲雾树上摘莲雾，他年迈的妻子围着布兜站在莲雾树下接莲雾，他们的笑声那样年少，连围墙外都听得清明。他们不能说明什么，他们说明的是一炉燃烧了很久的香还会有它的温暖，那香炉的烟虽弱，却有力量，它顺着岁月之流可以飘进任何一扇敞开的门窗。每当我看到这样的景象，总是站得远远的仔细听，香炉的烟声传来，其中好像有瀑布奔流的响声，越过高山，流过大河，在我的胸腹间奔湍。如果没有这些生活平凡的动作，恐怕也难以印证情爱可以长久吧！

童年的鸳鸯香炉，经过几次家族的搬迁，已经不知流落到什么地方，或者在另一个少年家里的神案上，再要找到一个同样的香炉恐怕永不可得，但是它的造型、色泽，以及在荷叶上栖息的姿势，却为时日久还是鲜锐无比。

每当在情感挫折生活困顿之际，我总是循着时间的河流回到岁月深处去找那一盏鸳鸯香炉，它是情爱最美丽的一个鲜红落款，情爱画成一张重重叠叠交缠不清的水墨画，水墨最深的山中洒下一条清明的瀑布，瀑布所要流到的那个无止尽的地方是香炉美丽明晰的章子。

鸳鸯香炉好像暗夜中的一盏灯，使我童年对情感的认知乍见光明，在人世的幽晦中带来前进的力量，使我即使只在南京东路宝石店橱窗中，看到一对普通的鸳鸯瓷器都要怅然良久。就像坐在一个黑乎乎的房子里，第一盏点着的灯最明亮，最能感受明与暗的分野，后来即使有再多的灯，总不如第一盏那样，让我们长记不熄；坐在长廊尽处，纵使太阳和星月都冷了，群山草木都衰尽了，香炉的微光还在记忆的最初，在任何可见和不可知的角落，温暖地燃烧着。

惜　福

我的外祖母活到八十岁，她过世的时候我还年幼，有许多事已经淡忘了，但我清楚地记得她的两件事：一是她过世时十分安详，并未受病痛折磨；一是她一直到晚年仍然过着极端俭朴的生活。她所以那样俭朴不全然是经济的原因，而是她认为人应该“惜福”。

她不许家里有什么剩菜剩饭，到了晚年她还时常捡菜汤，把菜盘里剩的菜汤端起来喝而不顾子女的劝阻。她也要求我们吃饭时碗中不可剩下一粒米，常吓唬我们说：“不捡拾干净，长大了会生猫脸。”甚至有米粒落到了地上，她也捡起来吃。

除了这些，外祖母格外敬惜字纸，要丢弃的书籍簿本纸张绝不与污秽垃圾混在一起，须另外用火恭敬地焚烧。

她过世的前几年，常有人问她长寿的原因，那时她不仅长寿，身体也健康，她总是回答说，可能是因为惜福吧，由于珍惜自己的福气，才能福寿绵长。

我当时颇不能了解其中的意思，后来读了明朝学者袁了凡先生的《了凡四训》，说他幼年时遇到一个会算命的先生，卜了他一生的吉凶，其中有一条是说到他补贡生的时候，一共吃了“廪米九十一石五斗”，他感到十分可疑，直到补了贡生的时候，他一算正好吃了九十一石五斗廪米（按明朝学制，贡生之前是廪生，他们应得的米叫廪米，按月发给，所以易于计算）。

了凡先生从此“益信进退有命，迟速有时，澹然无求矣！”连一个人一生享用多少米都是命中所注，如果过度放纵地享用，不就提早在损伤自己的性命吗？

我佛释迦牟尼在经中也时常叫人惜福、节制饮食，他在《杂阿含经》中说：“人当自系念，每食知节量，是则诸受薄，安消而保寿。”在《四十二章经》中说：“财色之于人，譬如小儿贪刀刃之蜜甜，不足一食之美，然有截舌之患也。”都是在警醒人不可过多求多欲的生活，身心才能长保康泰。

尤其在《医经》里说得最为透彻：“食多有五罪：一者多睡眠。二者多病。三者多淫。四者不能讽诵经。五者多着世间。”

“人得病有十因缘：一者，久坐不饭。二者，食无贷。……”（食无贷就是吃得过度）

“有九因缘，命未当尽为横尽。一不应饭为饭。二为不量饭（不知节制地吃）。三为不习饭（不知时间地吃）。四为不出生（饭还没有消化，又吃饭）。……如是九因缘，人命未尽为尽。黠人当识，是当避，是已避，得两福：一者，得长寿。及得闻道好语，亦得久行道。”

饭在经书中只是象征，用以教人惜福，我们常见到年轻时过度放纵的人，到晚年总受疾病的折磨，或沦为贫苦无依，有的人更是等不到晚年的，足见佛经中所言句句真实。

近读弘一法师的演讲集，他谈到“青年佛徒应注意的四项”，首要就是惜福，其次才是习劳、持戒、自尊，因为他认为在末法时代，人的福气是很微薄的，若不爱惜，将这很薄的福享尽了，就要受莫大的痛苦。

至于惜了福又怎样呢？法师说“我们即使有十分福气，也只好享受二三分，所余的可以留到以后去享受；诸位或者能发大心，愿以我的福气，布施一切众生，共同享受，那更好了。”

也只有惜福的人才能习于劳动，持守戒律，自我尊重，因此惜福是作为佛徒的第一件事，不能惜福则不能言及其他。一般娑婆世界的凡人也是如此，我们可曾见过一个沉溺酒色、纵情逐欲的人能够自尊、清明，而活得健康和长寿的吗？

惜福乃不是少福，而是惜福得福，这就是为什么平淡之人常享嵩寿的原因了。

报 岁 兰

花市排出了一长排的报岁兰，一小部分正在盛开，大部分是结着花苞，等待年风一吹，同时开放。

报岁兰有一种极特别的香气，那香轻轻细细的，但能在空气中流荡很久，所以在乡下有一个比较土的名字“香水兰”，因为它总是在过年的时候开，又叫作“年兰”，在乡下，“年兰”和“年柑”一样，是家家都有的。

童年时代，每到过年，我们祖宅的大厅里，总会摆几盆报岁兰和水仙，浅黄浅红的报岁兰和鲜嫩鲜白的水仙，一旦贴上红色对联，就成为一个色彩丰富的年景了。

乡下四合院，正厅就是祖厅，日日都要焚烧香烛，檀香的气息和报岁兰、水仙的香味混合着，就成为一种格外馨香的味道，让人沉醉。我如今想起祖厅，仿佛马上就闻到那个味道，鲜新如昔。

我们家的报岁兰和水仙花都是父亲亲手培植的，父亲虽是乡下平凡的农夫，但他对种植作物似乎有特殊的天生才能，只要是他想种的作物很少长不成功的。父亲在世的时候，我们家的农田经营非常多元化，他种了稻子、甘蔗、香蕉、竹子、槟榔、椰子、莲雾、橘子、柠檬、番薯，乃至于青菜。中年以后，他还开辟了一个占地达四百亩的林场，对于作物的习性可以说是了如指掌。

我小学六年级的时候，父亲不知从哪里知道了种花可以赚钱，在我们家的后院开建了一个广大的花园，努力地培育两种花，一种是兰花，一种是玫瑰花。那时父亲对花卉的热爱到了痴迷的程度，经常看花卉的书籍到深夜，自己研究花的配种，有一年他种出了一种“黑色玫瑰”，兴奋异常，那玫瑰虽不是纯黑色，但它如深紫色的绒布，接近于黑的程度。

对于兰花，他的心得更多。我们家种兰花的竹架占地两百多坪，一盆盆兰花吊在竹架上，父亲每天下田前和下田以后都待在他的兰花园里。田地收成后的余暇，他就带着一把小铲子独自到深山去，找寻那些野生的兰花，偶有收获，总是欢喜若狂。

在爱花种花方面，我们兄弟都深受父亲的影响，是由于幼年开始就常随父亲在花园中整理花圃的缘故。但是在记忆里，父亲从未因种花而得到什么利润，倒是把兰花的幼根时常送给朋友，或者用野生兰花和朋友交换品种，我们家的报岁兰就是朋友和他交换得来的。

父亲生前最喜欢的兰花有三种，一是报岁兰、一是素心兰、一是羊角兰。他种了不少名贵的花，为何独爱这三种兰花呢？记得有一次他对我说：“有很多兰花很鲜艳很美，可是看久了就俗气；有一些兰花是因为少而名贵，其实没有什么特色；像报岁、素心、羊角虽然颜色单纯，算是普通的兰花，可是它朴素，带一点儿喜气，是兰花里面最亲切的。”

父亲的意思仿佛说：朴素、喜乐、亲切是人生里最可贵的特质。这些特质也是他在人生里经常表现出来的特色。

我对报岁兰的喜爱就是那时种下的。

父亲种花的动机原是为增加收入，后来却成为他最重要的消遣。父亲没有什么特别的嗜好，只是喜欢喝茶、种花、养狗，这三种嗜好一直维持到晚年，他住院的前几天还是照常去公园喝老人茶，到花圃去巡视。

中学的时候，我们家搬到新家，新家是在热闹的街上，既没有前庭，也没有后院，父亲却在四楼顶楼搭了竹架，继续种花。我最记得搬家的那几天，父亲不让工人动他的花，他亲自把花放在两轮板车上，一趟一趟拉到新家，因为他担心工人一个不小心，会把他钟爱的花折坏了。

搬家以后，父亲的生活步调并没有改变，他还是每天骑他的老爷脚踏车到田里去，每天晨昏则在屋顶平台上整理他的花圃，虽然阳台缺少地气，父亲的花卉还是种得非常的美，尤其是报岁兰，一年一年地开。

报岁兰要开的那一段时间，差不多是学校里放寒假的时候，我从小就在外求学，只是寒暑假才有时间回乡陪伴父亲，报岁兰要开的那一段日子，我几乎早晚都要陪父亲整理花园，有时父子忙了半天也没有说什么话，父亲会突然冒出一句："唉！报岁兰又要开了，时间真是快呀！"父亲是生性乐观的人，他极少在谈话里用感叹号，所以我每听到这里就感慨极深，好像触动了时间的某一个枢纽，使人对成长感到一种警觉。

报岁兰真是准时的一种花，好像不过年它就不开，而它一开就是一年已经过去了，新年过不久，报岁兰又在时间中凋落，这样的花，它的生命好像只有一个特定的任务，就是告诉你："年到了，时间真是快呀！"从人的一生中，无常还不是那么迫人的，可是像报岁兰，一年的开放就是一个鲜明的无常，虽然它带着朴素的颜色、喜乐的气息、亲切的花香同时来到，在过完新年的时候，还是掩不住它的惆怅。

就像父亲，他的音容笑貌时时从我的心里映现出来，我在远地想起他的时候，这种映现一如他生前的样子，可是他已经不在这个世上了。我知道，我忆念的父亲容颜虽然相同，其实忆念的本身已经不同了，就如同老的报岁兰凋谢，新的开起，样子、香味、颜色没什么不同，其实中间已经过了整整的一年。

偶尔路过花市，看到报岁兰，想到父亲种植的报岁兰，今年那些兰花一样的开，还是要摆在贴了红色春联的祖厅。唯一不同的是祖厅的神案上多了父亲的牌位，墙上多了父亲的遗照，我们失去了最敬爱的父亲。这样想时，报岁兰的颜色与香味中带着一种悲切的气息：唉！报岁兰又开了，时间真是快呀！

期待父亲的笑

父亲躺在医院的加护病房里，还殷殷地叮嘱母亲不要通知远地的我，因为他怕我在台北工作担心他的病情。还是母亲偷偷叫弟弟来通知我，我才知道父亲住院的消息。

这是典型的父亲的个性，他是不论什么事总是先为我们着想，至于他自己，倒是很少注意。我记得在很小的时候，有一次父亲到凤山去开会，开完会他到市场去吃了一碗肉羹，觉得是很少吃到的美味，他马上想到我们，现到市场去买了一个新锅，买了一大锅肉羹回家。当时的交通不发达，车子颠簸得厉害，回到家时肉羹已冷，且溢出了许多，我们吃的时候已经没有父亲形容的那种美味。可是我吃肉羹时心血沸腾，特别感到那肉羹是人生难得，因为那里面有父亲的爱。

在外人的眼中，我的父亲是粗犷豪放的汉子，只有我们做子女的知道他心里极为细腻的一面。提肉羹回家只是一件，他不管到什么地方，有好的东西一定带回给我们，所以我童年时代，父亲每次出差回来，总是我们最高兴的时候。

他对母亲也非常的体贴，在记忆里，父亲总是每天清早就到市场去买菜，在家用方面也从不让母亲操心。这三十年来我们家都是由父亲上菜场，一个受过日式教育的男人，能够这样内外兼顾是很少见的。

父亲的青壮年时代虽然受过不少打击和挫折，但我从来没有看过父亲忧愁的样子。他是一个永远向上的乐观主义者，再坏的环境也不皱一下儿眉头，这一点深深地影响了我，我的乐观与韧性大部分得自父亲的身教。父亲也是个理想主义者，这种理想主义表现在他对生活与生命的尽力，他常说："事情总有成功和失败两面，但我们总是要往成功的那个方向走。"

由于他的乐观和理想主义，使他成为一个温暖如火的人，只要有他在就没有不能解决的事，就使我们对未来充满了希望。他也是个风趣的人，再坏的情况下，他也喜欢说笑，他从来不把痛苦给人，只为别人带来笑声。

小时候，父亲常带我和哥哥到田里工作，透过这些工作，启发了我们的智慧。例如我们家种竹笋，在我没有上学之前，父亲就曾仔细地教我怎么去挖竹笋，怎么看土地的裂痕，才能挖到没有出青的竹笋。二十年后，我到竹山去采访笋农，曾在竹笋田里表演了一手，使得笋农大为佩服。其实我已二十年没有挖过笋，却还记得父亲教给我的方法，可见父亲的教育对我影响多么大。

由于是农夫，父亲从小教我们农夫的本事，并且认为什么事都应从农夫的观点出发。像我后来从事写作，刚开始的时候，父亲就常说："写作也像耕田一样，只要你天天下田，就没有不收成的。"他常教我多写些于人有益的文章，少批评骂人，他说："对人有益的文章是灌溉施肥，批评的文章是放火烧山；灌溉施肥是人可以控制的，放火烧山则常常失去控制，伤害生灵而不自知。"他叫我做创作者，不要做理论家，他说："创作者是农夫，理论家是农会的人。农夫只管耕耘，农会的人则为了理论常会牺牲农夫的利益。"

父亲的话中含有至理，但他生平并没有写过一篇文章。他是用农夫的观点来看文章，每次都是一语中的，意味深长。

有一回我面临了创作上的瓶颈，回乡去休息，并且把我的苦恼说给父亲听。他笑着说："你的苦恼也是我的苦恼，今年香蕉收成很差，我正在想明年还要不要种香蕉，你看，我是种好呢？还是不种好？"我说："你种了四十多年的香蕉，当然还要继续种呀！"

他说："你写了这么多年，为什么不继续呢？年景不会永远坏的。""假如每个人写文章写不出来就不写了，那么，天下还有大作家吗？"

我自以为在写作上十分用功，主要是因为我生长在世代务农的家庭。我常想：世上没有不辛劳的农人，我是在农家长大的，为什么不能像农人那么辛劳？最好当然是像父亲一样，能终日辛劳，还能利他无我，这是我写了十几年文章时常反躬自省的。

母亲常说父亲是劳碌命，平日总闲不下来，一直到这几年身体差了还常往外跑，不肯待在家里好好地休息。父亲最热心于乡里的事，每回拜拜他总是拿头旗、做炉主，现在还是家乡清云寺的主任委员。他是那种有福不肯独享、有难愿意同当的人。

他年轻时身强体壮，力大无穷，每天挑两百斤的香蕉来回几十趟还轻松自在。我最记得他的脚大得像船一样，两手推开时像两个扇面。一直到我上初中的时候，他一手把我提起还像提一只小鸡。可是也是这样棒的身体害了他，他饮酒总不知节制，每次喝酒一定把桌底都摆满酒瓶才肯下桌，喝一打啤酒对他来说是小事一桩，就这样把他的身体喝垮了。

在六十岁以前，父亲从未进过医院，这三年来却数度住院，虽然个性还是一样乐观，身体却不像从前硬朗了。这几年来如果说我有什么事放心不下，那就是操心父亲的健康，看到父亲一天天消瘦下去，真是令人心痛难言。

父亲有五个孩子，这里面我和父亲相处的时间最少，原因是我离家最早，工作最远。我十五岁就离开家乡到台南求学，后来到了台北，工作也在台北，每年回家的次数非常有限。近几年结婚生子，加上工作更加忙碌，一年更难得回家两趟，有时颇为自己不能孝养父亲感到无限愧疚。父亲很知道我的想法，有一次他说："你在外面只要向上，做个有益社会的人，就算是有孝了。"

母亲和父亲一样，从来不要求我们什么，她是典型的农村妇女，一切荣耀归丈夫，一切奉献都给子女，比起他们的伟大，我常觉得自己的渺小。

我后来从事报告文学的写作，在各地的乡下人物里，常找到父亲和母亲的影子，他们是那样平凡、那样坚强，又那样的伟大。我后来的写作里时常引用村野百姓的话，很少引用博士学者的宏论，因为他们是用生命和生活来体验智慧，从他们身上，我看到了最伟大的情操，以及文章里最动人的素质。

我常说我是最幸福的人，这种幸福是因为我童年时代有好的双亲和家庭，我青少年时代有感情很好的兄弟姊妹；进入中年，有了好的妻子和好的朋友。我对自已的成长总抱着感恩之心，当然这里面最重要的基础是来自于我的父亲和母亲，他们给了我一个乐观、关怀、良善、进取的人生观。

我能给他们的实在太少了，这也是我常深自忏悔的。有一次我读到《佛说父母恩重难报经》，佛陀这样说：

"假使有人，为于爹娘，手持利刀，割其眼睛，献于如来，经百千劫，犹不能报父母深恩。

"假使有人，以其利刀，割其心肝，血流遍地，不辞痛苦，经百千劫，犹不能报父母深恩。

"假使有人，为于爹娘，百千刀戟，一时刺身，于自身中，左右出入，经百千劫，犹不能报父母深恩……"

读到这里，不禁心如刀割，涕泣如雨。这一次回去看父亲的病，想到这本经书，在病床边强忍着要落下的泪，这些年来我是多么不孝，陪伴父亲的时间竟是这样的少。

母亲也是，有一位也在看护父亲的郑先生告诉我："要知道你父亲的病情，不必看你父亲就知道了，只要看你妈妈笑，就知道病情好转，看你妈妈流泪，就知道病情转坏，他们的感情真是好。"为了看顾父亲，母亲在医院的走廊打地铺，几天几夜都没能睡个好觉。父亲生病以后，她甚至还没有走出医院大门一步，人瘦了一圈，一看到她的样子，我就心疼不已。

我每天向菩萨祈求，保佑父亲的身体病早日康健，母亲能恢复以往的笑颜。

这个世界如果真有什么罪业，如果我的父亲有什么罪业，如果我的母亲有什么罪业，十方诸佛、各大菩萨，请把他们的罪孽让我来承担吧，让我来背父母亲的业吧！

但愿，但愿，但愿父亲的病早日康复。以前我在田里工作的时候，看我不会农事，他会跑过来拍我的肩说："做农夫，要做第一流的农夫；想写文章，要写第一流的文章；要做人，要做第一等人。"然后觉得自己太严肃了，就说："如果要做流氓，也要做大尾的流氓呀！"然后父子两人相顾大笑，笑出了眼泪。

我多么怀念父亲那时的笑。

也期待再看父亲的笑。

逍遥居里的赵二呆

到澎湖去，特别去见赵二呆先生，我们多年不见，赵二呆已经是七十五岁的老人，但他一点儿也没有老人的老态，步履敏捷、言语犀利，仍然带着玩世不恭的那种神情。

陪我同去的澎湖友人说："赵大师看到你显得特别高兴，平常他是很自负高傲的。"

我说："他也不是自负高傲，而是从前就不喜欢逢迎应酬，现在年纪大了，又住在澎湖，对于一般俗人更不需要应酬了。"

二呆先生带着我们参观"赵二呆艺术馆"，这座馆占地千坪，从正面看，那重叠的屋顶就如一条盘桓的龙，外观非常典雅气派，园中有二呆先生的巨型雕塑，以及非常有趣的园林。

"二呆艺术馆"后面的入口正对着澎湖文化中心，后门也有扶疏的花木，与前门的趣味大有不同。

二呆艺术馆的成立兴建，是澎湖的一件大事，它也是首次由艺术家与县政府合理兴建的美术馆，对文化艺术的提升自然不在话下。

二呆先生告诉我，多年前他就很喜欢澎湖，除了澎湖有特殊的风情，也是由于澎湖民风淳朴，治安良好。因此他一直想在澎湖盖一座艺术馆，一方面做自已的工作室，一方面做保存展示作品之用。有很长一段时间，他每天开着车子在澎湖看地，一直看不到中意的地，偶有喜欢的地，都面临了土地买卖复杂的问题。

后来这件事被县政府的人知道，就和他接洽，由县政府提供公有土地，二呆先生出钱设计和兴建房子，并且签订合约。合约的内容大概是，建成的艺术馆由二呆先生居住、创作和管理，一直到二呆先生百年之后，则把房屋、作品全部捐献给县政府。二呆先生说："唯一的条件，是我死后，这座艺术馆除了收藏我的作品，不可移作他用。"

这件事真是难能可贵，一方面使二呆先生的晚年生活过得像神仙一样，做出许许多多艺术品。一方面使澎湖县政府得以收藏保存一位大师级中国艺术家的大部分作品，不至于散失。

二呆先生对于生死的事，早就看开，因此把他的美术馆别名叫"逍遥居"，里面依序挂着这些字句：

"活着不难，活得自在难。"

"死去容易，死得自甘难。"

"活人且作死人活。"

他说这是自己几年来的心境，早已于生死无所求了。在他的客厅摆着一幅作品，是他两年前在澎湖撞车所留下的车前玻璃，整片玻璃布满如蛛网的裂纹，上面还有二呆先生的血和头发，听说他被送去医院治疗时还殷殷告诉看护他的人说："要把那件撞破的玻璃保留起来，那是很好的作品。"

就在摆车玻璃的附近，挂着二呆先生的名句："来是偶然，走是必然。"他指着这两个句子说："我曾经送你一幅。"

呀！二呆先生的记忆力真好，那已经是十五年前的事了，他还记得！这使我想起那一年第一次去拜望二呆先生，他穿着夹克，叨一根烟斗，言谈中充满思想家的智慧，举止则是道地艺术家的情趣，他的风范立刻使我折服了。我们谈得十分愉快，他表示愿意送我一幅字，我就要了“来是偶然，走是必然”。

他说：“我记得这件事，因为你是第一个选这两句的年轻人。”

在二楼的楼梯口，挂了一幅二呆先生的自画像，他坐在沙发上，作势欲踢，他说：“把这挂在楼梯，是说一见到不喜欢的人从楼梯上来参观，真想一脚把他踹下去！”

说着，他在我肩上捶了一拳，在场的人都哈哈大笑。

他打的那一拳力道非常结实，使我知道多年不见的二呆，还有很棒的身体，无限的活力，这真是澎湖之福，艺术之幸呀！

李锡奇“远古的记忆”

刚从福建回来的李锡奇打电话来，劈头就说：“好久不见了，出来喝杯咖啡吧！”

“现在吗？”我说。

“现在九点钟，九点半在福华饭店咖啡厅碰面，还有高信疆。”说完，电话就挂断了。

换衣服要出门的时候，我心想，这个李锡奇到了大陆八九次，性子还是没有改变呀！在家门口，不巧又遇到一位不请自来的朋友，说有急事相谈，只好坐下谈一些出版的事，心里则急着想出去赴约。这时，电话又响了，是李锡奇的诗人太太古月打来的，问说：“还没出来呀？”我看看手表，正好是九点半。

李锡奇是个急性子的人，这一点他的朋友都能体会到，我们相交多年，发现他有一个特点，就是非常守时，从不迟到，因此我常想，他一定也不能忍受别人的迟到；其次，他是个剑及履及的人，他想到做什么，总是很快动手去做，例如他本来可以做纯粹的艺术家，因为担心台湾现代艺术的发展，曾经亲自下海经营过“版画家画廊”、“环亚艺术中心”和“三原色艺术中心”，这三家画廊对台湾现代艺术都曾有过极大的贡献。

他也是个好脾气、没有什么烦恼的人，最大的本事是随时随地可以睡着，也随时可以起来工作。曾经在打麻将时，上一张牌打出去，下张牌轮到他打时，同桌的人发现他已经鼾声大作，一时传为奇谈。

李锡奇非常热爱朋友，他的家里经常高朋满座，有时要四五张桌子才坐得下；他的朋友五花八门，布满全球。有一次我要去美国，他好意抄了一串电话和名单给我，结果我在美国接受了最热情的招待。有一次我太太去菲律宾，他也写了一串电话和名单，她也受到最热诚的款待。原因非常简单，因为“我们都是李锡奇的朋友”，可见作为朋友，李锡奇是非常好的。

他的朋友以诗人、艺术家最多，旁及作家、新闻界人士，那是由于他始终都有着赤子一样浪漫的情怀，往往使人一见如故，当然，古月做菜的一流手艺也功不可没。

从前，李锡奇的家是朋友聚会的中心，只要兴头一来，打几个电话，一个小时后就会凑到一屋子人，大家喝酒、唱歌、论艺、品评人事直到天亮才散，那真是一段快乐时光。只是我常在暗地里为他们操心，当时李锡奇在小学教书，古月在大学上班，不知道他们的薪俸如何来应付朋友这么庞大的开销。有一次我翻阅旧时笔记，发现一个月里竟有十天写着“李锡奇请吃饭”，顿时使我惭愧与感激交杂。

想起我和李锡奇也有几年没见了，互相只是从报章上了解对方的消息，想起像李锡奇这样的朋友在现代社会是日益稀有了，正在想的时候，计程车已到了福华饭店。

刚坐下，李锡奇立刻说：“我十七日要在台北时代画廊开画展，你一定要来看。”然后让我看他近一年来在福建完成的画作，他脸上兴奋的表情，使我知道他对这批画作是非常满意的，我看了也大吃一惊，因为李锡奇从前是以书法线条作画，展现的是素净流丽的风格，现在他的素材、图腾丰富得多，他用了甲骨文、钟鼎文、民间的符签、彩陶图案，使他一洗从前的流丽，而呈现出一种古朴深沉、结构有力的风格，我想，李锡奇的作品正在迈向生命圆熟的境界了。

正如大陆艺评家刘登翰说的：“时空变位始终是李锡奇创作中最重要的意念。几乎他的所有重要作品，都以不同的程度接触到这一主题，只不过此前的创作更侧重在扩展宇宙的空间感，而最近的新作则更强调表现历史的时间感。”

空间的浩瀚与历史的深沉，使李锡奇的“远古的记忆”系列交织成古拙的面貌，相信是他在大陆潜心创作的成果，这使我想起也是李锡奇好友的席德进曾说过：“中国的艺术家都是到五十岁才成熟，晚年才是艺术家的巅峰。”

这次李锡奇使用的材料也是艺术的一大突破，他以福建民间的磨漆作画，画在木板上，那是由于他一九八八年在福建看到磨漆画而深受感动的结果。磨漆工艺原是匠人的作品，到了李锡奇手上却使它做了一次重要的提升，他把磨漆原有光洁细致之风完全改观，化为天然古朴的韵味，一新我们对漆画的传统耳目。据李锡奇说：“漆画的保存时间很长，甚至可以长到千年也不朽坏。”我想，李锡奇以历史“远古的记忆”为内容，以漆画为媒材，是一向追求永恒的浪漫情怀吧！

看到老朋友的作品开创了新的境界，令我十分开心，年少时煮酒论诗画的豪情又从心田中涌起。当我们从饭店出来，已经十一点了，李锡奇说：“我们再找个地方喝茶吧！”

于是我们步行到元秾茶艺去喝茶，在夜空之中，我感到人的渺小或如沧海中的一粟，但由于许多艺术家不断追求原创力，使性灵为之扩张，使我们在百年的孤寂中，还能有光，有幸福之感。

我想，那些李锡奇在经营画廊时曾经批评过他的人，都该来看他的新作，李锡奇不仅是少见的艺术经纪人，他也是纯粹的艺术家！

与周锦先生的最后一面

今晨读报，在副刊的角落看到一则小小的“文坛消息”，标题是《文学史料家周锦去世》，心仿佛被人用刀刺了一下，再往下看，有短短的一百字：

> 现代文学史料家周锦于二十五日凌晨五时因心肌梗塞遽逝三总。享年六十岁。
>
> 周锦青年时期追随部队只身来台，自军中退伍后苦学考上师大国文系，毕业后再念淡江大学中文系。近年来着力于研究新文学史料，著作有《中国现代文学重要作家大词典》《中国现代文学作品书名大词典》《中国现代文学乡土语汇大词典》等十六本。

想到两个月前，曾与周锦一起参加一个文学座谈会，会后并一起进餐，当时的周先生还是那么生龙活虎，中气十足，万万没想到这样突然地离开世间，想到我们道别的时候，他紧紧握住我的手说：“文学创作是一辈子的事，要好好地努力呀！”当时我看着他诚挚的面容，深受感动。

在这个时代，“文学创作是一辈子的事”，已经成为虚妄的广告词一样，有点像司迪迈口香糖荒诞的意识形态，我们从来没有更深沉地去体会这一句话，从周锦先生的口中听来，竟有全副身心那样的味道，使我什么话都说不出来，只能紧紧地握着他温热的手。

对于周锦先生的治学与为人，我早已向往，可惜从前没有机会请益，说到他的治学与为人，听尹雪曼先生说起，他先读师大国文系毕业后，再去考淡江大学中文系，这在台湾的升学主义中是极为少见的，众所周知，师大国文系在成绩上是远胜淡大中文系的，但周锦先生读两个中文系，倒不是有什么非凡的理由，他的理由竟是“喜欢读书”，光凭这一点，就知道周先生是性情中人。

除此之外，周锦先生大概也是台湾最早最专情于现代文学的研究者，他对现代文学的广泛与深入研究，没有几人能及。他的文学研究倾向于“单兵作战”，据说那是由于他个性的孤高使然，他以个人之力，所作的有关现代文学的几部大词典，对于现代文学研究有非常大的贡献。他的这些词典编纂，使海峡对岸研究现代文学或编词典的人都大感敬佩，因为像这样的工作，通常是由国家的机构主其事，要集合数十位专家学者才能成事，周先生竟是一字一句全是自己的心血。

在台湾，现代文学研究的书是没有市场的，周先生则丝毫没有名利之念，耗费巨资自费印制，在市面上也几乎没有发行，但知道的人则争相典藏。

据尹雪曼先生说，周锦卖书也很有个性，例如有人向他订十本词典，他说：“可以，但你必须自己来拿，因为我没有时间和精神帮你包装邮寄。”而且，他不收支票，一律要用现金交易。

他几乎拥有一切中国传统文人的牛脾气，不知者会以为他顽固，但熟识他的人无不佩服他，是那种隐于市井的书生典型：居陋巷，一箪食，一瓢饮，人不堪其忧，他不改其乐。

我与周锦先生能够会面，要感谢《普门杂志》举办了“文学与佛学”的座谈会，周先生那一天的谈兴很好，发表了许多卓越的见解，但最使我动容的有两点：

一是他认为不管是文学或佛学，最重要的是要有无私的态度，他说："有私心的文学创作和有私心的佛学创作，都不能发展出泱泱大度，也就不能感人了。"

二是他认为创作者一定要培养气质与境界，因为文学技巧与表达是有形的，气质与境界则是无形的，有气质与境界自然会表现在作品上，人格高超的人作品必然高超，因此从事文学创作的人要培养气质，要写作佛学的人则应该培养境界。

他发言完毕，突然说："像在座的清玄兄，他的作品就有气质和境界，也有无私的态度，可惜他的才华没有完全发挥，依我看，他如果来写长篇小说就很好了，关于这一点，我很想私下和他谈谈。"

座谈会后，我去找周锦先生，还有上官予先生，我们三个人坐一桌，我对周先生说："写长篇小说对我太难了，写散文简单一点儿。"

他说："你不知道，写散文在文学史上不会受到很大的重视。"

"我只是热爱写作，并没有想到要在文学史上受重视。"

"可是，只有写长篇，才可能使你的作品开出更深广的境界。你的散文，已经被肯定了，如果转变一下儿，会有大突破。这就像你花盆的花种得很好，大家都知道，可是没有人知道你有一座花园，你要使花园的繁花盛开才好。"

然后他几乎循循善诱地为我分析长篇小说是多么重要，而中国现代的长篇小说是多么没落，如果可以写长篇的青年都不写，中国文学还有什么前途呢？他说得热情洋溢，上官予先生又在敲边鼓，使我不知要如何回答，他甚至说："如果你要写长篇小说，就告诉我，我们可以每个月见一次面，我来帮助你。”我还在犹豫，他说：“不用担心，你一定会成功的，我读年轻人的作品，从来没有看走眼的。”

这一谈，餐厅的人都快走光了，他站起来说：“文学创作是一辈子的事，要好好地努力呀！”

他花白的头发，魁梧的身材走出去，我心里还在想：“要不要真的来写长篇小说呢？”

如今，我若真的写了长篇，也没有机会每个月去请教周先生了，人生的无常在这里又一次深刻地撞击着我。

“要有无私的态度，要培养气质，要提升境界”，周先生洪钟一样的声音仿佛还在耳际，一个人可能数十年致力于文学，死后只得到一百字，这是周先生去世最令我悲伤的地方。

太 阳 雨

对太阳雨的第一印象是这样子的。

幼年随母亲到芋里采芋梗，要回家做晚餐，母亲用半月形的小刀把芋梗采下，我蹲在一旁看着，想起芋梗油焖豆瓣酱的美味。

突然，被一阵巨大震耳的雷声所惊动，那雷声来自远方的山上。

我站起来，望向雷声的来处，发现天空那头的乌云好似听到了召集令，同时向山头的顶端飞驰奔跑去集合，密密层层的叠成一堆。雷声继续响着，仿佛战鼓频催，一阵急过一阵，忽然，将军喊了一声："冲呀！"

乌云里哗哗洒下一阵大雨，雨势极大，大到数公里之外就听见噼啪之声，撒豆成兵一样。我站在田里被这阵雨的气势慑住了，看着远处的雨幕发呆，因为如此巨大的雷声、如此迅速集结的乌云、如此不可思议的澎湃之雨，是我第一次看见。

说是"雨幕"一点儿也不错，那阵雨就像电影散场时拉起来的厚重黑幕，整齐的拉成一列，雨水则踏着军人的正步，齐声踩过田原，还呼喊着雄壮威武的口令。

平常我听到大雷声都要哭的，那一天却没有哭，就像第一次被鹅咬到屁股，意外多过惊慌。最奇异的是，雨虽是那样大，离我和母亲的位置不远，而我们站的地方阳光依然普照，母亲也没有要跑的意思。

“妈妈，雨快到了，下很大呢！”

“是西北雨，没要紧，不一定会下到这里。”

母亲的话说完才一瞬间，西北雨就到了，有如机枪掠空，哗啦一声从我们头顶掠过。就在扫过的那一刹那，我的全身已经湿透，那雨滴的巨大也超乎我的想象，炸开来几乎有一个手掌，打在身上，微微发疼。

西北雨淹住我们，继续向前冲去。奇异的是，我们站的地方仍然阳光普照，使落下的雨丝恍如金线，一条一条编织成金黄色的大地，溅起来的水滴像是碎金层，真是美极了。

母亲还是没有要躲雨的意思，事实上空旷的田野也无处可躲，她继续把未采收过的芋梗采收完毕。记得她曾告诉我，如果不把粗的芋梗割下，包覆其中的嫩叶就会壮大得慢，在地里的芋头也长不坚实。

把芋梗用草捆扎起来的时候，母亲对我说：“这是西北雨，如果边出太阳边下雨，叫作日头雨，也叫作三八雨。”接着，她解释说：“我刚刚以为这阵雨不会下到芋田，没想到看错了，因为日头雨虽然大，却下不广，也下不久。”

我们在田里对话就像家中一般平常，几乎忘记是站在庞大的雨阵中，母亲大概是看到我愣头愣脑的样子，笑了，说：“打在头上会痛吧！”然后顺手割下一片最大的芋叶，让我撑着，芋叶遮不住西北雨，却可以暂时挡住雨的疼痛。

我们工作快完的时候，西北雨就停了，我随着母亲沿田埂走回家，看到充沛的水在圳沟里奔流，整个旗尾溪都快涨满了，可见这雨虽短暂，却多么巨大。

太阳依然照着，好像无视于刚刚的一场雨，我感觉自己身上的雨水向上快速地蒸发，田地上也像冒着腾腾的白气。觉得空气里有一股甜甜的热，土地上则充满着生机。

“这西北雨是很肥的，对我们的土地是最好的东西，我们做田人，偶尔淋几次西北雨，以后风呀雨呀，就不会因轻躁让我们感冒。”田埂只容一人通过，母亲回头对我说。

这时，我们走到蕉园附近，高大的父亲从蕉园穿出来，全身也湿透了，“咻！这阵雨有够大！”然后他把我抱起来，摸摸我的光头，说：“有给雷公惊到否？”我摇摇头，父亲高兴地笑了：“哈……金刚头，不惊风、不惊雨、不惊日头。”

接着，他把斗笠戴在我头上，我们慢慢地走回家去。

回到家，我身上的衣服都干了，在家院前我仰头看着刚刚下过太阳雨的田野远处，看到一条圆弧形的彩虹，晶亮的横过天际，天空中干净清朗，没有一丝杂质。

每年到了夏天，在台湾南部都有西北雨，午后刚睡好午觉，雷声就会准时响起，有时下在东边，有时下在西边，像是雨和土地的约会。在台北都城，夏天的时候如果空气污浊，我就会想：“如果来一场西北雨就好了！”

西北雨虽然狂烈，却是土地生机的来源，也让我们在雄浑的雨景中，感到人是多么渺小。

我觉得这世界之所以会人欲横流、贪婪无尽，是由于人不能自见渺小，因此对天地与自然的律则缺少敬畏的缘故。大风大雨在某些时刻给我们一种无尽的启发，记得我小时候遇过几次大台风，从家里的木格窗，看见父亲种的香蕉，成排成排地倒下去，心里忧伤，却也同时感受到无比的大力，对自然有一种敬畏之情。

台风过后，我们小孩子会相约到旗尾溪“看大水”，看大水淹没了溪洲，淹到堤防的腰际，上游的牛羊猪鸡，甚至农舍的屋顶，都在溪中浮沉漂流而去。有时还会看见两人合围的大树，整棵连根流向大海，我们就会默然肃立，不能言语。呀！从山水与生命的远景看来，人是渺小一如蝼蚁的。

我时常忆起那骤下骤停、瞬间阳光普照；或一边下大雨、一边出太阳的“太阳雨”。所谓的“三八雨”就是一块田里，一边下着雨，另外一边却不下雨，我有几次站在那雨线中间，让身体的右边接受雨的打击、左边接受阳光的照耀。

三八雨是人生的一个谜题，使我难以明白，问了母亲，她三言两语就解开这个谜题，她说：

“任何事物都有界限，山再高，总有一个顶点；河流再长，总能找到它的起源；人再长寿，也不可能永远活着；雨也是这样，不可能遍天下都下着雨，也不可能永远下着……”

在过程里固然变化万千，结局也总是不可预测的，我们可能同时接受着雨的打击和阳光的温暖，我们也可能同时接受阳光无情的曝晒与雨水有情的润泽，山水介于有情与无情之间，能适性的、勇敢地举起脚步，我们就不会因自然的轻踩得到感冒。

在苏东坡的词里有一首《水调歌头》，我很喜欢，他说：

落日绣帘卷，亭下水连空。
知君为我新作，窗户湿青红。
长记平山堂上，攲枕江南烟雨，杳杳没孤鸿。
认得醉翁语：山色有无中。
一千顷，都镜净，倒碧峰。
忽然浪起掀舞，一叶白头翁。
堪笑兰台公子，未解庄生天籁，刚道有雌雄。

一点浩然气，千里快哉风！

在人生广大的倒影里，原没有雌雄之别，千顷山河如镜，山色在有无之间，使我想起南方故乡的太阳雨，最爱的是末后两句："一点浩然气，千里快哉风！"心里存有浩然之气的人，千里的风都不亦快哉，为他飞舞、为他鼓掌！

这样想来，生命的大风大雨，不都是我们的掌声吗？

孩子的毕业旅行

亲戚的孩子小学毕业，学校组织去外地毕业旅行，一星期回来后，我问他感想如何。

他说："真无聊！"

"旅行是很好玩的事，怎么会无聊呢？"我感到大惑不解。

孩子告诉我，他们的旅行就像赶鸭子一样，每到一个风景好的地方，老师就宣布："这里停留十五分钟，让大家拍照。"于是一群孩子兴冲冲地跑下去，上厕所的上厕所、拍照的拍照，常常连照都还没拍好，老师就催着上车了。

"为什么行程要那么赶呢？"

"因为老师说，有些家长说交了那么多钱，应该全省重要的地方都玩到，所以大部分时间都在坐车，每次下车只停十五分钟。"

但是，并不是所有的地方都只停十五分钟，每到有卖观光名产的地方，就会停一个小时，让小孩子去买东西。

孩子很气地说："可是全省的特产店卖的东西都差不多呀！停那么久的时间不知道要干吗？"

"是谁决定在特产店停那么久呢？"我问。

"是司机、导游小姐和老师商量的结果。"

我立刻想到，这一定是和一般旅行团一样，收取回扣，否则小学六年级的学生知道买什么东西呢？亲戚的小孩就买回来一瓶五百元的药膏，说是导游小姐特别在车上推荐的，凡是受伤，不论刀伤、烫伤、蚊虫咬伤；或头痛、牙痛、晕车晕船都很有效。

我说："你不是只带一千块吗？怎么会花五百去买一罐没有牌子的药膏呢？"

"哎呀！你不知道啦！同学全都买了，我一个人不买，大家都看我，感觉就像傻瓜一样。"

这样冲锋陷阵的旅行一星期，回家的时候孩子像一头刚做完春耕的老牛一样，累得两眼发青，他郑重对家里的人宣布："以后再也不参加小学的毕业旅行了！"

乐得家人东倒西歪，这孩子可是累糊涂了，忘记小学毕业旅行只有一次。

是呀！一生只有一次的小学毕业旅行，却被大人糟蹋掉了，大人自己不懂得旅行，把这一套无知的东西也加在孩子身上，譬如说拼命赶路，表示去过很多地方；譬如说沿路采购、乱买一通；譬如说领队勾结导游，想尽方法挖顾客的钱；譬如根本不知道旅行的意义与目的。

我想，像孩子的毕业旅行，意义是要让小孩子留下美好的记忆，与六年相处的小朋友能更深刻的体会友情，一起启发观察广大世界的眼睛，并且品味一下完全放松的休闲生活。

而现在孩子的这种毕业旅行是反其道而行的，加上现代小孩都有许多与父母共同旅行的经验，当他们看到一向崇拜的老师、学校，办的旅行是如此品质低劣，心中将做何感想呢？

这使我想到我们小学时的旅行，那时不叫旅行，叫作"远足"，徒步和小朋友手牵手，翻山越岭地到一个风景优美的地方，书包里可能只装一个饭团或一条番薯，但大家都玩得兴高采烈，一直到黄昏时才依依不舍地踩着夕阳回家。

那是我对旅行留下的最初印象，轻松、温暖、悠闲、有趣，深深地烙在我的心版。长大之后，我经常去旅行，也时而去“远足”，用的就是这种方式，使我在生命的成长中获益匪浅。

近几年来，台湾人都喜爱旅行了，可是旅行的品质却依然十分低劣，就是我们常见的“赶鸭子旅行”“大采购旅行”“特产店与观光点旅行”。我每次在国外看到台湾人的旅行，心想这些大人已经没法救了，只好“呼伊去！”但我们不能忽视小孩子关于旅行品质的教育，否则，如果十年后我们的旅行团依然如此，那就太悲哀了。

现在还有很多各级学校尚未举行毕业旅行，已办过的，明年还有机会，何不给孩子规划一个高品质的旅行，譬如找一个有人文的地方或风景优美的地方，师生就在同一个地方共同生活七天，喝喝茶、散散步、看看原野的花、品味一下生活与友谊，这样，既省钱省事、安全无虑，又可以提升品质，何乐而不为呢?

如果像现在这种旅行，买一个录影带放给学生看也就好了，想拍照留念，那简单，站在录影机旁，拍一张不就好了吗?

心灵的护岸

吃晚饭的时候，我对妈妈和哥哥说："明天我想带孩子去护岸走走。"他们同时抬起头来看了我一眼，点一下头，又继续吃饭了，那意思于我已经很明确，就是护岸已经不值得去了。

护岸是家乡的古迹之一，沿着旗尾溪的岸边建筑，年代并不久远，是日本侵略时期堆成的。筑造的原因，是从前的旗尾溪经常泛滥成灾，高达一丈的护岸，在雨季可以把溪水堵住，不至于淹没农田。

旗山的护岸或者也不能算是古迹，因为它只是由许多巨大的石头堆叠而成，它的特点是石头与石头之间并没有黏结，只依其各自的状态相互叠拙，石头大小与形状都各自不同，但是组成数公里的护岸，却是异常的雄伟与平整。

旗山原是平凡的小镇，没有什么奇风异俗，我喜欢护岸当然是感情因素。

在我幼年的时候，护岸正好横在我家不远的香蕉园里，我时常跑去上上下下地游戏，印象最深的是，春天的时候，护岸上只有一种植物"落地生根"，全数开花时，犹如满天的风铃，恍如闻到叮叮当当的响声。

在护岸底部沿着的沟边，母亲种了一排芋田，夏天的芋叶像菩萨的伞盖，高大、雄壮，有着坚强的绿色，坐在护岸上看来，芋头的叶子真是美极了，如果站起来，绵延的蕉树与防风的竹林、槟榔交织，都有着挺拔高挑的风格，个个抬头挺胸。

我时常随父母到蕉园里去，自己玩久了，往往爸妈已改变工作位置，这时我会跑到护岸上居高临下，一列列地找他们，很快就会找到，那护岸因此给我一种安全的感觉，像默默地守护着我。

我也喜欢看大水，每当暴雨过后，就会跑到护岸上看大水，水浪滔滔，淹到快与护岸齐顶，使我有一种奔腾的快感。平常时候，旗尾溪非常清澈，清到可见水里的游鱼，澈到溪底的石头历历，我们常在溪里戏水、摸蛤蜊、抓泥鳅，弄得满身湿，出来就躺在护岸的大石上晒太阳，有时晒着晒着睡着了，身体一半赤一半白，爸爸总会说："又去煎咸鱼了，有一边没有煎熟呢。还未翻边就回来了？"

护岸因此有点像我心灵的故乡，少年时代负笈台南，青年时代在台北读书，每次回乡，我都会在黄昏时沿护岸散步，沉思自己生命的蓝图，或者想想美的问题，例如护岸的美，是来自它的自身呢？或是来自小时候的感情？或是来自心灵的象征？后来发现美不是独立自存的，美是有受者、有对象的，真实的美来自生命多元的感应道交，当我们说到美时，美就不纯粹客观，它必然有着心灵与情感的因素。

我对护岸的心情，恐怕是连父母都难以理解的，但我在护岸散步时，常会想起父母作为农人的辛劳，他们正是我们澎湃汹涌的河流之护岸，使我即使在都市生活，在心灵上也不至于决堤，不会被都市的繁华淹没了平实的本质。

这一次我到护岸，还征求了三位志愿军，一个是我的孩子，两个是哥哥的孩子，他们常听我提到护岸是多么美，却从未去过。他们一走上护岸，我就看见他们眼里那失望的神色了。

旗尾溪由于上游被阻绝，变成一条很小的臭水沟，废物、馊水、粪便的倾倒，使整个护岸一片恶臭。岸边的田园完全被铲除，铺了一条产业道路，路旁盖着失去美感、只有壳子的贩厝。有好几段甚至被围起来养猪，必须要掩鼻才有走过的勇气。大石上，到处都是宝特瓶、铝罐子和塑胶袋。

走了几公里，孩子突然回头问我："爸爸，你说很美的护岸就是这里吗？"

"是呀，正是这里。"心里一股忧伤流过，不只护岸是这样的，在工业化以后的台湾，许多有美感的地方不都是这样吗？田园变色、山水无神，可叹的是，人都还那样安然地，继续把环境焚琴煮鹤地煮来吃了。

我本来要重复这样子说："我小时候，护岸不是这样子的。"话到嘴边又吞咽回去，只是沉默地、一步一步地走向护岸的尽头。

听说护岸没有利用价值，就要被拆了，故乡一些关心古迹文化的朋友跑来告诉我，我不置可否，"如果像现在这个样子，拆了也并不可惜呀。"我铁着心肠说。

当我们说到环境保护的时候，一般人总是会流于技术的层面，或说："为子孙留下一片乐土。"或说："我们只有一个地球。"这些只是概念性的话，其实保护环境要先保护我们的心，因为我们有什么样败坏的环境，正是来自我们有同样败坏的心。

就如同乡下一条平凡的护岸，它不只是石头堆砌而成的，它是心灵的象征，是感情的实现，它有某些不凡的价值，但是粗俗的人，怎么能知道呢？

我们满头大汗回家的时候，妈妈正在厨房里包扁食（馄饨），正像幼年时候，她体贴地笑问："从护岸回来了？"

"是呀，都变了。"我黯然地说。

妈妈做结论似的："哪有几十年不变的事呀。"

然后，她起油锅，炸扁食，这是她最拿手的菜之一，是因为我返乡，特别磨宝刀做的。

哧——油锅突然一声响，香味四散，我的心突然在紧绷中得到纾解。幸好，妈妈做的扁食经过这数十年，味道还没变。

我走到锅旁，学电视的口吻说：“嗯，有妈妈的味道。”

妈妈开心地笑了，像清晨的阳光，像清澈的河水。

只有妈妈的爱，才是我们心灵永久的护岸吧，我心里这样想着。

第五章

食家笔记

红心番薯

看我吃完两个红心番薯，父亲才放心地起身离去，走的时候还落寞地说：为什么不找个有土地的房子呢?

这次父亲北来，是因为家里的红心番薯收成，特地背了一袋给我，还挑选几个格外好的，希望我种在庭前的院子。他万万没有想到，我早已从郊外的平房搬到城中的大厦，根本是容不下绿色的地方，甚至长不出一株狗尾草，不要说番薯了。

到车站接了父亲回到家里，我无法形容父亲的表情有多么近乎无望。他在屋内转了三圈，才放下提着的麻袋，愤愤地说：“伊娘咧！你竟住在无土的所在！”一个人住在脚踏不到泥土的地方，父亲竟不能忍受，也是我看到他的表情才知道的。然后他的愤愤转成喃喃：“你住在这种上不着天下不落地的所在，我带来的番薯要种在哪里？要种在哪里？”

父亲对番薯的感情，也是这两年我才深切知道的。

那是有一次我站在旧家前，看着河堤延伸过来的菅芒花，在微凉秋风中摇动着，那些遍地蔓生的菅芒长得有一人高，我看到较近的菅芒摇动得特别厉害，凝神注视，才突然看到父亲走在那一片菅芒里，我大吃一惊。原来父亲的头发和秋天灰白的菅芒花是同一个颜色，他在遍生菅芒的野地里走了几百公尺，我竟未能看见。

那时我站在家前的番薯田里，父亲来到我的面前，微笑地问：“在看番薯吗？你看长得像羊头一样大了哩！”说着，他蹲下来很细心地拨开泥土，捧出一个精壮圆实的番薯来，以一种赞叹的神情注视着番薯。我带着未能在菅芒花中看见父亲身影的愧疚心情，与他面对面蹲着。父亲突然像儿童天真欢愉地叹了一口气，很自得地说：“你看，恐怕没有人番薯种得比我好了。”然后他小心翼翼把那个番薯埋入土中，动作像在收藏一件艺术品，神情庄重而带着收获的欢愉。

父亲的神情使我想起幼年有关于番薯的一些记忆。有一次我和几位大陆的小孩子吵架，他们一直骂着：“番薯呀！番薯呀！”我们就回骂：“老芋呀！老芋呀！”

对这两个名词我是疑惑的，回家询问了父亲。那天他喝了几杯老酒，神情甚是愉快，他打开一张老旧的地图，指着台湾的那一部分说：“台湾的样子真是像极了红心的番薯，你们是这番薯的子弟呀！”而无知的我便指着北方广袤的大陆说：“那，这大陆的形状就是一个大的芋头了，所以内地人是芋仔的子弟？”父亲大笑起来，抚着我的头说：“憨囝仔，我们也是内地来的，只是来得比较早而已。”

然后他用一支红笔，从我们遥远的北方故乡有力地画下来，牵连到我们所居的台湾南部。那是第一次在十烛光的灯泡下，我认识到，芋头与番薯原来是极其相似的植物，并不是我们想象中那么判然有别的。也第一次知道，原来在东北会落雪的故乡，也遍生着红心的番薯！

我更早的记忆，是从我会吃饭开始的。家里每次收成番薯，总是保留一部分填置在木板的眠床底下。我们的每餐饭中一定煮了三分之一的番薯，早晨的稀饭里也放了番薯签，有时吃腻了，我就抱怨起来。

听完我的抱怨，父亲就激动地说起他少年的往事。他们那时为了躲警报，常常在防空壕里一窝就是一整天。所以祖母每每把番薯煮好放着，一旦警报声响，父亲的九个兄弟姊妹就每人抱两三个番薯直奔防空壕，一边啃番薯，一边听飞机和炮弹在四处交响。他的结论常常是："那时候有番薯吃，已经是天大的幸福了。"他一说完这个故事，我们只好默然地把番薯扒到嘴里去。

父亲的番薯训诫并不是一贯都如此严肃，偶尔也会说起战前在日本人的小学堂中放屁的事。由于吃多了番薯，屁有时是忍不住的，当时吃番薯又是一般家庭所不能免的，父亲形容说："因此一进了教室往往是战云密布，不时传来屁声。"而他说放屁是会传染的，常常一呼百应，万众皆响。有一回放屁声太厉害，全班被日本老师罚跪在窗前。即使跪着，屁声仍然不断。父亲玩笑地说："经过跪的姿势，屁声好像更响了。"他说这些的时候，我们通常就吃番薯吃得比较甘心，放起屁来也不以为忤了。

然后是一阵儿战乱，父亲到南洋打了几年仗，在丛林之中，时常从睡梦中把他唤醒，时常让他在思乡时候落泪的，不是别的珍宝，只是普普通通的红心番薯。它烤炙过的香味，穿过数年的烽火，在万金家书也不能抵达的南洋，温暖了一位年轻战士的心，并呼唤他平安地回到家乡。他有时想到番薯的香味，一张像极番薯形状的台湾地图就清楚地浮现，思绪接着往南方移动，再来的图像便是温暖的家园，还有宽广无边结满黄金稻穗的大平原……

战后返回家乡，父亲的第一件事便是在家前家后种满了番薯，日后遂成为我们家的传统。家前种的是白瓤番薯，粗大壮实，可以长到十斤以上一个；屋后一小片园地是红心番薯，一串一串的果实，细小而甜美。白瓤番薯是为了预防战争逃难而准备的，红心番薯则是父亲南洋梦里的乡思。

每年父亲从南洋归来的纪念日，夜里的一餐我们通常不吃饭，只吃红心番薯，听着父亲诉说战争的种种，那是我农夫父亲的忧患意识。他总是记得饥饿的年代，番薯是可以饱腹的，如今回想起来，一家人围着小灯食薯，那种景况我在梵高的名画“食薯者”中几乎看见。在沉默中，是庄严而肃穆的。

在这个近百年来中国最富裕的此时此地，父亲的忧患想来恍若一个神话。大部分人永远不知有枪声，只有极少数经过战争的人，在他们的心底有一段番薯的岁月，那岁月里永远有枪声时起时落。

由于有那样的童年，日后我在各地旅行的时候，便格外留心番薯的踪迹。我发现在我们所居的这张番薯形状的地图上，从最北角到最南端，从山坡上干瘠的石头地到河岸边肥沃的沙埔，番薯都能够坚强地、不经由任何肥料与农药而向四方生长，并结出丰硕的果实。

有一次，我在澎湖人迹已经迁徙的无人岛上，看到人所耕种的植物都被野草吞没了，只有遍生的番薯还和野草争着方寸，在无情的海风烈日下开出一片淡红的晨曦颜色的花，而且在最深的土里，各自紧紧握着拳头。那时我知道在人所种植的作物之中，番薯是最强悍的。

这样想着，幼年家前家后的番薯花突然在脑中闪现，番薯花的形状和颜色都像牵牛花，唯一不同的是，牵牛花不论在篱笆上，在阴湿的沟边，都是抬头挺胸，仿佛要探知人世的风景；番薯花则通常是卑微地依着土地，好像在嗅着泥土的芳香。在夕阳将下之际，牵牛花开始萎落，而那时的番薯花却开得正美，淡红夕云一样的色泽，染满了整片土地。

正如父亲常说，世界上没有一种植物比得上番薯，它从头到脚都有用，连花也是美的。现在连台北最干净的菜场也卖有番薯叶子的青菜，价钱还颇不便宜。有谁想到这在乡间是最卑贱的菜，是逃难的时候才吃的？

在我居住的地方，巷口本来有一位卖糖番薯的老人，一个滚圆的大铁锅，挂满了糖渍过的番薯，开锅的时候，一缕扑鼻的香味由四面扬散出来，那些番薯是去皮的，长得很细小，却总像记录着什么心底的珍藏。有时候我向老人买一个番薯，散步回来时一边吃着，那蜜一样的滋味进了腹中，却有一点儿酸苦，因为老人的脸总使我想起在烽烟奔走过的风霜。

老人是离乱中幸存的老兵，家乡在山东偏远的小县。有一回我们为了地瓜问题争辩起来，老人坚持台湾的红心番薯如何也比不上他家乡的红瓤地瓜，他的理由是："台湾多雨水，地瓜哪有俺的家乡甜？俺家乡的地瓜真是甜得像蜜的！"老人说话的神情好像当时他已回到家乡，站在地瓜田里。看着他的神情，使我想起父亲和他的南洋，他在烽火中的爱，我乃真正知道，番薯虽然卑微，它却联结着乡愁的土地，永远在乡思的天地里吐露新芽。

父亲送我的红心番薯过了许久，有些要发芽的样子，我突然想起在巷口卖糖番薯的老人，便提去巷口送他，没想到老人改行卖牛肉面了，我说："你为什么不卖地瓜呢？"老人愕然地说："唉！这年头，人连米饭都不肯吃了，谁来买俺的地瓜呢？"我无奈地提番薯回家，把番薯袋子丢在地上，一个番薯从袋口跳出来，破了，露出其中的鲜红血肉。这些无知的番薯，为何经过三十年，心还是红的？不肯改一点儿颜色？

老人和父亲生长在不同背景的同一个年代，他们在颠沛流离的大时代里，只是渺小而微不足道的人，可能只有那破了皮的红心番薯才能记录他们心里的颜色；那颜色如清晨的番薯花，在晨曦掩映的云彩中，曾经欣欣的茂盛过，曾经以卑微的球根累累互相拥抱、互相温暖，他们之所以能卑微地活过人世的烽火，是因为在心底的深处有着故乡的骄傲。

站在阳台上，我看到父亲去年给我的红心番薯，我任意种在花盆中，放在阳台的花架上，如今，它的绿叶已经长到磨石子地上，甚至有的伸出阳台的栏杆，仿佛在找寻什么。每一丛红心番薯的小叶下都长出根的触须，在石地板久了，有点萎缩而干枯了。那小小的红心番薯竟是在找寻它熟悉的土地吧！因为土地，我想起父亲在田中耕种的背影，那背影的远处，是他从菅芒花丛中远远走来，到很近的地方，花白的发，冒出了菅芒。为什么番薯的心还红着，父亲的发竟白了！

在我十岁那年，父亲首次带我到都市来，我们行经一片被拆除公寓的工地，工地堆满了砖块和沙石。父亲在堆置的砖块缝中，一眼就辨认出几片番薯叶子，我们循着叶子的经络，终于找到一株几乎被完全掩埋的根，父亲说："你看看这番薯，根上只要有土，它就可以长出来。"然后他没有再说什么，执起我的手，走去饭店参加堂哥隆重的婚礼。如今我细想起来，那一株被埋在建筑工地的番薯，是有着逃难的身世，由于它的脚在泥土上，苦难也无法掩埋它，比起这些种在花盆中的番薯，它有着另外的命运和不同的幸福，就像我们远离了百年的战乱，住在看起来隐秘而安全的大楼里，却有了失去泥土的悲哀——伊娘咧！你竟住在无土的所在。

星空夜静，我站在阳台上仔细端凝盆中的红心番薯，发现它吸收了夜的露水，在细瘦的叶片上，片片冒出了水珠，每一片叶都沉默地小心地呼吸着。那时，我几乎听到了一个有泥土的大时代，上一代人的狂歌与低吟都埋在那小小的花盆里，只有静夜的敏感才能听见。

孔 雀 菜

带孩子上菜市场，偶然间看到一个菜贩在卖番薯叶子，觉得特别眼熟。

番薯叶子是我童年在乡下常吃的青菜，那时或许也不能算是青菜，而是种番薯的副产品。番薯是最容易生长的作物，旧时乡间稻子收成以后，为了使土地得到调节，并善用地力，总会种一些番薯，等到收成以后再播下一季的稻子。

那时，番薯为乡间农民做了很大的贡献，好的番薯可以出售，可以果腹，较差的则可以用来养猪。番薯菜叶也是养猪用的，在乡下叫“猪菜”，但大人们觉得养猪也可惜，总是把嫩的部分留下来，作为佐餐的菜肴。三十年前，不太有多吃青菜的观念，只要能吃饱就很不错了，因此，番薯叶子几乎是家庭里最常见的青菜。

市场里看到番薯叶子，忍不住对孩子说起童年关于番薯叶子的记忆，孩子专注聆听，似懂非懂，听完了，突然举起小手指指着番薯叶子说：

“这应该叫孔雀菜！”

“孔雀菜？为什么叫孔雀菜呢？”我惊奇地问。

“因为它长得真像孔雀的尾巴。”

我拿起摊子上摆着的番薯叶子，仔细端详，果然发现它的样子像极了孔雀尾巴，它的梗笔直拉高，末端的叶子青翠怒放，尤其是有一些圆形的品种，张开来，简直就是开屏时的孔雀了。

四岁孩子的观察力与想象力深深地震撼了我。在过去，番薯叶子对我是一种贫苦生活的象征，因为我和千千万万的农家子弟一样，经历了物质匮乏的苦，所以看到番薯叶子，那些苦的生活汁液便被搅动了。可是对于我的孩子，他生命里还没有苦的概念，因此在最平凡最卑贱的番薯叶子里竟看见了孔雀一般的七彩之美，番薯叶子对他便成为一种美丽与快乐的启示了。

那一次以后，我们家就把番薯叶子称为“孔雀菜”，吃的时候仿佛一切的苦难都消失了，只留下那最快乐的部分，这平凡卑微的菜叶变得格外的高贵精美了。

可见，一个人对苦与乐的看法并不是一定的，也不是永久的，就如同我现在回想童年生活，感觉到它有许多苦的部分，其实苦中有乐，许多当年深以为苦的事，现在想起来却充满了快乐。

乞丐中的乞丐

苦乐非但是随着时间空间而有不同的感受，也是主观的。在这个世界上，主观地说可能有最苦的人或最苦的事件，客观地看，人的苦乐就没有“最”字了。

就像孔子的学生颜回：居陋巷，曲肱而枕之，一箪食，一瓢饮，人不堪其忧，回也不改其乐。最值得注意的是“忧”和“乐”两个字，对一般人来说，颜回那么简单的生活，几乎是最苦的了，但他却不以为苦，反而觉得那是一种无上的快乐。这种境界，古来许多修习头陀苦行的禅师必然体会得最深刻，即使是近代，像人道主义者史怀哲，伟大的教育者海伦·凯勒，拯救印度的甘地，乃至身怀人类苦难悲愿的德蕾莎修女，他们不都是以苦为乐，成就了令人崇仰的志业吗？

我记得小时候，父亲说过一个故事，他说从前有个乞丐，从居住乡村走到另一个乡村去乞讨金钱，路途的跋涉自不在话下，但是他在那个乡村从早讨到晚，只讨到一点点的钱，黄昏的时候他悲哀地想着："我一定是这个世界上最可怜的人了，做了乞丐还不要紧，居然走了一整天路，还讨不到钱，天底下还有像我这么可怜的人吗？"

他悲痛地走回他居住的乡村，一路上他遇到好几位乞丐，衣服比他更破烂，身体比他更瘦弱，走过来向他伸手要钱，他看到那些乞丐忍不住百感交集，想道："原来天底下还有比我更可怜的人！"

故事的结局是老套，这位乞丐从此改变了人生观，奋发向上，最终成为有用的人。

这个故事有一个深刻的哲理："除非我们自认为是世界上最可怜的人，否则我们一定不是最可怜的人。"苦乐乃是比较级的，没有比较，苦乐就不会那么明显了。这个道理，梁启超写过一篇《唯心》，分析得最为透彻，我且引几段来看！

> 戴绿眼镜者，所见物一切皆绿；戴黄眼镜者，所见物一切皆黄。口含黄连者，所食物一切皆苦；口含蜜饴者，所食物一切皆甜。一切物果绿耶？果黄耶？果苦耶？果甜耶？一切物非绿非黄非苦非甜，一切物亦绿亦黄亦苦亦甜，一切物即绿即黄即苦即甜。然则绿也、黄也、苦也、甜也，其分别不在物而在我，故曰"三界唯心"。
>
> 天地间之物，一而万，万而一者也。山自山，川自川，春自春，秋自秋，风自风，月自月，花自花，鸟自鸟，万古不变，无地不

同。然有百人于此，同受此山、此川、此春、此秋、此风、此月、此花、此鸟之感触，而其心境所现者百焉；千人同受此感触，而其心境所现者千焉；亿万人乃至无量数人同受此感触，而其心境所现者亿万焉，乃至无量数焉。然则欲言物块之果为何状，将谁氏之从乎？仁者见之谓之仁，智者见之谓之智，忧者见之谓之忧，乐者见之谓之乐，吾之所见者，即吾所受之境之真实相也。故曰：唯心所造之境为真实。

梁启超的文字典雅明白，让我们看到苦乐的感受其实是主观的认定，这是庄子所说“子非鱼，安知鱼之乐”的道理。梁启超还有一段谈苦乐的文章，更精确地指出苦乐非但是主观的，而且是比较的，他说：

“三家村学究得一第，则惊喜失度，自世胄子弟观之何有焉？乞儿获百金于路，则挟持以骄人，自富豪视之何有焉？飞弹掠面而过，常人变色，自百战老将视之何有焉？一箪食，一瓢饮，在陋巷，人不堪其忧，自有道之士观之，何有焉？天下之境，无一非可乐、可忧、可惊、可喜者，实无一可乐、可忧、可惊、可喜者。乐之、忧之、惊之、喜之，全在人心。所谓天下本无事，庸人自扰之。境则一也，而我忽然而乐，忽然而忧，无端而惊，无端而喜，果胡为者！如蝇见纸窗而竞钻，如猫捕树影而跳掷，如犬闻风声而狂吠，扰扰焉送一生于惊、喜、忧、乐之中，果胡为者！若是者，谓之知有物而不知有我，谓之我为物役，亦名曰：心中之奴隶。”

明白了这一层道理，苦乐又何足惧哉！

一切由己，自在安乐

从佛教的观点来看，苦乐的哲学则更可以了然，释迦牟尼在《遗教经》里有一段谈到知足：

“汝等比丘，若欲脱诸苦恼，当观知足。知足之法，即是富乐安稳之处。知足之人，虽卧地上，尤为安乐；不知足者，虽处天堂，亦不称意。不知足者，虽富而贫；知足之人，虽贫而富。不知足者，常为五欲所牵，为知足者之所怜悯。是名知足。”

佛陀进一步指出一个人快乐的来源，就是“知足”，另一个快乐的来源是“少欲”，遗教经另一章说：

“汝等比丘，当知多欲之人，多求利故，苦恼亦多；少欲之人，无求无欲，则无此患。直尔少欲，尚宜修习，何况少欲能生诸功德。少欲之人，则无谄曲以求人，意亦复不为诸根所牵，行少欲者，心则坦然，无所忧畏，触事有余，常无不足。有少欲者，则有涅槃，是名少欲。”

这真是智慧之言，因为能少欲无为，所以能身心自在，如果我们把心量放大，再回来看苦乐，那苦乐就更不足道，佛陀在《四十二章经》中，说出了一个悟道者的真知灼见：

“吾视王侯之位，如过隙尘。视金玉之宝，如瓦砾。视纨素之服，如敝帛。视大千世界，如一诃子。视阿耨池水，如涂足油。视方便门，如化宝聚。视无上乘，如梦金帛。视佛道，如眼前华。视禅定，如须弥柱。视涅槃，如昼夕寤。视倒正，如六龙舞。视平等，如一真地。视兴化，如四时木。”

一个人假如能悟到如此巨大伟岸，苦乐再大，也自然无波。我们虽不能像佛陀有那样深广无上的智慧，但我们可以体会那样的智慧，也就不会为世乐世苦所染着了。我们若能自我清洗、自我把持，减少外境的干扰，则较清净喜乐的人生并不是不可能的。在《大般涅槃经》里有一小段话是值得记诵的：

“一切属他，则名为苦；一切由己，自在安乐。”

我们所说对苦乐的真实认识，也不是那么难以达到。我有一次坐计程车，就曾被计程车司机深深地感动，那个司机原来是一家贸易公司的小主管，他服务的公司倒闭了，一时之间找不到合适的工作，只好去开计程车，他说：

“我刚开始开计程车时，心情非常郁闷苦恼，时常想到我过去也曾经有大的抱负，没想到沦落到来开计程车。而且计程车也不是那么容易开的，新手忙了一整天所赚的钱可能还不如老手开几个小时。有一天，我早上八点就出门了，一直开到晚上十点，说起来你不相信，只赚了两百多块，不管怎么努力，不是找不到客人，就是客人刚刚坐上别的计程车。那时的心情很难形容，我感觉到人生的绝望，我沦落来开计程车已经很惨了，我想天下没有比我更悲惨的计程车司机，跑了十四个小时，只收到两百块，连油钱都赚不回来。我就想，自杀算了！活在这个世界上还有什么意思呢？结果正想死的时候，遇到路边发生车祸，一家三口都受伤了，两个重伤，一个轻伤，我急忙把他们送到医院去，往医院的路上，我虽然为那家人难过，但自己的心情突然开朗，觉得我是很幸运的人了，四肢完好，身体也健康，年轻力壮，还能开计程车赚钱，比起那些受伤、残废、躺在医院里的人幸福得多了。”

世间何者最快乐

一个计程车司机就这样重生，因为他从生活中体会到苦乐的智慧，知道自己再苦，总有比我们更苦的人，积极的人生观就是这样建立起来的。我们其实也很容易像计程车司机一样，体会那种苦乐转换的心境，因为那原是一体的两面，汉武帝有一首短歌，颇能道出这种心情：

欢乐极兮哀情多，

少壮几时兮奈老何！

《佛经》里讲到苦乐更是拨开两面，直趋究竟，认为一切的苦是“苦苦”，就是人人认为的苦，那是苦的；而一切的乐是“乐苦”，就是看出快乐也是一种苦，是一种断灭之苦，当人失去快乐的时候，就是苦了。我们来看看《佛经》的两个故事：

有四个新学生比丘，一天在讨论“世间以何为最快乐”的问题。甲说：“春情美景百花争妍，身游其间，最为快乐。”乙说：“宗亲宴会，大吃特吃，最为快乐。”丙说：“多积财宝，富贵傲人，最为快乐。”丁说：“妻妾满堂，夸耀乡里，最为快乐。”四人各执己见，争论不休，刚刚好被佛听见，就告诫他们道：“汝等学佛，未循正道修养，误以世法为乐，春景刚至，秋来摧残，有何快乐？胜会不常，盛筵易散，有何可乐？钱是五共（水浸、火烧、贼偷、子败、官没）之物，得来辛苦，散去忧虑，有何快乐？妻妾满堂，难免生怨死离，有何快乐？真正快乐，唯在解脱烦恼，证入涅槃！”

另一个故事是：从前有个信佛的普安王，请了邻国四个国王来聚餐，讨论到世间以什么事为最快乐？甲王说：“旅游最快乐。”乙王说：“和爱人在一起听音乐最快乐。”丙王说：“家财万贯，一切如意，最快乐。”丁王说：“有大权力，控制一切，最快乐。”普安王说：“各位所说的都是痛苦之本，忧畏之源，不是真正的快乐；须知乐极生悲，乐为苦薮，得势凌人，失势被辱。唯有信奉佛法，寂静无染，无欲无求，然后证道，才是人生第一乐事。”

如蜂采华，但取其味，不损色香

人世间的苦痛不外乎是贫弱、疾病、孤独、死亡、爱欲不能圆满等等，这原是无可如何之事，但如果我们能往前回溯，心情一如赤子，则番薯菜叶也自有孔雀开屏的风采，自然能活得多一点点心安、多一点点自在。

在无穷的岁月里，今生的百年只是一瞬，在这一瞬间，我们如果能多认识自我的心灵，少一点名利的追逐；多一些境界的提升，少一点物欲的沉沦；那么过一个比较知足快乐的生活并不太难，忘乎苦乐的出世观照非寻常人能够，但入世生活如果能依佛法所说：“于好于恶，勿生增减，……如蜂采华，但取其味，不损色香。”一方面体会生命的种种滋味，一方面浅尝即止不使自己受到伤害，则面对苦或乐时也能坦然处之了。

家有香椿树

市场里看到有人卖香椿，一大把十元，简直有点儿欣喜若狂，立刻买了三把回家，当天晚上他就做了香椿拌面、香椿炒蛋、炸香椿，吃的时候自己都觉得好笑，好像得了相思病，不，香椿病。

说起香椿，它的味觉是很难以形容的，它的香气强烈而细致，与一般的香菜，像芫菜、芹菜、紫苏大为不同，食之风动，令人心醉。与一般香菜更不同的是，一般香菜多为草本，香椿树却是乔木，可以长到三四丈高，如果家里种有一棵香椿树，一年四季就永远有香椿可吃。

我对香椿的感情是从小就培养出来的，我们以前在山上的家，屋后就有几棵极高大的香椿树，树干笔直，羽状复叶，树形和树叶都非常优雅，是非常美的树木。

我的父亲独沽一味，非常喜欢香椿的气味，他白天出去耕作，黄昏回来的时候，就会随手摘一些香椿的嫩叶回家，但是偏偏母亲不喜欢香椿的味道，所以他时常要自己动手。他把香椿叶剁碎，拌面、拌饭，加一点儿油、一点儿酱油，就是人间至极的美味。

最简单的香椿做法，是剁碎了放在酱油里，不管蘸什么东西吃，那食物立刻布满了香椿的强烈气息。

次简单的是，用香椿叶来炒蛋，美味还远非菜脯蛋、洋葱蛋可比。或者是用蛋和面粉调糊，裹香椿叶下去油炸，炸得酥黄香脆，可以当饼干吃。或者，以香椿拌豆腐。

还有复杂一点儿的，就是以香椿叶子包饺子、包子、粽子，香气宜人。

我受了父亲的调教，自小就嗜食香椿，几乎有香椿叶子，什么东西都吃得下了。而香椿树那种独一无二的气味，也陪伴了我的童年，那高大的香椿树每到初夏，就会开出一簇簇的小白花，整个天空就会弥漫一种清香，然后，花结果了，果熟裂开了，香椿树带着小翅膀的种子就会随风飞到远方。

有时候在林间会发现新长出的香椿树，那时就知道有一棵香椿树的种子曾落在这里。香椿树的幼苗和嫩叶一样，刚生长的时候是红色的，慢慢转为橙色，最后变成翠绿色。爸爸常说："香椿如果变成绿色就不好吃了。"原因是绿色的香椿树纤维太粗，气味太烈了。

有时候，我路过山道，看到小香椿树，就会摘一片叶子来闻嗅，然后放在嘴里细细地咀嚼，特别感觉到香椿树的香甘清美，真不愧是香椿呀！

自从到台北以后，就难得品尝到香椿的滋味了，每次回乡下总会设法去找一些香椿来吃。有一年，住在木栅的兴隆山庄，特地向朋友要来两株香椿树的幼苗种在院子里，长得有一人高，我偶尔会依照父亲的食谱，摘来试做，滋味依然鲜美，就会唤起从前那遥远的记忆。

后来我搬家了，也不知道院子里那两株香椿树变成什么样子，会像故乡的香椿树长三四丈高吗？会开花吗？种子也会飞翔吗？

有一次读庄子的《逍遥游》，说道："古有大椿者，以八千岁为春，以八千岁为秋。"所以香椿树应该是很长寿的。由这个典故，以香椿有寿考之征，所以古人称父亲为"椿"，称母亲为"萱"，唐朝牟融有诗说："堂上椿萱雪满头"，是说高堂的父母已经白发苍苍了。

父亲过世之后，我也吃过几次香椿，但每次那强烈的气息，就会给我带来悲情，想起父亲，以及他手植的香椿树。他常说："香椿是很上等的木材，等长好了，我们自己砍下来做家具。"一直到他离开这个世间，他也没有砍过一棵香椿树，我以前一直以为是香椿树还没有长好，现在才知道那是感情的因素。八千年为春秋，那是永远也长不好了。但愿爸爸如果是在极乐世界，也会有香椿拌面可以吃。

端午节的时候，我路过松山的永春市场，看到有人在路边卖"香椿粽子"，买了几个来吃，真有一点儿爸爸的味道，唉唉！

吃香椿粽子的时候我决定了，将来如果有一个庄园，屋前屋后我都要种几棵香椿树，来纪念爸爸。

冰糖芋泥

每到冬寒时节，我时常想起幼年时候，坐在老家西厢房里，一家人围着大灶，吃母亲做的冰糖芋泥。事隔二十年，每回想起，齿颊还会涌起一片甘香。

有时候没事，读书到深夜，我也会学着妈妈的方法，熬一碗冰糖芋泥，温暖犹在，但味道已大不如前了。我想，冰糖芋泥对我，不只是一种食物，而是一种感觉，是冬夜里的暖意。

成长在日本投降后的台湾最初那几年的孩子，对番薯和芋头这两种食物，相信记忆都非常深刻。早年在乡下，白米饭对我们来讲是一种奢想，三餐时，饭锅里的米饭和番薯永远是不成比例的，有时早上喝到一碗未掺番薯的白粥，就会高兴半天。

生活在那种景况中的孩子只有自求多福，但最难为的恐怕是妈妈，因为她时刻都在想如何为那简单贫乏的食物设计一些新的花样，让我们不感到厌倦，并增加我们的生活趣味。我至今最怀念的是母亲费尽心思在食物上所创造的匠心和巧意。

打从我刚学会走路的时候，就经常在午后的空闲里，随着母亲到田里采摘野菜，她能分辨出什么野菜可以食用，且加以最可口的配方。譬如有一道菜叫“乌莘菜”的，母亲采下那最嫩的芽，用太白粉烧汤，那又浓又香的汤汁，我到今天还不敢稍有忘怀。

即使是番薯的叶子，摘回来后剥皮去丝，不管是火炒，还是清煮，都有特别的翠意。

如果遇到雨后，母亲就拿把铲子和竹篮，到竹林中去挖掘那些刚要冒出头来的竹笋。竹林中阴湿的地方常生长着一种可食用的蕈类，是银灰而带点褐色的。母亲称为“鸡肉丝菇”，炒起来的味道真是如同鸡肉丝一样。

就是乡间随意生长的青凤梨，母亲都有办法变出几道不同的菜式。

母亲是那种做菜时常常有灵感的人，可是遇到我们几乎天天都要食用，等于是主食的番薯和芋头则不免头痛。将番薯和芋头加在米饭里蒸煮是很容易的，可是如果天天吃着这样的食物，恐怕脾气再好的孩子都要哭丧着脸。

在我们家，番薯和芋头都是长年不缺的，番薯种在离溪河不远处的沙地，纵在最困苦的年代，也会繁茂地生长，取之不尽，食之不绝；芋头则种在田野沟渠的旁边，果实硕大坚硬，也是四季不缺。

我常看到母亲对着用整布袋装回来的番薯和芋头发愁，然后她开始在发愁中创造，企图用最平凡的食物，来做最不平凡的菜肴，让我们整天吃这两种东西不感到烦腻。

母亲当然把最好的部分留下来掺在饭里，其他的，她则小心翼翼地将之切成薄片，用糖、面粉，和我们自己生产的鸡蛋打成糊状，薄片沾着粉糊下到油锅里炸，到呈金黄色的时刻捞起，然后用一个大的铁罐盛装，就成为我们日常食用的饼干。由于母亲故意宝爱着那些饼干，我们吃的时候是用分配的方式，所以就觉得格外好吃。

即使是番薯有那么多，母亲也不准我们随便取用，她常谈起日本侵略时期空袭的一段岁月，说番薯也和米饭一样重要。那时我们家还用烧木柴的大灶，下面是排气孔，烧剩的火灰落到气孔中还有温热，我们最喜欢把小的红心番薯放在孔中让火炉焖熟，剥开来真是香气扑鼻。母亲不许我们这样做，只有得到奖赏的孩子才有那种特权。

记得我每次考了第一名，或拿奖状回家时，母亲就特准我在灶下焖两个红心番薯以作为奖励；我从灶里拿出焖熟的番薯，心中那种荣耀的感觉，真不亚于在学校的讲台上领奖状，番薯吃起来也就特别有味。我们家是个大家庭，我有十四个堂兄弟，四个堂姊，伯父母都是早年去世，由母亲主理家政，到今天，我们都还记得领到两个红心番薯是一个多么隆重的奖品。

番薯不只用来做饭、做饼、做奖品，还能与东坡肉同卤，还能清蒸，母亲总是每隔几日就变一种花样。夏夜里，我们做完功课，最期待的点心是，母亲把番薯切成一寸见方，和凤梨一起煮成的甜汤；酸甜兼具，颇可以象征我们当日的生活。

芋头的地位似乎不像番薯那么重要，但是母亲的一道芋梗做成的菜肴，几乎无以形容。有一回我在台北天津卫吃到一道红烧茄子，险些落下泪来，因为这道北方的菜肴，它的味道竟和二十几年前南方贫苦的乡下、母亲做的芋梗极其相似。本来挖了芋头，梗和叶都要丢弃的，母亲却不舍，于是芋梗做了盘中餐，芋叶则用来给我们上学做饭包。

芋头孤傲的脾气和它流露的强烈气味是一样的，它充满了敏感，几乎和别的食物无法相容。削芋头的时候要戴手套，因为它会让皮肤麻痒，它的这种坏脾气使它不能取代番薯，永远是个二副，当不了船长。

我们在过年过节时，能吃到丰盛的晚餐，其中不可少的一样是芋头排骨汤。我想全天下，没有比芋头和排骨更好的配合了，唯一能相提并论的是莲藕排骨，但一浓一淡，风味各殊，人在贫苦的时候，毋宁是更喜爱浓烈的味道。母亲在红烧鲢鱼头时，炖烂的芋头和鱼头相得益彰，恐怕也是天下无双。

最不能忘记的是我们在冬夜里吃冰糖芋泥的经验，母亲把煮熟的芋头捣烂，和着冰糖同熬，熬成几近晶蓝的颜色，放在大灶上。就等着我们做完功课，给检查过以后，可以自己到灶上舀一碗热腾腾的芋泥，围在灶边吃。每当知道母亲做了冰糖芋泥，我们一回家便赶着做功课，期待着灶上的一碗点心。

冰糖芋泥只能慢慢地品尝，就是在最冷的冬夜，它也每一口都是滚烫的。我们一大群兄弟姊妹站立着围在灶边，细细享受母亲精制的芋泥，嬉嬉闹闹，吃完后才满足地回房就寝。

二十几年时光的流转，兄弟姊妹都因成长而星散了，连老家都因盖了新屋而消失无踪，有时候想在大灶边吃一碗冰糖芋泥都已成了奢想。天天吃白米饭，使我想起那段用番薯和芋头堆积起来的成长岁月，想吃去年腌制的萝卜干吗？想吃雨后的油焖笋尖吗？想吃灰烬里的红心番薯吗？想吃冬夜里的冰糖芋泥吗？有时想得不得了，心中徒增一片惆怅，即使真能再制，即使母亲还同样的刻苦，味道总是不如从前了。

我成长的环境是艰困的，因为有母亲的爱，那艰困竟都化成甜美，母亲的爱就表达在那些看起来微不足道的食物里面；一碗冰糖芋泥其实没有什么，但即使看不到芋头，吃在口中，可以简单地分辨出那不是别的东西，而是一种无私的爱，无私的爱在困苦中是最坚强的。它纵然研磨成泥，但每一口都是滚烫的，是甜美的，在我们最初的血管里奔流。

在寒流来袭的台北灯下，我时常想到，如果幼年时代没有吃过母亲的冰糖芋泥，那么我的童年记忆就完全失色了。

我如今能保持乡下孩子恬淡的本性，常能在面对一袋袋知识的番薯和芋头，知所取舍变化，创造出最好的样式，在烦闷发愁时不失去向前的信心，我确信和我童年的生活有着密切的关系。因为母亲的影子在我心里最深刻的角落，永远推动着我。

味之素

在南部，我遇见一位中年农夫，他带我到耕种稻子的田地。

原来他营生的一甲多稻田里，有大部分是机器种植，从耕耘、插秧、除草、收割，全是机械化的。另外留下一小块田地由水牛和他动手，他说一开始时是因为舍不得把自小养大的水牛卖掉，也怕荒疏了自己在农田的经验，所以留下一块完全用“手工”的土地。

等到第一次收成，他仔细地品尝了自己用两种耕田方式生产的稻米，他发现，自己和水牛种出来的米比机器种的要好吃。

“那大概是一种心理因素吧！”我说，因为他自己动手，总是有情感的。

农夫的子女也认为是心理因素，农会的人更认为这是不可能的，只是抗拒机器的心理情结。

农夫说：“到后来我都怀疑是自己的情感作祟，我开始做一个实验，请我媳妇做饭时不要告诉我是哪一块田的米，让我吃的时候来猜，可是每次都被我说中了，家里的人才相信不是因为感情和心理，而是味道确有不同，只是年轻人的舌头已经无法分辨了。”

这种说法我是第一次听见，照理说同样一片地，同样的生长环境，不可能长出可以辨别味道的稻米。农夫同样为这个问题困惑，然后他开始追查为什么他种的米会有不同的味道。

他告诉我——那是因为传统。

什么样的传统呢？——我问。

他说："我从翻田开始就注意自己的土地，我发现耕耘机翻过的土只有一尺深，而一般水牛的力气却可以翻出三尺深的土，像我的牛，甚至可以翻三尺多深。因此前者要下很重的肥料，除草时要用很强的除草剂，杀虫的时候就要放加倍的农药，这样，米还是一样长大，而且长得更大，可是米里面就有了许多不必要的东西，味道当然改变了，它的结构也不结实，所以它嚼起来淡淡松松，一点儿也不Q。"

至于后者，由于水牛能翻出三尺多深的土地，那些土都是经过长期休养生息的新土，充满土地原来的力量，只要很少的肥料，有时根本用不着施肥，稻米已经有足够成长的养分了。尤其是土翻得深，原来长在土上面的杂草就被新翻的土埋葬，除草时不必靠除草剂，又因为翻土后经过烈日曝晒，地表皮的害虫就失去生存的环境，当然也不需要施放过量的农药。

农夫下了这样的结论："一株稻子完全依靠土地单纯的力气长大，自然带着从地底深处来的香气。你想，咱们的祖先几千年来种地，什么时候用过肥料、除草剂、农药这些东西？稻子还不是长得真好，而且那种米香完全是天然的。原因就在翻土，土犁得深了，稻子就长得好了。"

是吧！原因就在翻土，那么我们把耕耘机改成三尺深不就行了吗？农夫听到我的言语笑起来，说："这样，耕耘机不是要累死了。"我们站在农田的阡陌上，会心地相视微笑。我多年来寻找稻米失去米的味道的秘密，想不到在乡下农夫的试验中得到一部分解答。

我有一个远房亲戚，在桃园大溪的山上种果树，我有时去拜望他，循着青石打造的石阶往山上走的时候，就会看到亲戚自己垦荒拓土开辟出来的果园，他种了柳丁、橘子、木瓜、香蕉和葡萄，还有一片红色莲雾。

台湾的水果长得好，是尽人皆知的事，亲戚的果园几乎年年丰收，光是站在石阶上俯望那一片结实累累红白相映的水果，就够让人感动，不要说能到果园里随意采摘水果了。但是每一回我提起到果园采水果，总是被亲戚好意拒绝，不是这片果园刚刚喷洒农药，就是那片果园才喷了两天农药，几乎没有一片干净的果园，为了顾及人畜的安全，亲戚还在果园外面竖起一块画了骷髅头的木板，上书“喷洒农药，请勿采摘”。

他说：“你们要吃水果，到后园去采吧！那一块是留着自己吃的，没有喷农药。”

在他的后园里有一小块围起来的地，种了一些橘子、柳丁、木瓜、香蕉、芒果，还有两棵高大的青种莲雾等四季水果，周围沿着篱笆，还有几株葡萄。在这块“留着自己吃”的果园，他不但完全不用农药，连肥料都是很少量使用，但经过细心的整理，果树也是结实累累。果园附近，还种了几亩菜，养了一些鸡，全是土菜土鸡。

我们在后园中采的水果，相貌没有大园子那样堂皇，总有几个有虫咬鸟吃的痕迹，而且长得比较细瘦，尤其是青种的老莲雾，大概只有红色莲雾的一半大。亲戚对这块园子津津乐道，说是别看这些水果长相不佳，味道却比前园的好得多，每种水果各有自己的滋味，最主要是安全，不怕吃到农药。他说：“农药吃起来虽不能分辨，但是连虫和鸟都不敢吃的水果，人可以吃吗？”

他最得意的是两棵青种的莲雾，说那是在台湾已经快绝迹的水果了，因为长相不及红莲雾，论斤论秤也不比红莲雾赚钱，大部分被农民毁弃。“可是，说到莲雾的滋味，红莲雾只是水多，没有一点儿味道的，青莲雾的水分少，肉质结实，比红色的好多了。”

然后亲戚感慨起来，认为台湾水果虽一再的改良，愈来愈大，却都是水，每一种水果吃起来味道没什么区别，而且腐败得快，以前可以放上一星期不坏的青莲雾，现在的红莲雾则采下三天就烂掉一大半。

我向他提出抗议，说为什么自己吃的水果不洒农药和肥料，卖给果商的水果却要大量喷洒，让大家没有机会吃好的、安全的水果。他苦笑着说："这些虫食鸟咬的水果，批发商看了根本不肯买。这全是为了竞争呀！我已经算是好的，听说有的果农还在园子里洒荷尔蒙、抗生素呢！我虽洒了农药，总是到安全期才卖出去，一般果农根本不管，价钱好的时候，昨天下午才洒的农药，今天早上就采收了。"

我为亲戚的话感慨不已，更为农民的良知感到忧心。他反倒笑了说："我们果农流传一句话，说'台北人的胃卡勇'，他们从小吃农药荷尔蒙长大，身上早就有抗体，不会怎么样的。"至于水果真正的滋味呢！台北人根本不知道原味是什么，早已无从分辨了。

亲戚从橱柜中拿出一个萝卜，又细又长一副营养不良的样子，根须很长大约有七八公分，他说："这是原来的萝卜，在菜场已经绝种，现在的萝卜有五倍大，我种地种了三十年，十几年前连做梦也想不到萝卜能长那么大，但是拿一个五倍大的萝卜熬排骨汤，滋味却没有这一个小小的来得浓！"

每次从亲戚山上的果园菜园回来，常使我陷入沉思，难道我们要永远吃这种又肥又痴、水分满溢又没有滋味的水果蔬菜吗？

我脑子里浮现出几件亲身体验的事：母亲在乡下养了几只鹅，有一天在市场买芹菜回来，把菜头和菜叶摘下丢给鹅吃，那些鹅竟在一夜之间死去，全身变黑，是因为菜里残留了大量的农药。

有一次在民生公园，看到一群孩子围在一处议论纷纷，我上前去看，原来中间有一只不知哪里跑出来的鸡。这些孩子大部分没看过活鸡，他们对鸡的印象来自课本，以及喂了大量荷尔蒙抗生素，从出生到送入市场只要四十天的肉鸡。

有一回和朋友谈到现在的孩子早熟，少年犯罪频繁，一个朋友斩钉截铁地说，是因为食物里加了许多不明来历的物质，从小吃了大量荷尔蒙的孩子，怎能不早熟，怎能不性犯罪？这恐怕找不到证据，却不能说不是一条线索。

印象最深刻的是，二十年前，有人到我们家乡推销味素，在乡下叫作“鸡粉”，那时的宣传口号是“清水变鸡汤”，乡下人趋之若骛，很快使味素成为家家必备的用品，不管是做什么菜，总是一大勺味素洒在上面，把所有的东西都变成一种“清水鸡汤”。

我如今对味素敏感，吃到味素就要作呕。是因为味素没有发明以前，乡下人的“味素”是把黄豆捣碎拌一点儿土制酱油，晒干以后在食物中加一点儿，其味甘香，并且不掩盖食物原来的味道。现在的味素是什么做的，我不甚了然，听说是纯度百分之九十九的谷氨酸钠，这是什么东西？吃了有无坏处？对我是个大的疑惑。唯一肯定的是味素是“破坏食物原味的最大元素”。“味素”而破坏“味之素”，这是现代社会最大的反讽。

我有一个朋友，一天睡眼蒙眬中为读小学六年级的孩子做早餐，煮“甜蛋汤”，放糖时错放了味素，朋友清醒以后，颇为给孩子放的五勺味素操心不已，孩子放学回来，却竟未察觉蛋汤里放的不是糖，而是味素——失去对味素的知觉比吃错味素更令人操心。

过度的味素泛滥，一般家庭对味素的依赖，已经使我们的下一代失去了舌头。如果我们看到饭店厨房用大桶装的味素，就会知道连我们的大师傅也快没有舌头了。

除了味素，我们的食物有些什么呢？硼砂、色素、荷尔蒙、抗生素、肥料、农药、糖精、防腐剂、咖啡因……我们还有什么可以吃，而又有原味的食物呢？加了这些，我们的蔬菜、水果、稻米、猪、鸡往往生产过剩而丢弃，因为长得太大太多太没有味道了。

身为一个现代人，我时常想起“吾不如老农，吾不如老圃”的话，不是我力不能任农事，而是我如果是老农，可以吃自种的米；是老圃，可以吃自种的蔬菜水果，至少能维持一点点舌头的尊严。

“舌头的尊严”是现代人最缺的一种尊严。连带的，我们也找不到耳朵的尊严（声之素），找不到眼睛的尊严（色之素），找不到鼻子的尊严（气之素）。嘈杂的声音、混乱的颜色、污浊的空气，使我们像电影《怪谈》里走在雪地的美女背影，一回头，整张脸是空白的，仅存的是一对眉毛；在清冷纯净的雪地，最后的眉毛，令我们深深打着寒战。

没有了五官的尊严，又何以谈人生？

食家笔记

长板条上

所有的日本料理店，靠近师傅料理台一定有一个用木板钉成的长板条，这板条旁边的椅子一般人不肯去坐，原因无他，只是不够气派。在台湾，日本料理店生意最好的是在房间，其次是桌子，最后才是围着师傅的板条；在日本是反其道而行，最好的是板条边。

吃日本料理，当然不得不相信日本人的方式。这个长板条之所以受人喜欢，是日本人去喝酒大部分是小酌而不是大宴，一个人坐在长板条边是最自在的。

如果你要吃好东西，也只有在长板条上。因为坐在长板条边，马上就靠近师傅，日久熟识互相询问家常，师傅边谈话总会在他身边抓一些东西请你，像毛豆、黄瓜、酱萝卜、生芹菜包芝麻之属，有时候甚至挖一勺刚做好的鱼子给你，或者把切剩最好的一条鱼肚子推到面前，向你说："傻必是啦（日语音译，指赠送啦）！"

坐长板条的客人通常不是寻常客人，都是嗜好生鱼的，那么师傅会告诉你，今天什么鱼好、什么鱼坏，并非他故意去买坏鱼，是鱼市场的鱼货，今日有些不甚高明。然后会说："今天有一种好鱼，我切给您试试。"等你吃完满意了，他才切上算账的来，而你不要小看那一片试试的鱼片，料理店的一片好鱼，通常吃一口要一百元的。

长板条是最能学吃日本料理的地方，因为所有的东西都摆在面前，有许多选择的机会，如果坐在房间里的客人，吃一辈子日本料理，可能许多海鲜见都没有见过。

长板条上也是最有人情味的地方，只要坐在长板条边，总不会吃得太坏，中国人说“见面三分情”，大师傅就在面前，总不好意思弄一些差的东西给你。而且师傅无形中聊起日本料理的种种，自然就是在传法给客人了。最最重要的是，如果是熟客人，价钱总会算得便宜一些，因为在日本料理店中，每张桌子都由服务生开单，唯有在长板条上是“自由心证”，全权由师傅掌握，熟人好说话，一定比房间里便宜多多。

在日本一些专卖生鱼和寿司的店，有时没有桌子，只有板条四桌围绕，师傅们则站在里面服务，一个师傅平常就照顾五张椅子，有那相熟的客人往往不仅认店，还要认师傅，这时不仅手艺比高下，连亲切都要一比，因而店中气氛融洽，比其他日本料理店要吵闹得多。

由于日本人生鱼生虾吃得厉害，所以卫生新鲜要格外讲究，听说要是在日本吃料理中了毒，可以向店里控告，赔偿起来大大的不得了，而坐在长板条上不但可以控告店里，连认得的师傅都可以告进官里去。因此师傅们无不戒慎恐惧，害怕丢了饭碗，消费者得以安心大啖其生猛海鲜。

我过去不觉得日本料理有什么惊人之处，有一回和摄影家柯锡杰去吃日本料理，第一次坐在长板条上。老柯与师傅相熟，大显身手叫了许多平日不易吃到的东西，而且有大部分是赠送的，这时始知吃日式料理也有大学问。老柯说：“日本料理的师傅也是人，有荣誉心，如果遇到一位好的吃家，他恨不得把自己的肚子都切下来给你下酒，谁还在乎那区区几个钱呢？”

柯锡杰早年留学日本，吃日本菜是第一流的高手，但是他说："不管吃什么菜，认识大师傅是必要条件，中国菜里也是一样的吧！菜里无非人情，大师傅吩咐一声，胜过千军万马。我早年在美国当厨子，自己发明一道烤鸡，名称就叫'柯氏鸡'，与'麻婆豆腐'一样，以人名取胜，结果大家都爱吃这道菜，不一定是菜有多么高明，是他们认识了柯氏，在人情上，总要试试柯氏鸡的滋味吧！"

这使我想起另一位吃家欧豪年。欧豪年每次在餐馆请客，一定提前半个小时前往，我觉得奇怪，不免问他，他说："主要是先来挑鱼，同样的鱼只要大小不同就味道差很多，像青衣石斑之属，一斤左右的最好，太小的肉烂，太大的肉老。其次是先和师傅打个招呼，他就会特别留意，做出真正的好菜来。就说蒸鱼好了，火候最重要，要蒸到完全熟了可是还有一点点肉粘在骨头，那个节骨眼儿上，只有一秒钟的时间。"

中国人吃饭挑师傅相熟的馆子，和日本人在长板条上挑师傅一样，是人情味的表现。我曾在一家日本料理店看一个日本人在长板条上，每吃一片生鱼就喝一杯清酒，一边和师傅聊天，最后竟然大醉高歌而归。那时我想：使他醉的不一定是清酒，说不定是那个师傅！

梁　妹

新加坡朋友何振亚颇有一点儿财富，待人热诚，我在新加坡旅行时住在他家。他最让人羡慕的不是他的有钱，而是他有个好厨子。

何振亚的厨子是马来西亚籍的粤人，是个单身女郎，人称梁妹。她身材高挑，眉清目秀，年约三十岁，平常看不出她有什么好手艺，但她是那种天生会做菜的人。

这梁妹不像一般仆人要做很多事，她主要的工作就是做做三餐。我住在何家，第一天早上起床，早餐是西式的，两个荷包蛋，两根香肠，一杯咖啡，一杯牛奶、果汁。奇的是她的做法是中式的，蛋煎两面，两面皆为蛋白包住，却透明如看见蛋黄——这才是中国式的“荷包蛋”，不是西式的一面蛋——而那德国香肠是梁妹自灌的，有中西合璧的美味。

正吃早餐的时候，何振亚说：“你不要小看了这鸡蛋，你看这鸡蛋接近完全的圆形，火候恰到好处，这不是技术问题。梁妹是个律己极严的厨师，她煎蛋的时候只要蛋有一点歪，就自己吃掉，不肯端上桌，一定要煎到正圆形，毫无瑕疵才肯拿出来。我起初不能适应她的方式，现在久了反而欣赏她的态度，她简直不是厨子，是个艺术家嘛！”

梁妹犹不仅此也，她家常做一道糖醋高丽菜，假如没有上好的镇江醋，她是拒绝做的，而且一颗高丽菜，叶子大部分要切去丢掉，只留下靠菜梗部分又厚实又坚硬的部分，切成正方形（每一个方形一样大，两寸见方），炒出来的高丽菜透明犹如白玉，嚼在口中清脆作响，真是从寻常菜肴中见出功夫，那么可想而知做大菜时她的用心。有一回何振亚请酒席，梁妹整整忙了一天，每道菜都好到让人嚼到舌头。

其中一道叉烧，最令我记忆深刻，端上来时热腾腾的，外皮甚脆，嚼之作声，而内部却是细嫩无比。梁妹说：“你要测验广东馆子的师傅行不行，不必吃别的菜，叫一客叉烧来吃马上可以打分数，对广东人来说，叉烧是最基本的功夫。”

梁妹来自马来西亚乡下，未受过什么教育，我和她聊天时忍不住问起她烹饪的事，她说是自己有兴趣于做菜，觉得煎一份好蛋也是令人快乐的事。

“怎么样做到这样好？”

“一道做过的菜不要去重复它，第二次重新做同一道菜，我就想，怎么样改变一些佐料，或者改变一点儿方法，能使它吃起来不同于第一次，而且企图做得更好一点儿，到最后不就做得很好了吗？”

我在何家住了一个星期，直觉得有个好厨子是人生一快，后来新加坡的事多已淡忘，唯独梁妹的菜印象甚为深刻。我不禁想起以前的法国大臣Talleyrand奉派到维也纳开会，路易十八问他最需要什么，他说：“祈皇上赐臣一御厨。”因为对法国人来说没有好的厨子，外交就免谈了。

以前袁子才家的厨子王小余说：“做厨如做医，以吾一心诊百物之宜。”又说：“能大而不能小者，气粗也。能啬而不能华者，才弱也。且味固不在大小华啬间也，能者一芹一菹皆珍怪，不能则黄雀鲊三楹无益也。”真是精论，一个好厨子做的芹菜绝对胜过坏厨子做的熊掌。

做一个好厨子的条件是怎样的呢？

美国玄学大师华特（Alan Watts）说：“杀一只鸡而没有能力将之烹好，那只鸡是白死了。”

法国人爱调戏人，他们常问的话是：“你会写文章，会画图作雕刻，你好像什么都有一手，且慢，你会烧菜吗？”呀哈！如果你只会写文章，不会烧菜，只能算是“作家”，不能算是“艺术家”。骄傲的法国人眼中，如果你不会烧菜，最少也要具有好舌头，否则真是不足论了。

得过最高荣誉勋章的法国大厨波古氏（Bocuse）说过：“发现一款新菜，比发现一颗新星，对人类的幸福有更大的贡献。”诚不谬哉！

响螺火锅

在纽约旅行的时候，有一天雕刻家钟庆煌在家里请吃火锅，约来了纽约的各路英雄好汉，有画家姚庆章、杨炽宏、司徒强、卓有瑞，摄影家柯锡杰，舞蹈家江青，作家张北海。

那一天之所以值得一记，是因为钟庆煌准备了难得吃到的响螺火锅。响螺是电影中常见海盗用来吹号的那种螺，体型十分巨大，吃起来颇费时，故一般西方人很少食用，在纽约只有中国城有卖。

钟庆煌说，他为了准备这响螺火锅已整整忙了一天，一早就走路到中国城挑选合适的响螺，由于响螺壳坚硬无比，必须用榔头敲开，敲开之后只取用其前半部（像吃蜗牛一样，前半部才是上品）。取下后切片也不易，因响螺肉韧，必须用又利又薄的牛排刀才能切成薄片，要切得很薄很薄，否则就不能吃火锅了。

听钟庆煌这样一说，大家都颇为感动，而且听说一般馆子吃响螺不是用焖就是用炖的，用来吃火锅还是钟庆煌的发明。

那一次吃响螺片火锅滋味难忘，因肉质鲜美，经滚水烫过有一股韧劲儿和脆劲儿，吃起来有点儿像新鲜的鲍鱼片，但比鲍鱼更有劲道，而且响螺肉有点儿透明感，真是人间美味。吃涮响螺片时我才发现，如果真有滋味，不一定要依赖厨子，那火候也是不可忽视的，透明的螺片下锅转白时即捞起，否则就太老了。

回台北后，吃火锅时常想起雕刻家亲手拿榔头敲开的响螺火锅，可惜找不到响螺，后来在南门市场一家卖海鲜的摊子找到了响螺，体积比美国的小得多，要价一两十五元，摊贩说是澎湖的响螺，滋味比美国的好，因为美国的长得太大了，肉质较硬。

带一些回来试做，才发现不然，因美国响螺大，切片后吃火锅较适合，澎湖的嫌小了一些。后来我想了很久，用一个新的方法做，先炖鸡一只，得汤一碗，再用鸡汤煨响螺片约十分钟，味道鲜美无比。

现在台北的馆子里也开始做响螺，尤其广东馆子最多，通常也是用鸡汤煨，再焖一些青菜进去，是正统的吃法；另有一法是将螺肉挖出剁碎，和一些碎肉虾泥再塞回螺壳中蒸熟，摆到盘子里非常壮观，可惜风味尽失。这使我想到生猛的海鲜本身的味道已经各擅胜场，纯味最上，配味次之，像什么虾球、花枝丸、蚵卷、蟹饺等等都是等而下之了。

画家席德进生前也是有名的吃家，他就从不吃虾球之属，理由之一是：谁知道那是什么做的。理由之二是：即使用虾也不会用好虾，好好的虾干吗炸虾球？——真是妙见，把新鲜响螺剁碎了，简直是暴殄天物。

但这也不是绝对的，做汤的时候，用一个响螺同做，味道就完全不同。问题是，这时的响螺肉就不能吃了——这似乎是吃家的原则之一，你有一种东西只能选择一种吃法，不能又要喝汤又要吃肉。

荷叶的滋味

在台北的四川馆子和江浙馆子里，常常有一道菜叫“荷叶排骨”，荷叶排骨就是用荷叶包排骨到大锅里去蒸，通常要选肥瘦参半的肉排，因为太瘦了用荷叶蒸过会涩口，肥则不忌。

用荷叶蒸排骨实在是大学问，也是大发明。由于火蒸之后，荷叶的香气穿进排骨，而排骨的油腻则被香气逼了出来，两者有了巧妙的结合，是锡箔排骨远远不及的。广东馆子用荷叶包糯米团，糯米中可有各种变化，咸者可以包肉，甜者可以包芝麻或豆沙，不管做什么，都非常鲜美，真是把荷叶用到出神入化的地步了。

使用荷叶也是大有学问。一家馆子的师傅告诉我，包荷叶只能取用质软的一部分，靠茎的部分则不能用。而且荷叶刚采时并不能用，易于断裂，须放置一日，叶已软而不失其青翠，放置过久的荷叶一下锅蒸出来就乌黑了。

荷叶在中国菜里使用并不广，记得台湾乡下有一种“荷叶粿”，是用荷叶包裹，有咸甜各味，一打开荷香四溢。我幼年时代有一位三姑妈擅做这种荷叶粿，但姑妈去世后，我已多年未尝此味，只是一想起，荷叶仍然扑鼻而香。

植物的叶子在中国菜中是配味，不论怎么配，确实可以改变味道，如同端午节使用的粽叶。在乡下，光是粽叶的价钱就有好多种，好的粽叶做出来的粽子就是不一样。嘉义以南，有许多人包粽子用大的竹叶，味道又不同了，它没有用粽叶浓香，格外带一点儿清气，和荷叶粿有点儿相似。

台湾乡下人节省，有的家庭把吃剩的粽叶洗净、晒干，第二年再来使用，这时包的虽是粽子殊不知风味已经尽失了。这与台北一般大馆子做鸽松，小馆子做蒸饭，常使用到竹筒，但那竹筒一用再用，早就毫无滋味，那么，用竹筒和用别的容器又有何不同呢?

台北苏杭馆子里，信义路有一家的包子做得有名，包子倒无特殊之处，只是它蒸的时候笼子里铺了干草，这一出笼时就完全不同了，和荷叶排骨一样，它把包子的油蒸了出来，却又表现了包子的精华。唯一遗憾的是，那些干草并不是用一次就算，失去了发明时的原意。

中国菜里讲究的火功，到细微处，菜肴身边的配置十分重要，荷叶是其明显的一端。古时不用瓦斯，光是木炭都有讲究，喝茶时用松枝烹茶，松树之香气会穿壶入水，称之为“松枝茶”。我童年的时候，母亲常用蔗叶煮饭烧茶，做出来的饭，泡出来的茶都有甜气，始知小如叶片，也有大的用途。

荷叶的滋味甚好，使人想起中国菜实是中国文化的表现，荷叶固可以入诗入画，同时也能入菜，入菜非但不会使荷叶俗去，反而提高了一道菜的境界，只是想到荷叶难求，心中未免怏怏。

在乡下，使用荷叶原不是有特别的妙见，而是就地取材，记得我的姑妈当年包“荷叶粿”时，并非四时均有荷叶可用，有时也取芋叶或香蕉叶代之，那时每次使用别的叶子，姑妈总爱感叹：“这芋叶、香蕉叶蒸的粿，怎么吃总是比不上荷叶，少了那一点儿香气。”

如今想起来，只是习惯造成的感觉，芋叶有芋叶的好，蕉叶也有蕉叶之香，我倒是觉得说不定连梧桐叶都可以做排骨呢！

新加坡、马来西亚、印度尼西亚、印度一带，人们就擅于使用树叶，路边小摊常有各种树叶包着的东西，卖的时候放在火上一烤即成，我在当地旅行时，爱在路边吃这些东西，发现不只是肉，连鱼虾都包在叶子里烤，这样烤的好处是水分保留在叶子里，不失去原味，而且不会把东西烤坏。

中国菜使用叶子，通常用的是蒸，适于大馆子。说不定还可以发展烤的空间，让升斗小民也能尝到荷叶的滋味！

张东官与麦当劳

近读《紫禁城秘谭》，里面写到清朝最好吃的皇帝是乾隆，而乾隆最爱吃的是江苏菜，万寿节及其他节日常开“苏宴”。当时御厨里的苏州厨役有张东官、赵玉贵、吴进朝诸人，他常吃的菜有“燕窝黄焖鸭子炖面筋”“燕窝红白鸭子筋炖豆腐”“冬笋大炒鸡炖面筋”“燕窝秋梨鸭子热锅”“大杂烩”“葱椒羊肉”等等。

但是，到了张东官出现以后，其他苏州厨子则黯然失色，张东官可以说是清朝风头最健的人物。

当时乾隆皇上到处巡狩，各地大臣为了讨好皇上，到处去访寻庖厨名手，张东官就是长芦盐政西宁出重金礼聘自苏州。乾隆三十六年二月，皇帝出巡山东，西宁进张东官进菜四品，其中有一品是“冬笋炒鸡”，很合皇帝口味，吃完以后，皇帝赏给张东官一两重的银锞两个，此后，皇帝每吃一次张东宫的菜就赏银二两，一直到三月底回京。

乾隆四十三年，皇帝再次出巡盛京，传张东官随营做厨。七月二十二日张东官做了一品“猪肉（石宿）砂馅煎馄饨”，晚上又做“鸡丝肉丝油煸白菜一品”“燕窝肥鸡丝一品”“猪肉馅煎黏团一品”，极为称旨，吃完后，皇帝赏银二两。

不久之后，张东官时常做菜进旨，如“豆豉炒豆腐”、“糖醋樱桃肉”，又做“苏造肉、苏造鸡、苏造肘子”。这期间，皇帝时常赏赐，记载上赏过“熏貂帽檐一副”“小卷缎匹”“大卷五丝缎一匹”，可见皇帝对一个好厨子的礼遇。

乾隆四十六年二月，张东官正式入宫当御厨，官居七品，更得皇帝的宠爱。《紫禁城秘谭》写到张东宫的最后一段是：

“乾隆四十八年正月初二日晚膳，张东官做‘燕窝脍五香鸭子热锅一品、‘燕窝肥鸡雏野鸡热锅一品’，尤称旨，屈指初承恩眷，至是匆匆十二年矣！”

张东官大概是清朝最后一位最有名的厨子，从皇帝对他的赏赐，别人对他的敬爱有加，可以知道一名好厨子是多么难求。好厨子就如同艺术家，原不必来自宫廷，民间也自有奇葩。我看了张东官十分传奇的经历，以及他做给乾隆吃的一些菜名，直觉得上好的烹调是一菜难求。

就说一道“豆豉炒豆腐”，“不知用何种配料，就膳档规之，帝殊嗜爱”。豆豉和豆腐都是民间之物，任何乡下村妇都能做这道菜，可是张东官的火候却可以惊动皇上，一定是厨之外还有艺。

“厨之外有艺”是中国菜的传统，不但要在味道上讲究，在颜色上讲究，甚至在名字上也都别出心裁，犹如新诗创作。看到好的名字、好的味道、好的颜色，忍不住会从人的喉头伸出一只手来。

说到厨子，有一回叙香园的老板请吃饭，把他们馆子里大部分的菜全端出来，一共二十四道，品品都是好菜，叫人吃了仰天长啸。我问杨先生："你们馆子里有多少名菜呢？"

"大致就是你吃的这些了。一个饭店里只要有二十道菜就是不得了的，要知道一般小馆只要有一道招牌好菜也就不容易了。"

然后我们谈到厨子，杨先生觉得好的厨子是天才人物，不是训练可以得的，因为好厨子的徒弟总是不少，但成大厨的永远是少数中的少数，没有一点儿天生的根器是不成的。厨艺又和艺术相通，所以一般艺术家自己都能发明出几道好菜来。

我问到一个俗气的问题："那么一个好厨子目前的薪水多少呢？"杨先生说那得要看他的号召力，像叙香园的大厨，一个月的薪水是三十万新台币，比起一家大公司的总经理毫不逊色。

我想到三十万台币是十几两黄金，那么现代大厨的待遇恐怕远超过乾隆皇帝的御厨张东官了。可是一个名厨足以决定一家饭店的成败，三十万也实在是合理的待遇。你看台北的馆子何止千百，能打出大师傅招牌的却没有几个。

看完《紫禁城秘谭》，我到台大附近去买书，发现台大侧门对面也开了一家麦当劳，门口大排长龙，心中真是无限感叹，中国这样优秀的饮食传统恐怕有一天要被机器完全取代了。将来如果我们要找名厨，真只有到典籍去找了。

我们当然不必一定吃张东官的好菜，但是，能把豆豉炒豆腐做好的厨子，现在还剩几个呢？

吃客素描

我有一个朋友陈瑞献，是新加坡、马来西亚一带有名的艺术家，同时是有名的吃家。他以前在《南洋商报》上写吃的专栏，十分叫座，对吃东西之讲究罕有其匹。

瑞献和现在台湾法国文化中心主任戴文治是黄金拍档，两人时常一起到世界各国去大吃，事后互相研究讨论。在吃这一方面，配合得像他们这样好的也很少见。

说到他们两人的相识也是奇遇，戴文治到台湾以前是法国驻新加坡的大使，陈瑞献正好是新加坡法国大使馆的秘书，本是主属关系，由于两人都好吃并且酷爱艺术，竟成好友，交相莫逆，以兄弟相待。

这两个吃家好吃到什么程度呢？陈瑞献常说：“人生有四件大事，除了吃以外，其他三件我已忘记。”他们是那种有了好吃的东西可以丢掉其他三件的人。瑞献每天除了吃好吃的东西，生活几乎是邋遢的，衣着方面，他虽在大使馆上班，终年穿着短裤、拖鞋到办公室，由于他名气太大，久之大家也习以为常。在住的方面，他住的地方对面就是新加坡有名的绿灯户，是黑社会争取的地盘，虽是两层洋楼，家中堆满零乱的字画，找个能坐的地方都感到困难。在行的方面，他开着大使馆所有的一部福特跑车，车龄已有六七年历史，他开到哪里停到哪里，由于挂着使馆牌，即使在管理严格的新加坡也享有特权，他那部车是新加坡少数有名的“大牌”之一，车子够老，牌子够硬。

瑞献书画、文章、金石都是绝活，除了这些，对他最重要的大概就是吃了。

有一年，瑞献因公来台北，我说是不是可以看看他的行程，他把纸拿出来，里面几乎没有行程，只写了三餐用餐的地点和吃些什么菜。

“这就是你的行程吗？”我说。

“是呀！有什么比吃更重要呢？”

他说出外游山玩水固好，但对他们这种经常世界各处跑的人已没有什么意义，吃吃好东西才是最实在的。我看他的“行程表”（就是吃程表）中有一天中午空白，表示我要做东。那时我正想去法国，在办理赴法签证，大权在戴文治手中，便约戴文治一同前往。

当时在戴文治家中，瑞献指着戴文治对我说：“你请他吃饭可要当心，要是吃到什么难吃的菜，你的法国签证就泡汤了；假如吃到好菜，说不定给你一本法国护照。”

三人哈哈大笑，戴文治补充说明：“我的权力没有那么大，最长只能给你签六个月。”

“当然，如果不给你签，你这辈子别想去法国了。”瑞献爱开玩笑，“完全就看你怎么安排了。”

兹事体大，当下三人摊开吃的地图（戴文治家中有一本专门记载台北馆子的书籍，有图表）研究，我从罗斯福路、和平东路、信义路、仁爱路、忠孝东路一路问下来，大部分有名的馆子他们都吃过了，这使我大吃一惊，因为台北爱吃的人虽多，吃得这么全的也算少见。

后来我卖了一个关子，说：“这样好了，明日午时就在法国文化中心集合，我带你们去吃，但先不说吃的地点和吃些什么。”两人相视一笑，点头答应。

第二天，我带他们到仁爱路的“吃客”去吃。果然他们没有吃过，大为惊奇，台北居然有他们没吃过的馆子。我叫了一些普通的菜，记得是卤猪脚、风鸡、醉虾、干丝牛肉、吃客鲳鱼、炒年糕、黄鱼羹、香菇鸭舌汤，每出来一道菜都叫他们舌头打结；事实并不是菜烧得多了不起，只是吃客的猪脚、风鸡、醉虾对初尝的人确是异味，而黄鱼羹之鲜美，香菇鸭舌汤以五十只鸭舌做成，都是富有舌头震撼力的。

吃完后叫了一客豆沙锅饼，一客芝麻糊，吃得两位名吃客啧啧称奇。

结束之后，我问戴文治："味道如何？"

"六个月，六个月。"戴忙着说，意即我的法国签证，他可以给我签最长的时间。

"这样棒的一顿饭才值六个月吗？"瑞献打趣说，我们不禁拍案大笑。

这时我才透露了为什么选"吃客"的原因，因为在戴文治的"秘籍"中并没有"吃客"的记载，胜算很大。我们四人（还有我的妻子小銮）谈到，选择馆子事实上没有叫菜重要，因为每一个馆子的师傅总有一两道"招牌好菜"，有时一家馆子就靠一道菜撑着，如果去吃馆子不知道叫菜如同盲人骑马，只知有马，不知马瞎，真是太可怕了。

好菜的功能之大甚至影响到法国签证呢！可不慎哉！

后来我与妻子到新加坡，瑞献一来就为我们开了一张食单，每天让我们早、午餐自便，晚餐如果没有特别应酬，则听他安排；他找到的菜馆不论大小，菜都是第一流的，即使是路边小摊吃海鲜，他也都能找到又新鲜又好吃的地方——这真是食家本色，好的食家是不摆排场、不充阔佬的，一万块吃到好菜不是本事，一千块吃到好菜才是本事；能吃海鲜不是本事，要便宜吃到好海鲜才是本事；知道名菜名厨不是本事，连街边小摊都了然于胸才是本事。

有瑞献带路去吃，差一点儿把我的舌头忘在新加坡。

最遗憾的是，瑞献为我安排了一餐俄国菜、一餐印度菜，由于那两天都有朋友的应酬，因而分别在江浙馆和广东茶楼吃饭，至今引为憾事。瑞献表现在吃的兴趣是令人吃惊的，他不但餐餐陪我们吃，毫无倦容，而且吃得比我们还有味。有一回吃潮州莱，我看他吃得趣味盎然，忍不住问他：“你吃过这么多次，还觉好吃吗？”

他正色道：“好的菜就是你吃几十次也不会腻的，就像一幅好的画挂在家中三五年，你何尝厌倦？”

他继续说：“吃好菜的时候总要把心情回到最初，好像是第一次品尝，让味蕾含苞待放；这就像和情人接吻，如果真爱那情人，不管接多少次吻都有不同的滋味。真正的吃家对待食物要像对待情人。”

他告诉我，有一次他和戴文治在法国吃鸡肉，戴文治在一食三叹之后求见厨师。当那顶白高帽在厨房门口出现，戴文治自动站起来，先向厨师致敬，再与他交谈。他说；“事后，戴文治对我说，他敬爱厨师，一如敬爱情人；对于那些失去做爱能力的人，佳肴是最好的补偿。”

瑞献常说：“不惜工本以快朵颐是食家本色。”又说：“让蠢人错把你当白痴者，是一流食家的逸乐。”又说：“品味如品画，厨者所以是画人。”他为了吃，有时甚至是疯狂的。

举例来说，一九八一年大陆出来一个“锦江华筵访问团”，整个锦江师傅坐专机到新加坡，包括锅铲、碗筷、重要材料全是专机空运。锦江师傅在玻璃内做菜，吃客可以在外面观察他们的做法、刀功等等，从切菜、炒煮，到端盘出来一目了然。在新加坡来说，是难得的机会。

然而一桌菜叫价一万坡币（合二十万台币），瑞献兴起了吃的念头，他的妻子小菲极力反对，因为一万坡币不是小数目。后来瑞献想了个变通的办法，就是邀集十位朋友，一人出一千坡币（合两万台币），一起去吃锦江华筵，分摊起来负担就小了。

小菲仍不赞成，觉得花一千坡币吃一餐也不可思议，但瑞献对她说：“你让我去吃这一餐，你只是心痛一阵子，如果你不让我去吃这一餐，我会遗憾一辈子。”他们伉俪情深，小菲只好节省用度，让他好好地吃了一餐。事后他告诉我：“真是值回票价！”小菲则对我说：“幸好给他去吃，否则真会怨我一辈子，他吃了那顿饭，回来整整说了一个月。”

我和瑞献已有三年未见，但每次吃到好菜总不自觉想起他来，因为在这个世界上人莫不饮食，豪侈暴发之辈奇多，一掷万金者也所在多有，但鲜有能知味之人，知味是多么不易呀！

我们的通信开头总是：“最近在 ×× 路发现 ×× 馆子，拿手好菜是 ××，味道……”结尾则是：“几时来这里，一起去大吃一顿吧！”

知味不易，人生得知味之知己，是多么难呀！

木鱼馄饨

深夜到临沂街去访友，偶然在巷子里遇见多年前旧识的卖馄饨的老人，他开朗依旧，风趣依旧，虽然抵不过岁月风霜而有一点儿佝偻了。

四年多以前，我客居在临沂街，夜里时常工作到很晚，每天凌晨一点半左右，一阵清越的木鱼声，总是响进我临街的窗口。那木鱼的声音非常准时，天天都在凌晨的时间敲响，即使在风雨来时也不间断。

刚开始的时候，木鱼声带给我一种神秘的感觉，往往令我停止工作，出神地望着窗外的长空，心里不断地想着：这深夜的木鱼声，到底是谁敲起的？它又象征了什么意义？难道有人每天凌晨一时在我住处附近念经吗？

在我国民间，过去曾有敲木鱼为人报晓的僧侣，每日黎明将晓，他们就穿着袈裟草鞋，在街巷里穿梭，手里端着木鱼滴滴笃笃地敲出低沉但雄长的声音，一来叫人省睡，珍惜光阴；二来叫人在心神最为清明的五更起来读经念佛，以求精神的净化；三来僧侣借木鱼报晓来布施化缘，得些斋衬钱。我一直觉得这种敲木鱼报佛音的事情，是中国佛教与民间生活相契的一种极好的佐证。

但是，我对于这种失传于闾巷很久的传统，却出现在台北的临沂街感到迷惑。因而每当夜里在小楼上听到木鱼敲响，我都按捺不住去一探究竟的冲动。

冬季里有一天，天空中落着无力的飘闪的小雨，我正读着一册印刷极为精美的《金刚经》，读到最后“一切有为法，如梦幻泡影，如露亦如电，应作如是观”一段，木鱼声恰好从远处的巷口传来，格外使人觉得昊天无极，我披衣坐起，撑着一把伞，决心去找木鱼声音的来处。

那木鱼敲得十分沉重着力，从满天的雨丝里传扬开来，它敲敲停停，忽远忽近，完全不像是寺庙里读经时急落的木鱼。我追踪着声音的轨迹，匆匆地穿过巷子，远远的，看到一个披着宽大布衣，戴着毡帽的小老头，他推着一辆老旧的摊车，正摇摇摆摆地从巷子那一头走来。摊车上挂着一盏四十瓦的灯泡，随着道路的颠簸，在微雨的暗道里飘摇。一直迷惑我的木鱼声，就是那位老头所敲出来的。

一走近，才知道那只不过是一个寻常卖馄饨的摊子，我问老人为什么选择了木鱼的敲奏，他的回答竟是十分简单，他说：“喜欢吃我的馄饨的老顾客，一听到我的木鱼声，他们就会跑出来买馄饨了。”我不禁哑然，原来木鱼在他，就像乡下卖豆花的人摇动的铃铛，或者是卖冰水的小贩手中吸引小孩的喇叭，只是一种再也简单不过的信号。

是我自己把木鱼联想得太远了，其实它有时候仅仅是一种劳苦生活的工具。

老人也看出了我的失望，他说：“先生，你吃一碗我的馄饨吧，完全是用精肉做成的，不加一点儿葱菜，连大饭店的厨师都爱吃我的馄饨呢。”我于是丢弃了自己对木鱼的魔障，撑着伞，站立在一座红门前，就着老人摊子上的小灯，吃了一碗馄饨。在风雨中，我品出了老人的馄饨，确是人间的美味，不下于他手中敲的木鱼。

后来，我也慢慢成为老人忠实的顾客，每天工作到凌晨的段落，远远听到他的木鱼，就在巷口里候他，吃完一碗馄饨，才开始继续我一天未完的工作。

和老人熟了以后，才知道他选择木鱼作为馄饨的讯号有他独特的匠心。他说因为他的生意在深夜，实在想不出一种可以让远近都听闻而不至于吵醒熟睡人们的工具，而且深夜里像卖粽子的人大声叫嚷，是他觉得有失尊严而有所不为的，最后他选择了木鱼——让清醒者可以听到他的叫唤，却不至于中断了熟睡者的美梦。

木鱼总是木鱼，不管用什么角度来看它，它仍旧有它的可爱处，即使用在一个馄饨摊子上。

我吃老人的馄饨吃了一年多，直到后来迁居，才失去联系，但每当在静夜里工作，我仍时常怀念着他和他的馄饨。

老人是我们社会角落里一个平凡的人，他在临沂街一带卖了三十年馄饨，已经成为那一带夜生活里人尽皆知的人，他固然对自己亲手烹调后小心翼翼装在铁盒的馄饨很有信心，他用木鱼声传递的馄饨也成为那一带的金字招牌。木鱼在他、在吃馄饨的人来说，都是生活里的一部分。

那一天遇到老人，他还是一袭布衣，还是敲着那个敲了三十年的木鱼，可是老人已经完全忘记我了，我想，岁月在他只是云淡风轻的一串声音吧。我站在巷口，看他缓缓推走小小的摊车消失在巷子的转角，一直到很远了，我还可以听见木鱼声从黑夜的空中穿过，温暖着迟睡者的心灵。

木鱼在馄饨摊子里真是美，充满了生活的美，我离开的时候这样想着，有时读不读经都是无关紧要的事。

忘情花的滋味

院子里的昙花突然间开了，一共十八朵，夜里，打开院子里的灯，坐在幽暗的室内望向窗外，乳白色的昙花在灯下有一种难言的姿色，每一朵都是一幅春天的风景。

昙花是不能近看，它适合远观，近看的昙花只是昙花，一种炫目的美丽，远观的昙花就不同了，它像是池里的睡莲在夜间醒来，一步一步走到人们的前庭后院，而且这些挺立在池中的睡莲都一起爬到昙花枝上，吐露出白色的芬芳。

第二天清晨昙花全谢了，垂着低低的头，我和妻子商量着，用什么方法吃那些凋谢的昙花，我说，昙花炒猪肉是最鲜美的一道菜，是我小时候常吃的。妻子说，昙花属于涅槃科，是吃斋的，不能与猪肉同炒，应该熬冰糖，可以生津止咳，可以叫人宠辱皆忘。

后来我们把昙花熬了冰糖，在春天的夜里喝昙花茶特别有一种清香的滋味，喝进喉里，它的香气仿佛是来自天的远方，比起阳明山上白云山庄的兰花茶毫不逊色——如果兰花是王者之香，昙花就是禅者之香，充满了遥远、幽渺、神秘的气味。

果然，妻子说，昙花的另一个名字叫“忘情花”，忘情就是“寂焉不动情，若遗忘之者”，也就是晋书中说的“圣人忘情”。在缤纷灿烂的花世界里，“忘情花”不知是哪一位高人的命名，它为昙花的一生下了一个注解，昙花好像是一个隐者，举世滔滔中，昙花固守了自己的情，将一生的精华在一夜间吐放，它美得那么鲜明，那么短暂，因为鲜明，所以动人；因为短暂，才教人难忘。当它死了之后，我们喝着用它煎熬成的昙花茶时，在昙花，它是忘情了，对我们，却把昙花遗忘的情喝进腹中，在腹中慢慢地酝酿。

由于喝昙花茶，使我想起童年时代吃昙花的几种滋味。

小时候，家后院种了一片昙花，因为妈妈是爱看昙花的，而爸爸，却是爱吃昙花的。据爸爸说，最好吃的昙花是在它盛开的时候，又香又脆，可是妈妈不许，她不准任何人在昙花盛放时吃昙花，因此春天昙花开成一片白的时候，我们也只好在旁边坐守，看它仰起的头垂下才敢吃它。

爸爸吃昙花有好几种方法，第一种方法是“昙花炒猪肉”，把切成细丝的昙花和肉丝丢进锅中，烈火一炒，就是一道令人垂涎的好菜，这一道菜里昙花的滋味像是雨后笋园中冒出来的香蕈，滑润、清淡，入口即不能忘。

第二种方法是“昙花炖鸡”，将整朵的昙花一一洗净和鸡块同炖，放一点儿姜丝，这一道菜昙花的滋味有一点儿像香菇，汤是清的，捞起来的昙花还像活的一般。

第三种方法是“炸昙花饼”，用糖、面粉和鸡蛋打匀，把昙花沾满，放到油锅中炸成金黄色即可食，这一道菜昙花的滋味香脆达于极致，任何饼都无法比拟。

我们的童年在爸爸调教下，几乎每个兄弟都是“食花的怪客”，我们吃过的还不只是昙花，也吃过朱槿花、栀子花、银莲花、红睡莲和百合花，我们还吃过寒芒花的嫩芽、鸡冠花的叶、满天星的茎，以及水笔仔的幼根，每种花都有不同的滋味。那时候年纪小不知道怜香惜玉这一套，如今想起来那些花魂，心中总是有一种罪过的感觉。

食花真是有罪的吗？食了昙花真能忘情吗？有一次读《本草纲目》，知道古人也是食花的，古人也食草。在《本草纲目》谈到萱草时，引了李九华的延寿书说：“嫩苗为蔬，食之动风，令人昏然如醉，因名忘忧。”

如果萱草“忘忧草”的名是因之而起，我倒愿为昙花是“忘情花”下一注解：“美花为蔬，食之忘情，令人淡然超脱，因名忘情。”

“忘情花”的滋味是宜于联想的，在我们情感的世界里，“忘情”几乎是不可能的境界，因为有爱就有纠结，有情就有牵缠，如何在纠结牵缠中能拔出身来，走向空旷不凡的天地，就要像“忘情花”一样在短暂的时间里开得美丽，等凋萎了以后，把那些纠结牵缠的情经过煎、炒、煮、炸的锻炼，然后一口一口吞入腹里，并将它埋到心底最深处，等到另一个开放的时刻。

每个人的情感都是有盛衰的，就像昙花即使忘情，也有兴谢。我们不是圣人，不能忘情，再好的歌者也有恍惚失曲的时候，再好的舞者也有乱节而忘形的时刻，我们是小小的凡人，不能有“爱到忘情近佛心”的境界，但是我们可以“藏情”，把完成过、失败过的情爱像一幅卷轴一样卷起来放在心灵的角落，让它沉潜，让它褪色，在岁月的足迹走过后打开来，看自己在卷轴空白处的落款，以及还鲜明如昔的刻印。

我们落过款、烙过印；我们惜过香、怜过玉。这就够了，忘情又如何？无情又如何？

有 情 生

我很喜欢英国诗人布雷克的一首短诗：

> 被猎的兔每一声叫，
> 就撕掉脑里的一根神经；
> 云雀被伤在翅膀上，
> 一个天使止住了歌唱。

因为在短短的四句诗里，他表达了一个诗人悲天悯人的胸怀，看到被猎的兔子和受伤的云雀，诗人的心情化作兔子和云雀，然后为人生写下了警语。这首诗可以说暗暗冥合了中国佛家的思想。

在我们眼见的四周生命里（也就是佛家所言的“六道众生”），是不是真是有情的呢？中国佛家所说的“仁人爱物”是不是说明着物与人一样的有情呢？

每次我看到林中歌唱的小鸟，总为它们的快乐感动；看到天际结成人字，一路南飞的北雁，总为它们互助相持感动；看到喂饲着乳鸽的母鸽，总为它们的亲情感动；看到微雨里比翼双飞的燕子，总为它们的情爱感动。这些长着翅膀的飞禽，处处都显露了天真的情感，更不要说在地上体躯庞大、头脑发达的走兽了。

甚至，在我们身边的植物，有时也表达着一种微妙的情感，或者更确切地说是机缘和生命力；只要我们仔细观察那些在阳光雨露中快乐展开叶子的植物，感觉高大树木的精神和呼吸，体会那正含苞待开的花朵，还有在原野里随风摇动的小草，都可以让人真心地感到动容。

有时候，我又觉得怀疑，这些简单的植物可能并不真的有情，它的情是因为和人的思想联系着的；就像佛家所说的“从缘悟达”；禅宗里留下许多这样的见解，有的看到翠竹悟道，有的看到黄花悟道，有的看到夜里大风吹折松树悟道，有的看到牧牛吃草悟道，有的看到洞中大蛇吞食蛤蟆悟道，都是因无情物而观见了有情生。世尊释迦牟尼也因夜观明星悟道，留下“因星悟道，悟罢非星，不逐于物，不是无情”的精语。

我们对所有无情之物表达的情感也应该做如是观。吕洞宾有两句诗：“一粒粟中藏世界，半升铛内煮山川”，原是把世界山川放在个人的有情观照里；就是性情所至，花草也为之含情脉脉的意思。正是有许多草木原是无心无情，若能触动人的灵机则颇有余味。

我们可以意不在草木，但草木正可以寄意；我们不要叹草木无情，因草木正能反映真性。在有情者的眼中，蓝田能日暖，良玉可以生烟；朔风可以动秋草，边马也有归心；蝉噪之中林愈静，鸟鸣声里山更幽；甚至感时的花会溅泪，恨别的鸟也惊心……何况是见一草一木于性情之中呢？

常 春 藤

在我家巷口有一间小的木板房屋，居住着一个卖牛肉面的老人。那间木板屋可能是一座违章建筑，由于年久失修，整座木屋往南方倾斜成一个夹角，木屋处在两座大楼之间，益形破败老旧，仿佛随时随地都要倾颓散成一片片木板。

任何人路过那座木屋，都不会有心情去正视一眼，除非看到老人推着面摊出来，才知道那里原来还有人居住。

但是在那断板残瓦南边斜角的地方，却默默地生长着一株常春藤，那是我见过最美的一株。许是长久长在阴凉潮湿肥沃的土地上，常春藤简直是毫无忌惮地怒放着，它的叶片长到像荷叶一般大小，全株是透明翡翠的绿，那种绿就像朝霞照耀着远远群山的颜色。

沿着木板壁的夹角，常春藤几乎把半面墙长满了，每一株绿色的枝条因为被夹壁压着，全往后仰视，好像往天空伸出了一排厚大的手掌；除了往墙上长，它还在地面四周延伸，盖满了整个地面，近看有点儿像还没有开花的荷花池了。

我的家里虽然种植了许多观叶植物，我却独独偏爱木板屋后面的那片常春藤。无事的黄昏，我在附近散步，总要转折到巷口去看那棵常春藤，有时看得发痴，隔不了几天去看，就发现它完全长成不同的姿势，每个姿势都美到极点。

有几次是清晨，叶片上的露珠未干，一颗颗滚圆的随风在叶上转来转去，我才仔细地看它的叶子，每一片叶都是完整饱满的，丝毫没有一丝儿残缺，而且没有一点儿尘迹；可能正因为它长在夹角，连灰尘都不能至，更不要说小猫小狗了。

我爱极了长在巷口的常春藤，总想移植到家里来种一株，几次偶然遇到老人，却不敢开口。因为它正长在老人面南的一个窗口，倘若他也像我一样珍爱他的常春藤，恐怕不肯让人剪裁。

有一回正是黄昏，我蹲在那里，看到常春藤又抽出许多新芽，正在出神之际，老人推着摊车要出门做生意，木门咿哑一声，他对着我露出了善意的微笑，我趁机说：“老伯，能不能送我几株您的常春藤？”

他笑着说：“好呀，你明天来，我剪几株给你。”然后我看着他的背影背着夕阳向巷子外边走去。

老人如约地送了我常春藤，不是一两株，是一大把，全是他精心挑拣过，长在墙上最嫩的一些。我欣喜地把它种在花盆里。

没想到第三天台风就来了，不但吹垮了老人的木板屋，也把一整株常春藤吹得没有影踪，只剩下一片残株败叶，老人忙着整建家屋，把原来一片绿意的地方全清扫干净，木屋也扶了正。我觉得怅然，将老人送我的一把常春藤要还给他，他只要了一株，他说：“这种草的耐力强，一株就要长成一片了。”

老人的常春藤只随便一插，也并不见他施水除草，只接受阳光和雨露的滋润。我的常春藤细心地养在盆里，每天晨昏依时浇水，同样也在阳台上接受阳光和雨露。

然后我就看着两株常春藤在不同的地方生长，老人的常春藤愤怒地抽芽拔叶，我的是温柔地缓缓生长；他的芽愈抽愈长，叶子愈长愈大；我的则是芽愈来愈细，叶子愈长愈小。比来比去，总是不及。

那是去年夏天的事了。现在，老人的木板屋有一半已经被常春藤覆盖，甚至长到窗口；我的花盆里，常春藤已经好像长进宋朝的文人画里了，细细的垂覆枝叶。我们研究了半天，老人说：“你的草没有泥土，它的根没有地方去，怪不得长不大。呀！还有，恐怕它对这块烂泥地有了感情呢！”

非 洲 红

三年前，我在一个花店里看到一株植物，茎叶全是红色的，虽是盛夏，却溢着浓浓秋意。它被种植在一个深黑色滚着白边的瓷盆里，看起来就像黑夜雪地里的红枫。卖花的小贩告诉我，那株红植物名字叫“非洲红”，是引自非洲的观叶植物。

我向来极爱枫树，对这小圆叶而颜色像枫叶的“非洲红”自也爱不忍释，就买来摆在书房窗口外的阳台，每日看它在风中摇曳。

“非洲红”是很奇特的植物，放在室外的时候，它的枝叶全是血一般的红；而摆在室内就慢慢地转绿，有时就变得半红半绿，在黑盆子里煞是好看。它叶子的寿命不久，隔一两月就全部落光，然后在茎的根头又一夜之间抽放出绿芽，一星期之间又是满头红叶了。使我真正感受到时光变异的快速，以及生机的运转。年深日久，它成为院子里我非常喜爱的一株植物。

去年我搬家的时候，因为种植的盆景太多，有一大部分都送人了。新家没有院子，我只带了几盆最喜欢的花草，大部分的花草都很强韧，可以用卡车运载，只有非洲红，它的枝叶十分脆嫩，我不放心搬家工人，因此用一个木箱子把它固定装运。

没想到一搬了家，诸事待办，过了一星期安定下来以后，我才想到非洲红的木箱；原来它被原封不动地放在阳台，打开以后，发现盆子里的泥土全部干裂了，叶子全部落光，连树枝都萎缩了。我的细心反而害了一株植物，使我伤心良久，妻子安慰我说：“植物的生机是很强韧的，我们再养养看，说不定能使它复活。”

我们便把非洲红放在阳光照射得到的地方，每日晨昏浇水，夜里我坐在阳台上喝茶的时候，就怜悯地望着它，并无力地祈祷它的复活。大约过了一星期左右，有一日清晨我发现，非洲红抽出碧玉一样的绿芽，含羞地默默地探触它周围的世界，我和妻子心里的高兴远胜过我们辛苦种植的郁金香开了花。

我不知道“非洲红”是不是真的来自非洲，如果是的话，经过千山万水的移植，经过花匠的栽培而被我购得，这其中确实有一种不可言说的缘分。而它经过苦旱的锻炼竟能从裂土里重生，它的生命是令人吃惊的。现在我的阳台上，非洲红长得比过去还要旺盛，每天张着红红的脸蛋享受阳光的润泽。

由非洲红，我想起中国北方的一个童话《红泉的故事》。它说在没有人烟的大山上，有一棵大枫树，每年枫叶红的秋天，它的根渗出来一股不息的红泉，只要人喝了红泉就全身温暖，脸色比桃花还要红，而那棵大枫树就站在山上，看那些女人喝过它的红泉水，它就选其中最美的女人抢去做媳妇，等到雪花一落，那个女人也就变成枫树了。这当然是一个虚构的童话，可是中国人的心目中确实认为枫树也是有灵的。枫树既然有灵，与枫树相似的非洲红又何尝不是有灵的呢？

在中国的传统里，人们认为一切物类都有生命，有灵魂，有情感，能和人做朋友，甚至恋爱并成亲。同样的，人对物类也有这样的感应。我有一位爱兰的朋友，他的兰花如果不幸死去，他会痛哭失声，如丧亲人。我的灵魂没有那样纯洁，但是看到一棵植物的生死会使人喜悦或颓唐，恐怕是一般人都有过的经验吧！

非洲红变成我最喜欢的一株盆景，我想除了缘分，就是它在死到最绝处的时候，还能在一盆小小的土里重生。

紫茉莉

我对那些按着时序在变换着姿势，或者是在时间的转移中定时开合，或者受到外力触动而立即反应的植物，总是把持着好奇和喜悦的心情。

像种在园子里的向日葵或是乡间小道边的太阳花，是什么力量让它们随着太阳转动呢？难道只是对光线的一种敏感？

像平铺在水池的睡莲，白天它摆出了最优美的姿势，为何在夜晚偏偏睡成一个害羞的球状？而昙花正好和睡莲相反，它总是要等到夜深人静的时候，才张开笑颜，放出芬芳。夜来香、桂花、七里香，总是愈黑夜之际愈能品味它们的幽香。

还有含羞草和捕虫草，它们一受到摇动，就像一个含羞的姑娘默默地颔首。还有冬虫夏草，明明冬天是一只虫，夏天却又变成一株草。

在生物书里我们都能找到解释这些植物变异的一个经过实验的理由，这些理由对我却都是不足的。我相信在冥冥中，一定有一些精神层面是我们无法找到的，在精神层面中说不定这些植物都有一颗看不见的心。

能够改变姿势和容颜的植物，和我关系最密切的是紫茉莉花。

我童年的家后面有一大片未经人工垦殖的土地，经常开着美丽的花朵，有幸运草的黄色或红色小花，有银合欢黄或白的圆形花，有各种颜色的牵牛花，秋天一到，还开满了随风摇曳的芦苇花……就在这些各种形色的花朵中，到处都夹生着紫色的小茉莉花。

紫茉莉是乡间最平凡的野花，它们整片整片地丛生着，貌不惊人，在万绿中却别有一番姿色。在乡间，紫茉莉的名字是“煮饭花”，因为它在有露珠的早晨，或者白日中天的正午，或者是星满天空的黑夜都紧紧闭着；只有一段短短的时间开放，就是在黄昏夕阳将下的时候，农家结束了一天的劳作，炊烟袅袅升起的时候，才像突然纾解了满怀心事，快乐地开放出来。

每一个农家妇女都在这个时间下厨做饭，所以它被称为“煮饭花”。

这种一二年或多年生的草本植物，生命力非常强盛，繁殖力特强，如果在野地里种一株紫茉莉，隔一年，满地都是紫茉莉花了；它的花期也很长，从春天开始一直开到秋天，因此一株紫茉莉一年可以开多少花，是任何人都数不清的。

最可惜的是，它一天只在黄昏时候盛开，但这也是它最令人喜爱的地方。曾有植物学家称它是“农业社会的计时器”，她当开放之际，乡下的孩子都知道，夕阳将要下山，天边将会飞来满空的红霞。

我幼年的时候，时常和兄弟们在屋后的荒地上玩耍，当我们看到紫茉莉一开，就知道回家吃晚饭的时间到了。母亲让我们到外面玩耍，也时常叮咛：“看到煮饭花盛开，就要回家了。”我们遵守着母亲的话，经常每天看紫茉莉开花才踩着夕阳下的小路回家，巧的是，我们回到家，天就黑了。

从小，我就有点儿痴，弄不懂紫茉莉为什么一定要选在黄昏开，有许多次坐着看满地含苞待放的紫茉莉，看它如何慢慢地撑开花瓣，出来看夕阳的景色。问过母亲，她说：“煮饭花是一个好玩的孩子，玩到黑夜迷了路变成的，它要告诉你们这些野孩子，不要玩到天黑才回家。”

母亲的话很美，但是我不信，我总认为紫茉莉一定和人一样是喜欢好景的，在人世间又有什么比黄昏的景色更好呢？因此它选择了黄昏。

紫茉莉是我童年里很重要的一种花卉，因此我在花盆里种了一棵，它长得很好，可惜在都市里，它恐怕因为看不见田野上黄昏的好景，几乎整日都开放着，在我盆里的紫茉莉可能经过市声的无情洗礼，已经忘记了它祖先对黄昏彩霞最好的选择了。

我每天看到自己种植的紫茉莉，都悲哀地想着，不仅是都市的人们容易遗失自己的心，连植物的心也在不知不觉中迷失了。

第六章 无风絮自飞

无风絮自飞

在我们家乡有一句话，叫“菜瓜藤，肉豆须，分不清”，意思是丝瓜的藤蔓与肉豆的茎须一旦纠缠在一起，是无法分辨的。

因此，像兄弟分家产的时候，夫妻离婚的时候，有许多细节部分是无法处理的，老一辈的人就会说：“菜瓜藤与肉豆须，分不清呀！”还有，当一个人有很多亲戚朋友，社会关系异常复杂的时候，也可以用这一句。以及一个人在过程中纠缠不清，甚至看不清结局之际，也可以用这一句来形容。

住在都市的人很难理解到这九个字的奥妙，因为他们没有机会看到丝瓜与肉豆藤须缠绵的样子。乡下人谈到人事难以理清的真实情境，一提到这句话都会不禁莞尔，因为丝瓜与肉豆在乡间是最平凡的植物，几乎家家都有种植。我幼年时代，院子的棚架下就种了许多丝瓜和肉豆，看到它们纠结错综，常常会令我惊异，真的是肉眼难辨，现在回想起来，感觉到现代人复杂难以理清的人际关系，确实像这两种植物藤蔓的纠缠，想找到丝瓜与肉豆的根与果是不难的，但要在生长的过程分辨就非常困难了。

有一次我发了笨心，想要彻底地分辨两者的不同，却把丝瓜和肉豆的茎叶都扯断了。父亲看见了觉得很好笑，就对我说：“即使你能分辨这两株植物又有什么意义呢？你只要在它们的根部浇水施肥，好好地照顾让它们长大，等到丝瓜和肉豆长出来，摘下来吃就好了。丝瓜和肉豆都是种来食用的，不是种来分辨的呀！”

父亲的话给我很好的启示，在人生一切关系的对应上也是如此，一个人只要站稳脚跟，努力在向上生长，有时不免和别人纠缠，又有什么要紧呢？一忘失自己立场与尊严，最后就会结出果实来，当果实结成的时刻，一切的纠缠就不重要了。

另外一个启示就是自然，万事万物都有其自然的法则，依循这自然的发展，常常回头看看自己的脚跟，才是生命成长正常的态度。种什么样的因会结出什么样的果，是必然的，丝瓜虽与肉豆无法分辨，但丝瓜是丝瓜，肉豆是肉豆，这是永远不会变的，我们能做的就是让丝瓜长出好的丝瓜，让肉豆结出肥硕的肉豆！

丝瓜是依自然之序而生长结果，红花是这样红的，绿叶也是这样绿的，没有人能断绝自然而超越地活在世界，此所以禅师说："不雨花犹落，无风絮自飞。"花与絮的飞落不必因为风雨，而是它已进入了生命的时序。

日本的道元禅师到中国习禅归国后，许多人问他学到了什么，他说："我已真正领悟到眼睛是横着长，鼻子是竖着长的道理，所以我空着手回来。"

听到的人无不大笑，但是立刻他们的笑声都冻结了，因为他们之中没有人知道为何鼻子直着长而眼睛横着长，这使我们知道，禅心就是自然之心，没有经过人生庄严的历练，是无法领会其中真谛的呀！

佛　　鼓

住在佛寺里，为了看师傅早课的仪礼，清晨四点就醒来了。走出屋外，月仍在中天，但在山边极远极远的天空，有一些早起的晨曦正在云的背后，使灰云有了一种透明的趣味，灰色的内部也仿佛早就织好了金橙色的衬里，好像一翻身就要金光万道了。

鸟还没有全醒，只偶尔传来几声低哑的短啾，听起来像是它们在春天的树梢夜眠有梦，为梦所惊，短短地叫了一声，翻个身，又睡去了。

最最鲜明的是醒在树上的一大簇一大簇的凤凰花。这是南台湾的五月，凤凰的美丽到了峰顶，似乎有人开了染坊，就那样把整座山染红了，即使在灰蒙的清晨的寂静里，凤凰花的色泽也是非常雄辩的。它不是纯红，但比纯红更明亮，也不是橙色，却比橙色更艳丽。比起沉默站立的菩提树，在宁静中的凤凰花是吵闹的，好像在山上开了花市。

说菩提树沉默也不尽然。经过了寒冷的冬季，菩提树的叶子已经落尽，仅剩下一株株枯枝守候春天，在冥暗中看那些枯枝，格外有一种坚强不屈的姿势，有一些生发得早的，则从头到脚怒放着嫩芽，翠绿、透明、光滑、纯净，桃形叶片上的脉络在黑暗凝视中，片片了了分明。我想到，这样平凡单纯的树竟是佛陀当年成道的地方，自已就在沉默的树与精进的芽中深深地感动着。

这时，在寺庙的角落中响动了木板的啪啪声，那是醒板，庄严、沉重地唤醒寺中的师傅。醒板的声音其实是极轻极轻的，一般凡夫在沉睡的时候不可能听见，但出家人身心清净，不要说是醒板，怕是一根树枝落地也是历历可闻的吧！

醒板拍过，天空逐渐有了清明的颜色，但仍是没有声息的，燕子的声音开始多起来，也像是被醒板叫醒，准备着一起做早课了。

然后钟声响了。

佛寺里的钟声悠远绵长，犹如可穿山越岭一般。它深深地渗入人心，带来了一种惊醒与沉静的力量。钟声敲了几下，我算到一半就糊涂了，只知道它先是沉重缓慢的咚嗡咚嗡咚嗡之声，接着是一段较快的节奏，嗡声灭去，仅剩咚咚的急响，最后又回到了明亮轻柔的钟声，在山中余韵袅袅。

听着这佛钟，想起朋友送我们一卷见如法师唱念的《叩偈》，那钟的节奏是单纯缓慢的，但我第一次在静夜里听叩钟偈，险些落下泪来，人好像被甘露遍洒，初闻天籁，想到人间能有几回听这样美的声音，如何不为之动容呢？

晨钟自与叩钟偈不同。后来有师傅告诉我，晨昏的大钟共敲一百零八下，因为一百零八下正是一岁的意思。一年有十二个月，有二十四个节气，有七十二候，加起来正合一百零八，就是要人岁岁年年日日时时都要惊醒如钟。但是另一个法师说一百零八是在断一百零八种烦恼，钟声有它不可思议的力量。到底何者为是，我也不能明白，只知道听那钟声有一种感觉，像是一条飘满了落叶尘埃的山径，突然被钟声清扫，使人有勇气有精神爬到更高的地方，去看更远的风景。

钟声还在空气中震荡的时候，鼓响起来了。这时我正好走到“大悲殿”的前面。看到逐渐光明的鼓楼里站着一位比丘尼，身材并不高大，与她前面的鼓几乎不成比例，但她所击的鼓竟完整地包围了我的思维，甚至包围了整个空间。她细致的手掌，紧握鼓槌，充满了自信，鼓槌在鼓上飞舞游走，姿势极为优美，或缓或急，或如迅雷，或如飙风……

我站在通往大悲殿的台阶上看那小小的身影击鼓，不禁痴了。那鼓，密时如雨，不能穿指；缓时如波涛，汹涌不绝；猛时若海啸，标高数丈；轻时若微风，拂面轻柔；她急切的时候，好像声声唤着迷路归家的母亲的喊声；它优雅的时候，自在得一如天空飘过的澄明的云，但好像不是人间，是来自天上或来自地心，或者来自更邈远之处。

鼓声歇止有一会儿，我才从沉醉的地方被唤醒。这时《维摩经》的一段经文突然闪照着我，文殊师利菩萨问维摩诘居士："何等是菩萨入不二法门？"当场的五千个菩萨都寂静等待维摩诘的回答，维摩诘怎么回答呢？他默不发一语，过了一会儿，文殊师利菩萨赞叹地说："善哉、善哉！乃至无有文字、语言，是真入不二法门。"

后来有法师说起维摩诘的这一沉默，忍不住赞叹地说："维摩诘的一默，有如响雷。"诚然，当我听完佛鼓的那一段沉默里，几乎体会到了维摩诘沉默一如响雷的境界了。

往昔在台北听到日本"神鼓童"的表演时，我以为人间的鼓无有过于此者，真是神鼓！直到听闻佛鼓，才知道有更高的世界，神鼓童是好，但气喘咻咻，不比佛鼓的气定神闲；神鼓童是苦练出来的，表达了人力的高峰，佛鼓则好像本来就在那里，打鼓的比丘尼不是明星，只是单纯的行者；神鼓童是艺术，为表演而鼓，佛鼓是降伏魔邪，度人出生死海，减少一切恶道之苦，为悲智行愿而鼓，因此妙响云集，不可思议。

最最重要的是，神鼓童讲境界，既讲境界就有个限度；佛是不讲境界的，因而佛鼓无边，不只醒人于迷，连鬼神也为之动容。

佛鼓敲完，早课才正式开始，我在台阶上坐下来，听着大悲殿里的经声，静静地注视那面大鼓，静静地，只是静静地注视那面鼓，刚刚响过的鼓声又如潮汹涌而来。

殿里的燕子也如潮在面前穿梭细语，配着那鼓声。

大悲殿的燕子

配着那鼓声，殿里的燕子也如潮地在面前穿梭细语。

我说如潮，是形影不断，音声不断的意思。大悲殿一路下来到女子佛学院的走廊、教室，密密麻麻的全是燕子的窝巢，每走一步抬头，就有一两个燕窝，有一些甚至完全包住了天花板上的吊灯，包到开灯而不见光。但是出家人慈悲为怀，全宝爱着燕子，在生命面前，灯算什么呢?

我仔细地看那燕窝，发现燕窝是泥塑的长形居所，它隆起的形状，很像旧时乡居土鼠的地穴，看起来是相当牢靠的。每一个燕窝住了不少燕子，你看到一个钻出来，一展翅，一只燕子飞远了，接着另一只钻出头来，一个窝总住着六七只燕，是不小的家庭了。

几乎是在佛鼓敲响的同时，燕子开始倾巢而出。于是天空上同时有了一两百只燕子在叨啾，穿梭如网，那一大群燕子，玄黑色的背，乳白色的腹，剪刀一样的翅膀和尾羽，在早晨刚亮的天空下有一种非凡的美丽。也有一部分熟练地从大悲殿的窗户里飞进飞出地戏耍，于是在庄严的诵经声中，有一两句是轻嫩的燕子的呢喃，显得格外地活泼起来。

燕子回巢时也是一奇，俯冲进入屋檐时并未减缓速度，几乎是在窝前紧急刹车，然后精确地钻进窝里，看起来饶有兴味。

大悲殿里燕子的数目，或者燕子的年龄，师傅也并不知。有一位师傅说得好，她说:“你不问，我还以为它们一直是住这里的，好像也不曾把它们当燕子，而是当成邻居。你不要小看了这些燕子，它们都会听经的，每天早晚课，燕子总是准时地飞出来，天空全是燕子。平常，就稀稀疏疏了。”

至于如何集结这样多的燕子，师傅都说，佛寺的庄严清净悲喜舍是有情生命全能感知的。这是人间最安全之地，所以大悲殿里还有不知哪里跑来的狗，经常蹲踞在殿前，殿侧的大湖开满红白莲花，湖中有不可胜数的游鱼，据说听到经声时会到水面来。

过去深山丛林寺院，时常发生老虎、狐狸伏在殿下听经的事。听说过一个动人的故事，有一回一个法师诵经，七八只老虎跑来听，听到一半有一只打瞌睡，法师走过去拍拍它的脸颊说：“听经的时候不要睡着了。”

我们无缘见老虎闻法，但有缘看到燕子礼佛、游鱼出听，不是一样动人吗？

木鱼之眼

众生如此，人何不能时时警醒？

谈到警醒，在大雄宝殿、大智殿、大悲殿都有巨大的木鱼，摆在佛案的左侧，它巨大厚重，一人不能举动，诵经时木鱼声穿插其间。我常觉得在法器里，木鱼是比较沉着的，单调的，不像钟鼓磬钹那样清明动人，但为什么木鱼那么重要？关键全在它的眼睛。

佛寺里的木鱼有两种，一种是整条挺直的鱼，与一般鱼没什么两样，挂在库堂，用粥饭时击之；另一种是圆形的鱼，连鱼鳞也是圆形，放在佛案，诵经时叩之；这两种不同形的鱼有一个共同的特征，就是眼睛奇大，与身体不成比例，有的木鱼，鱼眼大如拳头。我不能明白为何鱼有这么大的眼睛，或者为什么是木鱼，而不是木虎、木狗，或木鸟？问了寺里的法师。

法师说：“鱼是永远不闭眼睛的，昼夜常醒，用木鱼做法器是为了惊醒那些昏惰的人，尤其是叫修行的人志心于道，昼夜常醒。”

这下总算明白了木鱼的巨眼，但是那么长的时间做些什么，总不能像鱼一样游来游去吧！

法师笑了起来：“昼夜常醒就是行住坐卧不忘修行，行法则不外六波罗蜜，一布施，二持戒，三忍辱，四精进，五禅定，六智慧，这些做起来，不要说昼夜常醒时间不够，可能五百世也不够用。”

木鱼是为了警醒，假如一个人常自警醒，木鱼就没有用处了。我常常想，浩如瀚海的佛教经典，其实是在讲心灵的种种尘埃和种种磨洗的方法，它只有一个目的，就是恢复人的本心里明澈朗照的功能，磨洗成一面镜子，使对人生宇宙的真理能了了分明。

磨洗不能只有方法，也要工具。现在寺院里的佛像、舍利子、钟鼓鱼罄、香花幢幡，无知的人目为迷信的东西，却正是磨洗心灵的工具，如果心灵完全清明，佛像也可以不要了，何况是木鱼？

木鱼作为磨洗心灵的工具是极有典型意义的，它用永不睡眠的眼睛告诉我们，修行是没有止境的，心灵的磨洗也不能休息；住在清净寺院里的师傅，昼夜在清洁自己的内心世界，居住在五浊尘世的我们，不是更应该磨洗自己的心吗？

因此我们不应忘了木鱼，以及木鱼的巨眼。

以木鱼为例，在佛寺里，凡人也常有能体会的智慧。

低头看得破

在佛寺里，凡人也常有能体会的智慧。

我在寺里看到比丘尼和比丘尼穿的鞋子，就不时地纳闷起来，那鞋其实是不实用的。

一只僧鞋前后一共有六个破洞，那不是为了美观，似乎也不是为了凉爽。因为，假如是为了凉爽，大部分的出家人穿鞋，里面都穿了厚的布袜，何况一到了冬天就难以保暖。假如是为了美观，也不然，一来出家只求洁净，不讲美观；二来僧鞋的黑、灰、土三色都不是顶美的颜色。

有了，大概是为了省布，节俭守戒是出家人的本分。

也不是，因为僧鞋虽有六洞，制作上的布料和连着的布是一样的，而且反而费工。

那么，到底是为什么，僧鞋要破六个洞呢？

我遇到了一位法师，光是一只僧鞋的道理，他说了一个下午。

他说，僧鞋的破六个洞是要出家人“低头看得破”。低头是虔诚有礼，看得破是要看破眼耳鼻舌身意六根，是要看破色声香味触法六尘，以及参破六道轮回，看破贪嗔痴慢疑邪见六大烦恼。甚至也要看破人生的短暂，人身的渺小。

从积极的意义来说，这六个破洞是“六法戒”，就是不淫、不盗、不杀、不妄语、不饮酒、不非时食；是“六正行”，就是读诵、观察、礼拜、称名、赞叹、供养；以及是“六波罗蜜”：布施、持戒、忍辱、精进、禅定、智慧……

小小一只僧鞋就是天地无边广大了，让我们不得不佩服出家人。出家人不穿皮制品，因为非杀生不足以取皮革，出家人也不穿丝制品，因为一双丝鞋，可能需要牺牲一千条蚕的性命呢！就是穿棉布鞋，规矩不少，智慧无量。

最后我请了一双僧鞋回家，穿的时候我总是想，要低得下头，要看得破！

卷　帘

有一次我买回一卷印刷的长江万里图长卷，它小得不能再小，比一支狼毫小楷还短，比一碇漱金好墨还细，可以用一只手盈握，甚至把它放在牛仔裤的口袋里，走着也感觉不到它的重量。

中夜时分，我把那小小的图卷打开，一条万里的长江倾泻而出，往东浩浩流去，仿佛没有尽头。里面有江水、有人家、有花树、有亭台楼阁，全是那样浩大，人走在其中，还比不上长江水里一粒小小的泡沫。

那长江，在图面里是细小精致的，但在想象中却巨大无比。那长江，流过了多少世代、多少里程，流过多少旅人的欢欣与哀愁呢？想着长江的时候，我的心情不一定要拥有长江，也不要真的穿过三峡与赤壁，只要那样小而精致的一卷图册来包容心情，也就够了。

读倦的时候，把长江万里图双手卷起，放在书桌上的笔筒里，长江的美就好像全收在竹做的笔筒里。即使我的心情还在前一刻的长江奔流，也不免想到长江只是一握，乡愁，有时也是那样一握，情爱与生命的过往也是如此。它摊开来长到无边无际，卷起时盈盈一握，再复杂的心情刹那间凝结成一粒透明的金刚钻，四面放光。

那种感觉真是美，好像是钓鱼的人意不在鱼，而在万顷波涛，唐朝的船子和尚《颂钓者》诗写过这种心情：

千尺丝纶直下垂，一波才动万波随。

夜静水寒鱼不食，满船空载月明归。

钓鱼的人意不在鱼，看图的人神不限于图，独坐的人趣不拘于独坐，正足以一波动万波，达到更高的境界。

同样的读屈原《离骚》，清朝诗人吴藻却读出“一卷离骚一卷经，十年心事十年灯”；同样看芦苇，王国维却看出“人生只似风前絮，欢也零星，悲也零星，都作连江点点萍”；同样诵梅花，黄庭坚却诵出“坐对真成被花恼，出门一笑大江横”；同样是夜眠有梦，欧阳修却梦到“夜凉吹笛千山月，路暗迷人千种花；棋罢不知人换世，酒阑无奈客思家”……同样是面对小小的景物，人却往往能超想于物外，不为景物所限。

这种卷帘望窗的心情几乎是无以形容的，像是“平芜尽处是春山，行人更在春山外”、是“佳句奚囊盛不住，满山风雨送人看”。秦观的几句词说得最好:“无端天与娉婷，夜月一帘幽梦，春风十里柔情。”

帘与窗是不同的，正如卷起来的图画与装了画框的画不同。因为帘不管是卷起或放下，它总与外界的想象世界互通着呼吸，有时在黑夜不能视物，还能感受到微风轻轻地抚触，夜之凉意也透过帘的空隙在周边围绕。因为卷起来的画不像画框一览无遗，它里面有惊喜与感叹，打开的时候想象可以驰骋，卷收的时候仿佛拥有了无限的空间在自己掌中。

我从小就特别知觉那种卷藏的魅力，每看到长辈有收藏中国书画，总是希望能探知究竟。每天最喜欢的时刻，就是清晨母亲来把我们窗口的帘子卷起，阳光就像约定好的，在刹那间扑满整个房间，即使我们的屋子非常简陋，那一刻都能感觉到充分的光明和温暖。

父亲有一幅达摩一苇渡江的图画，画上没有署名，只是普通民间艺匠的作品，却也能感觉到江面在无限延伸。那达摩须发飞扬地站在一株细瘦几不可辨的苇草上，江水滔滔，达摩不动如山，两只巨眼凝视着东方湛然的海天，他的衣袂飘然若一片水叶，他的身姿又稳然如一尊大山。

父亲极宝爱那幅画，平时挂在佛堂的右侧，佛堂是庄严神圣之地，我们只能远远看着达摩，不敢乱动。我十六岁时我们搬家，父亲把达摩卷成一卷，交我带到新家。

把达摩画像夹在腋下，在田埂上走的时候，我好像可以在肌肤上，感觉达摩的须发与巨眼，以及滚动的江水，顿时心中涌上一片温热，仿佛那田埂是一苇，两边随风舞动的稻子是江浪渺渺，整个人都飘飘然起来。

当时的达摩不是佛堂里神圣不可冒犯了，而和凡人一样有脉搏的跳动，令我感动不已。听说达摩祖师的东来之意，是要寻找一个“不受人惑”的人，“不受人惑”的理想标杆，原像一苇那么细弱，但把达摩收卷在腋下时，我觉得再细弱的苇草，也可以度人走过汩汩流波，“不受人惑”也就变得坚强，是凡人可以触及的。

我把达摩挂在新家的佛堂时，画幅由上往下开展，江水倾泻，达摩的巨眼在摊开的墙壁上，有如电光激射，是我以前都不能感受到的。如今一收一放，感觉之不同竟有至于斯，达到不可想象的境界。

在我们故乡附近，有一座客家村，村里千百年来，流传着一种风俗，就是新婚夫妻的新房门前，一定要挂一幅细竹编成的竹门帘；站在远处看三合院，如果其中有竹门帘，真像是挂在客厅里的中堂；它不像一般门帘是两边对分，而是上下卷起，富有古趣，想是客家的古制之一。

送给新婚夫妻的门帘上，有时绘着两株花朵，鲜艳欲滴地纠缠在一起；有时绘着一双龙凤，腾空飞翔互相温柔地对着；最普通的是绘着两只鸳鸯，悠然地、不知前方风雨地，从荷塘上相依飘过。

客家竹门帘的风俗，不知因何而起，不知传世多久，但它总给我一种遗世之美。每当我们送进一对新人放下门帘的时候，两只色彩斑斓的鸳鸯活了起来，在荷塘微风的扬动中，游过来，又追逐过去。纵令天色已暗，它们也无视外面忽明忽灭的星光。

新婚时的竹门帘，让人想到情感再折磨，也有永世的期待。

后来我常爱到客家村，有时不为什么，只为了在微风初起的黄昏去散步时，看看每家的竹门帘。偶尔看到人家门口多添了一张新门帘，就知道有一对新夫妻，正为未来的幸福做新的笺注和眉批。但是大部分人家的竹门帘，都在岁月的洗涤中褪色了，有的甚至破烂不堪，卷起时零零落落，像随时要支离。仔细地看，纠缠的花折断了，龙凤分飞了，鸳鸯有的折伴有的失侣，有的苍然浑噩不能辨识它旧日的模样。

原来，大部分夫妻婚后就一直挂着新婚的门帘，数十年不曾更换，时间一久，竟是失了形状、褪了色泽。我触摸着一只断足的鸳鸯，心中感怀无限：不知道那些老夫妇掀开门帘，走进他们不再鲜艳的门帘时，是一种什么心情。我知道的是，人世的情爱，少有能永远如新地穿过岁月的河流，往往是岁月走过，情爱也在其中流远，远到不能记忆青衫，远到静海无波。而情爱与岁月共同前行的步迹，正在竹门帘上显现出来。

有时候朋友结婚，我也会找一卷颜色最鲜、形式最缠绵的竹门帘送他们，并且告以这是客家旧俗中最美的一种传统，就看见两朵灿然的微笑，自他们的容颜升起。然而走在回家的路上，我却不敢想起客家村落常见的景象：那剥落的景象正如无星的黑夜，看不见一点光。

我知道情感可以如斯卷起，但门帘即使如新，也无以保存过去的感情，只好把它卷在心中最深沉的角落。就像卷得起长江万里图，心中挂着长江；卷得起一苇渡江，但江面辽阔，遥不可渡。

卷着的帘、卷着的画，全是谜一般的美丽。每一次展开，总有庄穆之心，不知其中是缠绵细致的情感，或是壮怀慷慨的豪情；也不知里面是江南的水势、江北的风寒，或是更远的关外的万里狂沙。唯一肯定的是，不管卷藏的内容是什么，总会或多或少触动心灵的玄机。

诗人韦庄有一阕常被遗忘的好词，正是写这种玄机被触动的心情：

春雨足，
染就一溪新绿。
柳外飞来双羽玉，
弄晴相对浴。

楼外翠帘高轴，
倚遍阑干几曲。
云淡，水平，烟树簇，
寸心千里目。

前半段写的是一双白羽毛的鸟在新绿的溪中相对而浴，是鸳鸯竹帘的心情；后半段写的是翠帘高卷的栏杆上目见的美景，寸心飞越千里，是长江万里图的家国心情。读韦庄此词，念及他壮年经黄巢之祸的乱离，三十年家国和千百里河山在一念之间，跌宕汹涌而出。而且我们不要忘记，他卷起的楼外，不只是一幅幅的图画，也是一层层的心情——有时多感不一定要落泪，光看一张帘卷西风的图像，就能使人椎心。

我有一幅水印的王维《山阴图卷》，买来的时候久久不忍打开，一夜饮中微醉，缓缓展开那幅画。先看到左方从山石划出来的一苇小舟，坐着一位清须飘飘的老者泛舟垂钓，然后是远处小洲上几株迎风的小树，近景是一棵大树悠然垂落藤蔓。画的右边是三个人，两位老者促膝长谈，一位青年独对江水两眼平视远方……最右侧是几株乱树，图卷在乱树中戛然而止。

泛舟老叟钓到鱼了没有？我不知道。

两位老者在谈些什么？我也不知道。

那位青年面对江水究竟在独思什么？我更全然不知。

《山阴图卷》本来是一幅澹远优雅的古董，是我们壮怀的盛唐里生活平静的写照。可是由于我的全然不知，读那幅画时竟有些难以排遣的幽苦，幻化在那江边，我正是那独坐的青年，一坐就坐到盛唐的图画里去。等酒醒后，才发现盛唐以及其后的诸种岁月已流到乱树的背后，不可捉摸了。

我想过，如果那幅画是平裱在玻璃框里，我绝对不会有那时的心情，因为那青年的图像，在画里构图的地位非常之小，小到难以一眼望见；只有图卷慢慢张开的时候，才能集中精神，坐进一个难以测知的想象世界。

有一年，是在风雨的夜里吧！我在鼻头角的海边看海潮，被海上突来的寒雨所困，就机缘地夜宿灯塔。灯塔最是平凡的海边景致，最多只能赢得过路时一声美的赞歌。

夜宿的心情却不同。头上的强光一束，亮然射出，穿透雨网，明澈慑人。塔的顶端窗门竟有竹帘，我细心地卷了帘，看到天风海雨围绕周边，海浪激射一起一落，在夜雨的空茫里，渔火点点，有的面向强光驶进港内，有的依着光飘向渺不可知的远方。

那竹帘是质朴的原色，历经不知多少岁月还坚固如昔。竹帘不比灯塔，能指引海上漂泊的人，但它能让人的想象不可遏制还胜过灯塔。

我知道那是台湾的最北角，最北最北一张竹帘。那么，仿佛一卷帘，就能望见北方的家乡。

家乡远在千山外，用帘、用画都可以卷，可以盈握，可以置于怀袖之中。卷起来是寸心，摊开来是千里目，寸心与千里，有一角明亮的交叠，不论走到哪里，都是浮天沧海远，万里眼中明。

在鼻头角卷帘看海那一夜，我甚至看见有四句诗从海面上浮起，并听到它随海浪击打着岩岸，那四句诗是于右任的《壬子元日》：

不信青春唤不回，
不容青史尽成灰。
低回海上成功宴，
万里江山酒一杯。

小千世界

安迪台风来访时，我正在朋友的书斋闲谈，狂乱喧嚣的风雨声不时透窗而来，一盏细小的灯花烛火在风中微明微灭，但是屋外的风雨愈大，我愈感觉得朋友书房的幽静，并且微透出书的香气。

我常想，在茫茫的大千世界里，每一个人都应该保有一个自己的小千世界，这小千世界是可以思考、神游、欢娱、忧伤，甚至忏悔的地方，应该完全不受到干扰，如此，作为独立的人才有意义。因为有了小千世界，当大千世界风雨如晦、鸡鸣不已之际，我们可以用清明的心灵来观照；当举世狂欢、众乐成城之时，我们能够超然地自省；当在外界受到挫折时，回到这个心灵的城堡，我们可以在里面得到安慰；心灵的伤口复原，然后做一次比以前更好的出发。

这个“小千世界”最好的地方无疑是书房，因为大部分人的书房里都收藏了无数伟大的心灵，随时能来和我们会面，我们分享了那些光耀的创造，而我们的秘密还得以独享。我认为每个人居住过的地方都能表现他的性格，尤其是书房，因为书房是一个人最亲密的地点，也是一个人灵魂的写照。

我每天大概总有数小时的时间在书房里，有时读书写作，大部分的时间是什么也不做，一个人静静地让想象力飞奔，有时想想一首背诵过的诗，有时回到童年家前的小河流，有时品味着一位朋友自远地带来给我的一瓶好酒，有时透过纱窗望着遥远的点点星光想自己的前生，几乎到了无所不想的地步，那种感应仿佛在梦中一样。

有一次，我坐在书桌前，看到书房的字纸篓已经满了出来，有许多是我写坏了的稿纸，有的是我已经使用过的笔记，全被揉皱丢在字纸篓里，而到后来我已经完全忘记了内容，我要去倒字纸篓的时候灵机一动，把那些我已经舍弃的纸一张张拿起来，铺平放在桌上，然后我便看见了自己一段生活的重现，有的甚至还记载着我心里最深处的一些秘密，让自己看了都要脸红的一些想法。

后来我体会到“敬惜字纸”的好处，丢掉了字纸篓，也改正了从前乱丢字纸的习惯。书房的字纸篓都藏有这么大的玄机，缘着书架而上的世界，可见有多么的海阔天空了。

安迪台风来访那一夜，我在朋友家聊天到深夜才回到家里，没想到我的书房里竟进了水，那些还夹着残破树叶的污水足足有半尺高，我书架最下层的书在一夜之间全部泡汤，一看到抢救不及，心里紧紧地冒上来一阵纠结的刺痛，马上想到一位长辈：远在加州的许芥昱教授，他的居处淹水，妻儿全跑出了屋外，他为了抢救地下室的书籍资料，迟迟不出，直到儿子在大门口一再催促，他才从屋里走来，就在这时，他连人带房子及刚抢救的书籍资料一起被冲下山去，尸体发现在数十英里的郊野。

许芥昱生前好友甚多，我在美国旅游的时候，听到郑愁予、邓清茂、白先勇、于崇信、金恒炜都谈过他死的情形，大家言下都不免有些怅然。一位名震国际的汉学家，诗书满腹，却为了抢救地下室的书籍资料而客死异域，也确要叫人长叹；但是我后来一想，假如许芥昱逃出了屋外，眼见自己的数十年心血、自己最钟爱的书房被洪水冲走，那么他的心情又是何等的哀伤呢？这样想时也就稍微能够释然。

我看到书房遭水淹的心情是十分哀伤的，因为在书架的最底层，是我少年时期阅读的一批书，它虽然随着岁月褪色了，大部分我也阅读得熟烂了，然而它们曾经伴随我度过年少的时光，有许多书一直到今天还深深地影响着我；不管我搬家到哪里，总是带着这批我少年时代的书，不忍丢弃，闲时翻阅也颇能使我追想到过去那一段意气风发的日子，对现在的我仍存在着激励自省的作用。

这些被水淹的书中，最早的一本是一九五八年大众书局出版吕津惠翻译的《少年维特的烦恼》，是我的大姊花五元买的，一个个看下来，如今传在我的手中，我是在初中一年级读这本书的。

随手拾起一些湿淋淋的书，有史怀哲的《非洲手记》、英格玛·柏格曼的《野草莓》、安德烈·纪德的《刚果记行》、阿德勒的《自卑与生活》、叔本华的《爱与生的苦恼》、田纳西·威廉的《青春之鸟》、赫胥黎的《瞬息的烛火》、沙林杰的《麦田捕手》、梅立克和普希金的小说，以及艾斯本的遗稿，总共竟有五百余册的损失。

对一个爱书的人，书的受损就像农人的田地被水淹没一样，那种心情不仅是物质的损失，而是岁月与心情的伤痕。我蹲在书房里看劫后的书，突然想起年少时展读这些书册的情景，书原来也是有情的，我们可以随时在书店里购回同样内容的新书，但书的心情是永远也买不回来了。

“小千世界”是每个“小小的大千”，种种的纪录好像在心里烙下了血的刺青，是风雨也不能磨灭的；但是在风雨里把钟爱的书籍抛弃，我竟也有了黛玉葬花的心情，一朵花和一本书一样，它们有自己的心，只是作为俗人的我们，有时候不能体会罢了。

我似昔人，不是昔人

1

憨山大师有一年冬天读《肇论》，对里面僧肇大师谈到的“旋岚偃岳而常静，江河竞注而不流”感到十分疑惑，心思惘然。

又读到书里的一段：有一位梵志从幼年出家，一直到白发苍苍才回到家乡，邻居问梵志说：“昔人犹在耶？”梵志说：“吾似昔人，非昔人也。”憨山豁然了悟，说：“信乎！诸法本无去来也！”

然后，他走下禅床礼佛，悟到无起动之相，揭开竹帘，站立在台阶上，忽然看见大风吹动庭院里的树，飞叶满空，却了无动相，他感慨地说：“这就是旋岚偃岳而常静呀！”又看到河中流水，了无流相，说：“此江河竞注而不流呀！”于是，去来生死的疑惑，从这时候起完全像冰雪融化一样，随手作了一首偈：

死生昼夜，水流花谢。

今日乃知，鼻孔向下。

2

我每一次想到憨山大师传记里的这一段，都会感动不已，它似乎在冥冥中解释了时空岁月的答案。

表面上看，山上的旋岚、飘叶、云飞，是非常热闹的，但是山的本身却是那么安静——河中的水奔流不停，但是河的本质并没有什么改变。人的生死，宇宙的昼夜，水的奔流，花果的飘零，都像是这样，是自然的进程罢了。

这就是为什么梵志白发回乡，对邻居说："我像是从前的梵志，却已经不是以前的梵志了。"

岁月在我们的身上，毫不留情地写下刻痕，在每一次揽镜自照的时候，都会慨然发现，我们的脸容苍老了，我们的白发增生了，我们的身材改变了，于是，不免要自问："这是我吗？"

这就是从前那一位才华洋溢、青春飞扬、对人世与未来充满热切追求的我吗？

这是我，因为每一步改变的历程，我都如实地经验，还记得自己的十岁、二十岁、三十岁，一步一步地变迁。

这也不是我，因为不论外貌、思想、语言都已经完全改变了。如果遇到三十年前的旧友，他可能完全不认得我，或许，我如果在街上遇见十几岁时的自己，也会茫然地错身而过。

时空与我，在生命的历程上起着无限的变化，使我感到惘然。

那关于我的，到底是我呢？不是我吗？

3

有一次返乡，在我就读过的旗山小学大礼堂演讲，我的两个母校，旗山小学、旗山初中都派了学生来献花，说我是杰出的校友。

演讲完后，遇到了我的一些小学中学的老师，简直不敢与他们相认，因为他们都老得不是原来的样子，当时我就想，他们一定也有同样的感慨吧！没想到从前那个从来不穿鞋上学的毛孩子，现在已经步入中年了。

一位二十年没见的小学同学来看我，紧紧握着我的手说："二十年没见，想不到你变得这么老了！"——他讲的是实话，我们是两面镜子，他看见我的老去，我也看到了他的白发，其中最荒谬的是，我们都确信眼前这完全改变的同学，是"昔人"，也自信自己还是从前的我。

一位小学老师说："没想到你变得这么会演讲呢！"

我想到，小时候我就很会演讲，只是普通话不标准，因此永远没有机会站上讲台，不断挫折与压抑的结果，使我变得忧郁，每次上台说话就自卑得不得了，甚至脸红心跳说不出话来。

连我自己都不能想象，二十几年之后，我每年要做一百多次的大型演讲，当然，我的老师更不能想象的。

我不只是外貌彻底地改变了，性格、思想也不再是从前的自己。

但是，属于童年的我，却是旋岚偃岳、江河竞注，那样清晰、充满了动感。

4

今年过年的时候，在家里一张被弃置多年的书桌里，找到了我在童年、少年时代的一些照片，黑白的、泛着岁月的黄渍。

我坐在书桌前专注地寻索着那些早已在岁月之流中逝去的自己，瘦小、苍白，常常仰天看着远方。

那时在乡下的我们，一面在学校读书，一面帮忙家里的农事，对未来都有着茫然之感，只知道长大一定要到远方去奋斗，渴望有衣锦还乡的一天。

有一张照片后面，我写着：

男儿立志出乡关，
学业无成誓不还。

那是初中三年级，后来我到台南读高中，大学考了好几次，有一段时间甚至灰心丧志，觉得天下之大，竟没有自己容身的地方。想到自己十五岁就离家了，少年迷茫，不知何往。

还有一张是高中一年级的，背后竟早熟地写着：

我是谁？
我从哪里来？
要往哪里去？
在人群里，谁认识我呢？

我看着那些照片，试图回到当时的情境，但情境已渺，不复可追。如果我不写说明，拿给不认识从前的我的朋友看，他们一定不能在人群里认出我来。

坐在地板上看那些照片，竟看到了黄昏了，直到母亲跑上来说：“你在干什么呢？叫好几次吃晚饭，都没听见。”我说在看从前的照片。

“看从前的照片就会饱吗？”母亲说：“快！下来吃晚饭。”

我醒过来，顺随母亲下楼吃晚饭。母亲说得对，这一顿晚饭比从前的照片重要得多。

5

这二十年来，我写了五十几本书，由于工作忙碌，很少回乡，哥哥姊姊竟都是在书里与我相见。

有一次，姊姊和我讨论书中的情节，说：“你真的经历这些事吗？”

“是的。”我说。

“真想不到，我的同事都问我，你写的那些是不是真的，我说我也不知道呀！因为我的弟弟十五岁就离家了。”

有时候，我出国也没有通知家里的人。那时在台湾的时报当主编，时常到国外去出差，几乎走遍了半个地球。亲戚朋友偶尔会问：

“这写埃及的，是真的吗？”

“这写意大利的，是真的吗？”

我的脸上并没有写过我到过的国家，我的眼里也无法映现生命那些私密经验的历程，因此，到后来连我自己也会问自己：“这些都是真的吗？”

如果是假的，为什么如此真实？

如果是真的，现在又在何处呢？

生命的经验没有一段是真的，也没有一段是假的，回想起来，真的是如梦似幻，假的又是刻骨铭心，在走过了以后，真假只是一种认定呀！

6

有时候，不肯承认自己四十几岁了，但现在的辈分又使我尴尬。

早就有人叫我“叔公”“舅公”“姨丈公”“姑丈公”了，一到做了公字辈，不认老也不行。

我是怎么突然就到了四十岁呢?

不是突然！生命的成长虽然有阶段性，每天却都是相连的，去日、今日与来日，是在喝茶、吃饭、睡觉之间流逝的，在流逝的时候并不特别警觉，但是每一个五年、十年就仿佛是河流特别湍急，不免有所醒觉。

看着两岸的人、风景，如同无声的黑白默片，一格一格地显影、定影，终至灰白、消失。

无常之感在这时就格外惊心，缘起缘灭在沉默中，有如响雷。

生命会不会再有一个四十年呢？如果有，我能为下半段的生命奉献什么?

由于流逝的岁月，似我非我；未来的日子，也似我非我，只有善待每一个今朝，尽其在我的珍惜每一个因缘，并且深化、转化、净化自己的生命。

7

憨山大师觉悟到“旋岚偃岳而常静，江河竞注而不流”的时候，是二十九岁。想来惭愧，二十九岁的时候我在报馆里当主笔，旋岚乱动，江河散流，竟完全没有过觉悟的念头。

现在懂了一点点佛法、体验一些些无常、观照一丝丝缘起，才知道要做一个不受人惑的人是多么艰难。幸好，选到了一双叫“菩萨道”的鞋子，对路上的荆棘、坑洞，也能坦然微笑地迈步了。

记得胡适先生在四十岁时，曾在照片上自题“做了过河卒子，只好拼命向前”，我把它改动一下儿“看见彼岸消息，继续拼命向前”，来作为自己四十岁的自勉。

但愿所有的朋友，也能一起前行，在生命的流逝、在因缘的变迁中，都能无畏，做不受人惑的人。

心的丝路

把车窗拉开，关渡平原的风带着春天的凉意，吹进车子里，我把眼睛闭上，感觉着风的温度与速度，在车厢里流荡的风，使我仿佛穿过了时空，回到了牛仔裤与白球鞋的少年时代。

这是北淡线由台北开往淡水的小火车，在梅雨季节的午后，乘客非常稀少，并且所有的人都很沉默，在安静中，我们就更清楚地听见火车响动的声音，我这时的心情有如火车的声音，带着无意识而规律的节奏。想起这条铁路不久就要停驶，使我的心犹如天空飘飞的雨丝，有一点儿濡湿、一点儿忧伤。

通向另一个文明的远方

不知道为什么看见报纸上说北淡线火车要停驶时，使我有点儿失落的怅惘，好像即将要失去一些永远要不回来的宝物。原因是，这一条铁路曾经盛载了我年轻时代的一些心情，以及我对文学秘密向往的心事。我把北淡线的火车当成是我心里的丝路，它通向另一个文明的远方。

十七年前，我从乡下的农田来到这个都市，虽然都市里热闹的环境是我自小就向往的世界，但在黑夜的街头我走在霓虹灯闪烁的夹缝里，与冷漠而陌生的人群擦肩，我总感到异常的茫然，然后我就会思念起我的家乡，南台湾耀眼的绿、炙热的阳光、累累的香蕉树，以及流汗的播种、收割的欢呼，这些，使我感受到自己是这个城市里孤寂的人，好像自己的心在人河中四处流窜，找不到一个安住的定点。

在表面热闹的城市里，有许多人像孤魂一样地活着，我正是其中之一，我们走在百货公司光洁的橱窗之前，会看见自己的脸模糊地映照着；我们回到住处，把音响的声音开得极大，却发现在音乐停顿的刹那间，寂寞充塞在其间。

我少年时代刚到台北那一段时间，真是活在无边孤寂的世界，爱情、友谊、学校的活动似乎都不能触及我隐秘而孤寂的那一个角落，我觉得在同学间流行着的爬山、郊游、舞会、烤肉、露营都是俗气而虚浮，自己似乎应该站在更高的位置。如果用别人的话说，我少年时代是很“傲气”的，但是我不确知，我的傲气是来自自恃天才、自负，或者心灵的孤寂。

要如何纾解自己孤寂的心呢？我把大部分时间用来做创作的工作，在我的小房间里，我时常写作、画画到天亮，假日的时候，我就跑到街市中去拍照，捕捉人的表情；自己存钱买十六厘米的胶卷去拍实验电影，把无声的电影打在白色的墙壁，自己坐在地板上看得脸孔因兴奋而发热；把吃饭的钱存下来，买台北中山纪念馆最后一排的位子看表演、听音乐会。

找心灵孤寂的出路

与其说是我在找创作的出路，还不如说是我在找心灵孤寂的出路，我从前最常去的两个地方，一个是台湾的故宫博物院，我时常带着两个馒头一壶水进去，看看祖先为我们创造的文明，早上开门时进去，出来时就已经黄昏了。一个是台湾的历史博物馆，在边厢里叫一杯清茶，看着满地的荷花摊开稿纸写作，一直写到博物馆打烊，然后我就一个人忧愁地在植物园漫步，看着高大的树木下与我一样孤单的植物的名牌。

后来有一次到淡水去看高中时代的朋友，发现了这一条北淡线，就时常一个人来搭火车，到淡水吃鱼丸汤，或在海边散步，或到市场的龙山寺喝老人茶，或到街边破落的古董店流连，或坐渡轮到八里去，然后坐渡轮回来。我的背包里往往带着喜欢的书、一支笔、一本稿纸，在淡水盘桓一天回来，就感觉心灵因清洗而澄明起来。我少年时代的作品，有很多是在龙山寺的老人茶桌上写出来的。而年轻的心那种不平的情、不平的气，就在火车开动的声音中得到了纾解。

我那时甚至疯狂地想，希望自己日后能娶到一位淡水或八里的女子，这样我就可以经常做北淡线火车去看她、去认识她的家人。

我把这条北淡线的火车当成是我秘密的丝路，或思路。这条路使我怀念着家乡运甘蔗的小火车，它们都是穿越重重的田园，带着我们去天空海湄的梦想。有时候我也用丝路让好朋友分享，后来我常常和朋友去坐北淡线，一直到我在社会上做事了，仍然如此。

立志从事对人心灵有益的工作

虽然，在这十几年来，我眼见了淡水的许多改变，例如龙山寺改建了，老人茶失去踪影；例如满街的海产店，扬散着人声与酒气；例如老的古董店关门，开了几家光化的古董店；例如渡口边到处都是卖鱼丸汤和铁蛋的店；例如黄昏时汹涌的人潮，班班客满的渡轮；例如海面上永远不能清洗的油渍和垃圾……我的朋友到后来都唾弃了淡水，但是我总觉得不管它怎么变，都是美的。

就像现在我看着火车窗外的关渡平原，有一只白鹭鸶在翠色的稻田上翩翩飞起，白鹭的飞翔常使我想起小提琴的声音，那样优美而自尊，这种美在时间里是不会褪色的，因为它是心灵的美，没有一丝丝名利的杂质。

有时我会反省，为什么我无视于淡水日益庸俗化、观光化的真相，仍然像青年时代那么喜欢北淡线呢？我知道有一个理由，我对文学的向往、对艺术的热爱都是在那个时期建造起来的，淡水线使我在无聊乏味的学生生活中有了一个比较宽阔与自在的视野，而且使我立志将来一定要从事对人类心灵有益的工作。淡水线可以说是我心灵迈向成熟的一个起点，也是我“心的丝路”。

亲爱的亮亮，我深信一个人要自在无怨地活在这个世界，心里一定要有一条丝路，这条丝路使我们在干涸的沙漠、灰茫的平野、重重的高山中，还知道有一个心灵的远方，这条路不会被挫败所阻、不会被名利所惑、不会在物化中屈服。

不能只有贸易的丝路

我们想想祖先开辟丝路时，是历经了多少的挫败与艰困的道路，心的丝路之开辟也应如此。

心的丝路，就是心的创造、心的文化、心的文明，乃至于心的超越。

我们生活在现代，就必须正视这是一个极端物质的世界，世人所看见的往往是表面的东西，我们怀抱着对社会的热情与满腹的才情，走在路上没有人会敬重，但是如果我们戴着劳力士表、开着劳斯莱斯，所有的人都会对我们行注目礼。我们带着拯救人类的志愿与创造文明的志向，到银行去一毛钱也贷不到，如果我们带着房契地契到银行，连经理都出来向我们鞠躬。

这种无情的社会、炎凉的世态，常会使我们的心灵世界无处安放，于是所有的年轻人就会把劳力士、劳斯莱斯、房契、地契当作追求的第一目标，就像从前走丝路去做贸易想赚钱的商人一样。但是我们想一想，一个人如果只有贸易的丝路，没有心灵的丝路，是多么的可悲呀！

我年少时代，志向虽不伟大，可是我知道人不应该只为物质的追求活在这个世界上，别人山珍海味地过日子，我们可以清粥小菜也有味，因为不管吃的是什么美味，只是舌头到喉咙的十公分有差别，进了肚子是没有任何不同的。别人穿五千一万的衬衫过日子，我们穿一百元一件的衬衫不也活得很自在吗？别人开着豪华轿车去淡水吃海鲜，我们坐淡水线火车来看夕阳吃鱼丸不也很好吗？

我们如何在平常的生活条件中还能活得坦然自在呢？就是依靠心灵的力量，是知道我们在名利权位之上还有一些可追求的事物，它或者是文学，或者是艺术，或者是文明，或者是文化，或者是哲学，或者是宗教……名利权位、物质条件在心灵的对比下，往往会显出它有限而鄙俗的一面。

我的意思不是应该鄙视物质，也不是刻意把物质与心灵分离，而是说作为一个健康的青年，应该两者并行，像现在这样把重心都放在物质上，不但无益于己，相信对社会长远的发展也是不利的。

我的意思也不是说人人都应该从事创造性的工作，但至少人人都要会欣赏，知道心灵创造开展的重要。最低限度也要自青年时代就培养一两项心灵的嗜好，这是一辈子受用不尽的，在顺境时，它让我们知道如何享用人生；在逆境时，可以平复我们受创的心灵。

这样的人生有何意义？

在社会上，我认识许多被公认为成功者，他们青年时代致力于金钱的追求，到中年时代五子登科（妻子、儿子、房子、车子、金子），金钱名利都已没有追求的意义，心灵就非常无聊乏味，夜里就跑到酒家饭店去消磨，沉迷于酒色。亲爱的亮亮，如果金钱的追求只是为了换取酒色与无聊，这样的人生有何意义？

我觉得现在社会有两种用英文字母命名的行业很有意思，一个是“卡拉OK”，一个是“MTV”。前者呈现出中年人的无聊，人心只有卡拉的断折声而没有OK；后者是青年人（M）心中只有TV，已失去心灵的追求了。如果一个人在青年时代就觉得人生无聊，试想想，要如何度过中年的奋斗，与老年的漫漫长夜呢？

所以，心灵丝路的建造是多么重要呀！

亮亮，我给你写这封信时心里有一些忧伤，北淡线的火车因为地下捷运系统的辟建，马上就要在这个世界消失了，等到捷运系统建好，淡水会成为台北的一部分，那时的淡水真是不可想象的。

我更忧心的是，青年是不是都能认识到心的丝路是多么重要，这将是民族未来是否有光辉文明的关键所在，亮亮，你能了解我的忧心吗？

思想的天鹅

有时候我在想，人的思想究竟是像什么呢？有没有一种具象的事物可以来形容我们的思想？

偶尔，我觉得思想像彩色的蝴蝶，在盛开的花园中采蜜，但取其味，不损色香，而这蝴蝶不能在我们预设的花园中飞翔，它随风翻转，停在一些我们不能考察的花丛中，甚至让我觉得，那蝴蝶停下来时有如一株花。

偶尔，我觉得思想犹如海洋，广大与深度都不可探测，在它涌动的时候，或者平缓如波浪，或者飞溅如海啸，或者反映蓝天与星光，只是，思想在某些时候会有莫名的力量，那像是渔汛或暖流、黑潮从不知的北方来到，那可能就是被称为是“灵感”的东西。

偶尔，我觉得思想像是《诗经》中说的“鸢飞戾天，鱼跃于渊”的鸢或是鱼，上及飞鸟下至渊鱼，无不充满了生命力、无不欢忻悦豫，德教明察。鸢鸟的眼睛是最锐利的，可以在一千公尺以上的高空，看见茂盛草原中奔跑的一只小鼠；鱼的眼睛则永远不闭，那是由于海中充满凶险，要随时改变位置。

不过，蝴蝶的翅力太弱，生命也太短暂；而海洋则过于博大，不能主宰；鸢呢？鸢太过强猛，欠缺温柔的性质；鱼则过于惊慌，因本能而生活。

思想如果愿意给一个形象，我愿自己的思想像天鹅一样，天鹅的古名叫鹄，是吉祥的鸟，是“燕雀安知鸿鹄之志”中的那种两翼张开有六尺长的大鸟。它生长于酷寒的北方，能顺着一定的轨迹，越过高山大河到达南方的温暖之地。它既善于飞翔，非白即黑；它能安于环境，不致过分执着……天鹅有许多好的品性，它的耐力、毅力与气质，都是令人倾倒的，芭蕾舞剧“天鹅湖”中，对情感至死不渝的天鹅，不知道使多少人为之动容。

我愿意自己的思想浩大如天鹅之越过长空，在动荡迁徙的道路上，不失去温和与优雅的气质。更要紧的是，天鹅是易于驯养的，使我不至于被思想牵动，而能主引自己的思想，让它在水草丰美的湖滨自在优游。

据说，驯养天鹅有两个方法，一个是把天鹅的一边翅膀修剪，使它失去平衡不能起飞，它就会安住于湖边。另一个方法是，把天鹅养在一个较小的池塘里，由于天鹅的起飞，必须先在水中滑翔一段路途，才能凌空而去，若池塘太小，它滑翔的路程太短就不能起飞了。从前，欧洲的动物园用前一个方法驯养天鹅，后来觉得残忍，并且展翅的时候丑陋，现在都用后面的方法。

驯养思想的天鹅似乎不必如此，而是确立一个水草丰美的湖泊作为天鹅的家乡，让它既保有平衡的双翼（智慧与悲悯），也让它有广大的湖泊（清明的自性），然后就放心的让它展翅翱翔吧！只要我们知道天鹅是季候之鸟，即便它是飞到万里之外，它在心灵中也永远不会忘记自己的家乡。经过数万里时空，在千百劫里流浪，有一天，它就会飞回它的家乡。

传说从前科举时代有一段时间，凡是到京城应试的士子都要穿“鹄袍”，译成白话就是要穿“天鹅服”，执事的人只要看见穿白袍的人就会肃然起敬，因为那些穿着白衣的年轻孩子，将来会有许多位王公卿，是不可轻视的。佛教把居士称为“白衣”，称为“素”，也是这个意思。

思想的天鹅也像是身穿白袍的七子，纯洁、青春、充满了对将来的热望，在起飞的那一刻不能轻视，因为它会万里翱翔，主宰人的一生。

在我的清明之湖泊，有一只时常起飞的天鹅，我看它凌空而去，用敏锐的眼睛看着世界，心里充满对生命探索的无限热忱。我让那只天鹅起飞，心里一点儿也不操心，因为我知道天鹅有一个家乡，它的远途旅行只是偶然的栖息，它总会飞回来，并以一种优雅温柔的姿势，在湖中降落。

四 随

随 喜

在通化街入夜以后，常常有一位乞者，从阴暗的街巷中冒出来。

乞者的双腿齐根而断，他用厚厚包着布的手掌走路。他双手一撑，身子一顿就腾空而起，然后身体向一尺前的地方扑跌而去，用断腿处点地，挫了一下，双手再往前撑。

他一走路几乎是要惊动整条街的。

因为他在手腕的地方绑了一个小铝盆，那铝盆绑的位置太低了，他一“走路”，就打到地面咚咚作响，仿佛是在提醒过路的人，不要忘了把钱放在他的铝盆里面。

大部分人听到咚咚的铝盆声，俯身一望，看到时而浮起时而顿挫的身影，都会发出一声惊诧的叹息。但是，也是大部分的人，叹息一声，就抬头仿佛未曾看见什么的走过去了。只有极少极少的人，怀着一种悲悯的神情，给他很少的布施。

人们的冷漠和他的铝盆声一样令人惊诧！不过，如果我们再仔细看看通化夜市，就知道再悲惨的形影，人们已经见惯了。短短的通化街，就有好几个行动不便、肢体残缺的人在卖奖券，有一位点油灯弹月琴的老人盲妇，一位头大如斗四肢萎缩瘫在木板上的孩子，一位软脚全身不停打摆的青年，一位口水像河流一般流淌的小女孩，还有好几位神智纷乱来回穿梭终夜胡言的人……这些景象，使人们因习惯了苦难而逐渐把慈悲盖在冷漠的一个角落。

那无腿的人是通化街里落难的乞者之一，不会引起特别的注意，因此他的铝盆常是空着的。他为了引起人们的注意，有时故意来回迅速地走动，一浮一顿，一顿一浮……有时候站在街边，听到那急促敲着地面的铝盆声，可以听见他心底多么悲切的渴盼。

他经常戴着一顶斗笠，灰黑的，有几茎草片翻卷了起来，我们站着往下看，永远看不见他脸上的表情，只能看到那有些破败的斗笠。

有一次，我带孩子逛通化夜市，忍不住多放了一些钱在那游动的铝盆里，无腿者停了下来，孩子突然对我说："爸爸，这没有脚的伯伯笑了，在说谢谢！"这时我才发现孩子站着的身高正与无腿的人一般高，想是看见他的表情了。无腿者听见孩子的话，抬起头来看我，我才看清他的脸粗黑，整个被风霜淹渍，厚而僵硬，是长久没有使用过表情的那种。后来，他的眼睛和我的眼睛相遇，我看见了这一直在夜色中被淹没的眼睛，透射出一种温暖的光芒，仿佛在对我说话。

在那一刻，我几乎能体会到他的心情，这种心情使我有着悲痛与温柔交错的酸楚。然后他的铝盆又响了起来，向街的那头响过去，我的胸腔就随他顿挫顿浮的身影而摇晃起来。

我呆立在街边，想着，在某一个层次上，我们都是无脚的人，如果没有人与人之间的温暖与关爱，我们根本就没有力量走路，不管在任何时候任何地方，我们见到了令我们同情的人而行布施之时，我们等于在同情自己，同情我们生在这苦痛的人间，同情一切不能离苦的众生。倘若我们的布施使众生得一丝喜悦温暖之情，这布施不论多少就有了动人的质地，因为众生之喜就是我们之喜，所以佛教里把布施、供养称为“随喜”。

这随喜，有一种非凡之美，它不是同情、不是悲悯，而是因众生喜而喜，就好像在连绵的阴雨之间让我们看见一道精灿的彩虹升起，不知道阴雨中有彩虹的人就不会有随喜的心情。因为我们知道有彩虹，所以我们布施时应怀着感恩，不应稍有轻慢。

我想起经典上那伟大充满了庄严的维摩诘居士，在一个动人的聚会里，有人供养他一些精美无比的璎珞，他把璎珞分成两份，一份供养难胜如来佛，一份布施给聚会里最卑下的乞者，然后他用一种威仪无匹的声音说：“若施主等心施一最下乞人，犹如如来福田之相，无所分别，等于大悲，不求果报，是则名曰具足法施。”

他甚至警策地说，那些在我们身旁一切来乞求的人，都是住于不可思议解脱菩萨境界的菩萨来示现的，他们是来考验我们的悲心与菩提心，使我们从世俗的沦落中超拔出来。我们若因乞求而布施来植福德，我们自己也只是个乞求的人，我们若看乞者也是菩萨，布施而怀恩，就更能使我们走出迷失的津渡。

我们布施时应怀着最深的感恩，感恩我们是布施者，而不是乞求的人；感恩那些秽陋残疾的人，使我们警醒，认清这是不完满的世界，我们也只是一个不完满的人。

“一切菩萨所修无量难行苦行，志求无上正等菩提，广大功德，我皆随喜。如是虚空界尽、众生界尽、众生烦恼尽，我此随喜无有穷尽。”

我想，怀着同情、怀着悲悯，甚至怀着苦痛、怀着鄙夷来注视那些需要关爱的人，那不是随喜，唯有怀着感恩与菩提，使我们清和柔软，才是真随喜。

随　业

打开孩子的饼干盒子，在角落的地方看到一只蟑螂。

那蟑螂静静地伏在那里，一动也不动，我看着这只见到人不逃跑的蟑螂而感到惊诧的时候，突然看见蟑螂的前端裂了开来，探出一个纯白色的头与触须，接着，它用力挣扎着把身躯缓缓地蠕动出来，那么专心、那么努力，使我不敢惊动它，静静蹲下来观察它的举动。

这蟑螂显然是要从它破旧的躯壳中蜕变出来，它找到饼干盒的角落脱壳，一定认为这是绝对的安全之地，不想被我偶然发现，不知道它的心里有多么心焦。可是再心焦也没有用，它仍然要按照一定的程序，先把头伸出，再把脚小心地一只只拔出来，一共花了大约半小时的时间，蟑螂才完全从它的壳用力走出来，那最后一刻真是美，是石破天惊的，有一种纵跃的姿势。我几乎可以听见它喘息的声音，它也并不立刻逃走，只是用它的触须小心翼翼地探着新的空气、新的环境。

新出壳的蟑螂引起我的叹息，它是纯白的，几近于没有一丝杂质，它的身体有白玉一样半透明的精纯的光泽。这日常引起我们厌恨的蟑螂，如果我们把所有对蟑螂既有的观感全部摒除，我们可以说那蟑螂有着非凡的惊人之美，就如同是草地上新蜕出的翠绿的草蝉一样。

当我看到被它脱除的那污迹斑斑的旧壳，我觉得这初钻出的白色小蟑螂也是干净的，对人没有一丝害处。对于这纯美干净的蟑螂，我们几乎难以下手去伤害它的生命。

后来，我养了那蟑螂一小段时间，眼见它从纯白变成灰色，再变成灰黑色，那是转瞬间的事了。随着蟑螂的成长，它慢慢地从安静的探触而成为鬼头鬼脑的样子，不安地在饼干盒里搔爬，一见到人或见到光，它就焦急不安地想要逃离那个盒子。

最后，我把它放走了，放走的那一天，它迅速从桌底穿过，往垃圾桶的方向遁去了。

接下来好几天，我每次看到德国种的小蟑螂，总是禁不住地想，到底这里面，哪一只是我曾看过它美丽的面目，被我养过的那只纯白的蟑螂呢？我无法分辨，也不须去分辨，因为在满地乱爬的蟑螂里，它们的长相都一样，它们的习气都一样，它们的命运也是非常类似的。

它们总是生活在阴暗的角落，害怕光明的照耀，它们或在阴沟、或在垃圾堆里度过它们平凡而肮脏的一生。假如它们跑到人的家里，等待它们的是克蟑、毒药、杀虫剂，还有用它们的性费洛蒙做成来诱捕它们的蟑螂屋，以及随时踩下的巨脚，擎空打击的拖鞋，使它们在一击之下尸骨无存。

这样想来，生为蟑螂是非常可悲而值得同情的，它们是真正的“流浪生死，随业浮沉”，这每一只蟑螂是从哪里来投生的呢？它们短暂的生死之后，又到哪里去流浪呢？它们随业力的流转到什么时候才会终结呢？为什么没有一只蟑螂能维持它初生时纯白、干净的美丽呢？

这无非都是业。

无非是一个不可知的背负。

我们拼命保护那些濒临绝种的美丽动物，那些动物还是绝种了；我们拼命创造各种方法来消灭蟑螂，蟑螂却从来没有减少，反而增加。

这也是业，美丽的消失是业，丑陋的增加是业，我们如何才能从业里超拔出来呢？从蟑螂，我们也看出了某种人生。

随　顺

在和平西路与重庆南路交口的地方，每天都有卖玉兰花的人，不只在天气晴和的日子，他们出来卖玉兰花，有时是大风雨的日子，他们也来卖玉兰花。

卖玉兰花的人里，有两位中年妇女，一胖一瘦；有一位消瘦肤黑的男子，怀中抱着幼儿；有两个小小的女孩，一个十岁，一个八岁；偶尔，会有一位背有点儿弯的老先生，和一位白发苍苍的老妇，也加入贩卖的阵容。

如果在一起卖的人多，他们就和谐地沿着罗斯福路、新生南路步行扩散，所以有时候沿着和平东西路走，会发现在复兴南路口、建国南路口、新生南路口、罗斯福路口、重庆南路口都是几张熟悉的脸孔。

卖花的不管是老人还是孩子，他们都非常和气，端着用湿布盖好以免玉兰估萎的木盘子从面前走过，开车的人一摇手，他们绝不会有任何的瞠怒之意。如果把车窗摇下，他们会赶忙站到窗口，送进一缕香气来。在绿灯亮起的时候，他们就站在分界的安全岛上，耐心等候下一个红灯。

我自己就是交通专家所诅咒的那些姑息着卖玉兰花的人，不管是在什么样的路口，遇到任何卖玉兰花的人，我总是忘了交通安全的教训，买几串玉兰花，买到后来，竟认识了罗斯福路、重庆南路口几位卖玉兰花的人。

买玉兰花时，我不是在买那些清新怡人的花香，而是买那生活里心酸苦痛的气息。

每回看到卖花的人，站在烈日下默默拭汗，我就忆起我的童年时代为了几毛钱在烈日下卖枝仔冰，在冷风里卖枣子糖的过去。在心里，我可以贴近他们心中的渴盼，虽然他们只是微笑着挨近车窗，但在心底，是多么希望，有人摇下车窗，买一串花。这关系着人间温情的一串花才卖十元，是多么便宜，但便宜的东西并不一定廉价，在冷气车里坐着的人，能不能理解呢？

几个卖花的人告诉我，最常向他们买花的是计程车司机，大概是计程车司机最能理解丰劳奔波的生活是什么滋味，他们对街中卖花者遂有了最深刻的同情。其次是开小车子的人。最难卖的对象是开着豪华进口车，车窗是黑色的人，他们高贵的脸一看到玉兰花贩走近，就冷漠地别过头去。

有时候，人间的温暖和钱是没有关系的，我们在烈日焚烧的街头动了不忍之念，多花十元买一串花，有时在意义上胜过富者为了表演慈悲、微笑照相登上报纸的百万捐输。

不忍？

是的，我买玉兰花时就是不忍看人站在大太阳下讨生活，他们为了激起人的不忍，有时把婴儿也背了出来，有人批评他们把孩子背到街上讨取人的同情是不对的。可是我这样想：当妈妈出来卖玉兰花时，孩子要交给保姆或佣人吗？当我们为烈日曝晒而心疼那个孩子，难道他的母亲不痛心吗？

遇到有孩子的，我们多买一串玉兰花吧！不要问什么理由。

我是这样深信：站在街头的这一群沉默卖花的人，他们如果有更好的事做，是绝对不会到街上来卖花的。

设身处地地为苦恼的人着想，平等地对待他们，这就是“随顺”，我们顺着人的苦难来满他们的愿，用更大的慈和的心情让他们不要在窗口空手离去，那不是说我们微薄的钱真能带给卖花的人什么利益，而是说我们因有这慈爱的随顺，使我们的心更澄澈、更柔软，洗涤了我们的污秽。

“一切众生而为树根，诸佛菩萨而为华果，以大悲水饶益众生，则能成就诸佛菩萨智慧华果。”

我买玉兰花的时候，感觉上，是买一瓣心香。

随　缘

有一位朋友，她养了一条土狗，狗的左后脚因被车子辗过，成了瘸子。

朋友是在街边看到这条小狗的，那时小狗又脏又臭，在垃圾堆里捡拾食物，朋友是个慈悲的人，就把它捡了回来，按照北方习俗，名字越俗贱的孩子越容易养，朋友就把那条小狗正式命名为“小瘸子”。

小瘸子原是人见人恶的街狗，到朋友家以后就显露出它如金玉的一些美质。它原来是一条温柔、听话、干净、善解人意的小狗，只是因为生活在垃圾堆，它的美丽一直末被发现吧。它的外表除了有一点儿土，其实也是不错的，它的瘸，到后来反而是惹人喜爱的一个特点，因为它不像平凡的狗乱纵乱跳，倒像一个温驯的孩子，总是优雅地跟随它美丽的女主人散步。

朋友对待小瘸子也像对待孩子一般，爱护有加，由于她对一条瘸狗的疼爱，在街闾中的孩子都唤她：“小瘸子的妈妈。”

小瘸子的妈妈爱狗，不仅孩子知道，连狗们也知道，她有时在外面散步，巷子里的狗都跑来跟随她，并且用力地摇尾巴，到后来竟成为一种极为特殊的景观。

小瘸子慢慢长大，成为人见人爱的狗，天天都有孩子专诚跑来带它去玩，天黑的时候再带回来。由于爱心，小瘸子竟成为巷子里最得宠的狗，任何名种狗都不能和它相比。也因为它的得宠，有人以为它身价不凡，一天夜里，小瘸子被抱走了，朋友和她的小女儿伤心得就像失去一个孩子，巷子里的孩子也惘然失去最好的玩伴。

两年以后，朋友在永和一家小面摊子上认出了小瘸子，它又恢复在垃圾堆的日子，守候在桌旁捡拾人们吃剩的肉骨。

小瘸子立即认出它的旧主人，人狗相见，忍不住相对落泪，那小瘸子流下的眼泪竟滴到地上。

朋友把小瘸子带回家，整条巷子因为小瘸子的回家而充满了喜庆的气息，这两年间小瘸子的遭遇是不问可知的，一定受过不少折磨，但它回家后又恢复了往日的神采。过不久，小瘸子生了一窝小狗，生下的那天就全被预约，被巷子里，甚至远道来的孩子所领养。

做过母亲的小瘸子比以前更乖巧而安静了，有一次我和朋友去买花，它静静跟在后面，不肯回家，朋友对它说了许多哄小孩一样的话，它才脉脉含情地转身离去。从那一次以后，我再也没有看过小瘸子了，它是被偷走了呢？还是自己离家而去？或是被捕狗队的人所逮捕？没有人知道。

朋友当然非常伤心，却不知道在什么时候什么地点可以再与小瘸子会面？朋友与小瘸子的缘分又是怎么来的呢？是随着前世的因缘，或是开始在今生的会面？

一切都未可知。

但我的朋友坚信有一天能与小瘸子再度相逢，她美丽的眼睛望着远方说："人家都说随缘，我相信缘是随愿而生的，有愿就会有缘，没有愿望，就是有缘的人也会错身而过。"

梅　香

一个有钱的富人，正在家院的花园里赏梅花。

那是冬日寒冷的清晨，艳红的梅花正以最美丽的姿容吐露，富人颇为自己的花园里能开出这样美丽的梅花，感到无比的快慰。

突然，门外传来敲门的声音，富人去开了门，发现一个衣衫褴褛的乞丐，在寒风里冻得直打抖，那乞丐已在这开满梅花的园外冻了一夜，他说："先生，行行好，可不可以给我一点儿东西吃？"

富人请乞丐在园门口稍稍等候，转身进入厨房，端来一碗热腾腾的饭菜。他布施给乞丐的时候，乞丐忽然说："先生，您家里的梅花，真是非常芳香呀！"说完了，转身走了出去。

富人呆立在那里，感到非常震惊，他震惊的是，穷人也会赏梅花吗？这是自己从来不知道的。另一个震惊的是，花园里种下几十年的梅花，为什么自己从来没有闻过梅花的芳香呢？

于是，他小心翼翼的，以一种庄严的心情，生怕惊动梅香似的悄悄走近梅花，他终于闻到了梅花那含蓄的、清澈的、澄明无比的芬芳，然后他濡湿了眼睛，流下了感动的泪水，为了自己第一次闻到了梅花的芳香。

是的，乞丐也能赏梅花，乞丐也能闻到梅花的香气，有的乞丐甚至在极饥饿的情况下，还能闻到梅花清明的气息。可见，好的物质条件不一定能使人成为有品位的人，而坏的物质条件也不会遮蔽人精神的清明，一个人没有钱是值得同情的，一个人一生都不知道梅花的香气一样值得悲悯。

一个人的品质其实是与梅香相似，是无形的，是一种气息，我们如果光是赏花的外形，就很难知道梅花有极淡的清香；我们如果不能细心的体贴，也难以品味到一个人隐在外表下内在人格的香气。

最可叹惜的是，很少有人能回观自我，品赏自己心灵的梅香，大部分人空过了一生，也没有体会到隐藏在心灵内部极幽微，但极清澈的自性的芳香。

能闻梅香的乞丐也是富有的人。

现在，让我们一起以一种庄严的心情，走到心灵的花园，放下一切的缠缚，狂心都歇，观闻从我们自性中流露的梅香吧！

季节十二帖

一月·大寒

冷也冷到顶点了。

高也高到极限了。

日光下的寒林没有一丝杂质，空气里的冰冷仿佛来自故乡遥远的北国，带着一些相思，还有细微几至不可辨认的骆驼的铃声。

再给我一点儿绿色吧，阳光对山说。

再给我一点儿温暖吧，山对太阳说。

再给我一朵云，再给我一把相思吧，空气对山岚说。

我们互相依偎取暖，究竟，冷也冷到顶点，高也高到极限了。

二月·立春

春气始至，下弦月是十一日的七时一分。

“如果月光开始温柔照耀的时候，请告诉我。”地底的青虫对着荷叶上的绿蛙说。

“我忙得很呢！我还要告诉茄子、白芋、西瓜、瓮菜、肉豆、幸菜，它们发芽的时间到了。”蛙说。

“那么谁来告诉我春天到来了呢？”青虫说。

“你可以静听远方的雷声，或是仕女们踏青的步声呀！”蛙说。

青虫遂伏耳静听，先听见的竟是抽芽的青草血液流动的声音。

三月·惊蛰

“雷鸣动，蛰虫皆震起而出，故名惊蛰。”

我们可以等待春天的第一声雷，到草原去，那以为是地震的蛰虫都沙沙地奔跑，互相走告：雷在春天，不知道为什么这一次打到地底来了。蚱蜢都笑起来，其实年年雷都震动地底，只是蛰虫生命短暂，不知道去年的事吧！

在童年遥远的记忆中，我们喜欢春天到草原去钓蛰虫，一株草伸入洞里，蛰虫就紧紧咬住，有如咬住春天。

童年老树下的回忆，在三月里想起来，特别有春阳一般的温馨。

四月·清明

“时万物洁显而清明，时当气清景明，故名。”

这一次让我们去看四月里温柔的草原与和煦的白云吧！因为如果错过了四月的草之绿与云之白，今年就再也没有什么景色可以领略了。

但是，别忘了出发前让心轻轻地沉静下来，用一种清明的心情去观照天空与花树的对话。

我走出去，感觉被和风包围，我对着一朵含苞的小黄花说：“亲爱的，四月的时候不要睡着了。”

五月·小满

天空突然下起雨来，对于天上的雨我们没有拒绝的权利，我们总是默默地接受了。

站在屋檐下避雨，我想着：为什么初夏的雨总没来由地下着，这时，竟有一些些美丽的心情，好像心里也破雨湿润了，痴痴地想起，某一年，是这样的五月，也是这样突然的初夏之雨，与一个心爱的人奔过落雨的大街。

冲进屋檐下的骑楼，抬头正与一个厢壁的石雕相遇，那石雕今日仍在，一起走过雨路的人，却远了。

五月的雨，总也是突然就停了。

阳光笑着，从天上跌落下来。

六月·芒种

“时可种有芒之谷，过此即失效，故曰芒种。”

坐火车飞过田野，偶尔会见到农夫正在田中插秧，点点的嫩绿在风中显得特别温柔，甚至让人忘记了那每一株都有一串汗水。

芒种，是多么美的名字，稻子的背负是芒种，麦穗的承担是芒种，高粱的波浪是芒种，天人菊在野风中盛放是芒种……有时候感觉到那一丝丝落下的阳光，也是芒种。

六月的明亮里，我们能感受到四处流动的光芒。

芒种，是深深把光芒植根，在某些特别的时候，我呼唤着你的名字，就仿佛把光芒种植。

七月·小暑

院里的玫瑰花，从去年落了以后就没有再开。

叶子倒仍然十分青翠，枝干也非常刚强，只是在落雨的黄昏，窗子结满雾气，从雾里看出，就见到了去年那个孤寂的自己。

这一次从海岸回来，意外地看到玫瑰花结成的苞，惊喜的感觉自己又寻回年轻时那温婉的心情，这小小的花，小小的暑气，使我感觉到真实的自我。

泡一杯碧螺春，看玫瑰花在暑气里挣扎开放，突然听见在遥远海边带回来的涛声，一波又一波清洗着我心灵的岬角。

八月·立秋

“秋训：禾谷熟也。”

梦里醒来的时候，推窗，发现天上还洒着月光。

仿佛才刚刚睡去，怎么忽然就从梦里醒来了呢?

刚刚确实是做了梦的，我努力回想梦境，所有的情节竟然都隐没了，只剩下一个古老的、优雅的、安静的回廊，回廊里有轻浅的步声，好像一声一声的从我的心头踩过。

让我再继续这个梦吧！躺下时我这样许着愿。

我果然又走进那个回廊，步声是我自己的，千回百转才走到出口，原来出口的地方满天红叶，阳光落了一地。

原来是秋天了，我在回廊里轻轻叹口气。

九月・白露

“阴气渐重，凝而为露，故名白露。”

几棵苍郁的树，被云雾和时间洗过，流露出一种沧桑的神色。我站在这山最高的地方下望，云一波波地从脚下流过，鸟声在背后传来，我好像也懂了站在这里的树的心情——站在最高的地方可以望远，但也要承担高的凄冷，还有那第一波来的白露。

候鸟大概很快就要从这里飞过，到南方的海边去了吧？

这时站在云雾封弥的山上，我闭上眼睛，就像看见南方那明媚的海岸。

十月・霜降

这一次我离开你，大概就不容易再见到你了。

暮色过后，我会有一个真正的离开，就让天空温柔的晚霞做最后见证，有一天再看见同样美的晚霞，不管在何时何地，我都会想起你来。

霜已经开始降了，风徐徐的，泪轻轻的，为了走出黑暗的悲剧，我只好悄悄离去。

我走的时候，感到夜色好冷，一股凉意自我的心头刺过。

十一月・立冬

“冬者，终也。立冬之时向，万物终成，故名立冬。”

如果要认识青春，就要先认识青春有终结的时候。

为花的开放而欢喜，为花的凋落而感伤，这样，我们永远不能认识流过的时间，是一种自然的呈现。

在园子里紫丁香花开的时候，让我们喝春天的乌龙吧！

在群花散尽，木棉独自开放的冬日，让我们烘着暖炉，听韦瓦第，喝咖啡吧！

冬天是多么美，那枝头最后落下的一朵木棉，是绝美！

十二月·冬至

“吃过这碗汤圆，就长一岁了。”冬至的时候，母亲总是这样说。

母亲亲手做的汤圆格外好吃，尤其是在寒冷的冬夜，又和着成长的传说。

吃完汤圆，我们就全家围在一起喝热茶，看腾腾热气在冷的气候中久久不散，茶是父亲泡的，他每天都喝茶。但那一天，他环顾我们说：“果然又长大一些。”

那是很多年前冬至的记忆，父亲逝世后，在冬至，我常想起他泡的茶，香味至今仍在齿颊。